AF391698

Ce livre a été publié en auto édition

ISBN : 9-782957-974511

Mélanie Mary

Tous les Papillons du Ciel

Roman

À Georges, qui a donné le nom à l'un de mes personnages et qui fut, lui aussi, un merveilleux Papy Georges.

À Alex. Je déteste devoir te dédier ce livre. Tu n'aurais jamais dû faire de ce roman un récit si tristement prémonitoire.

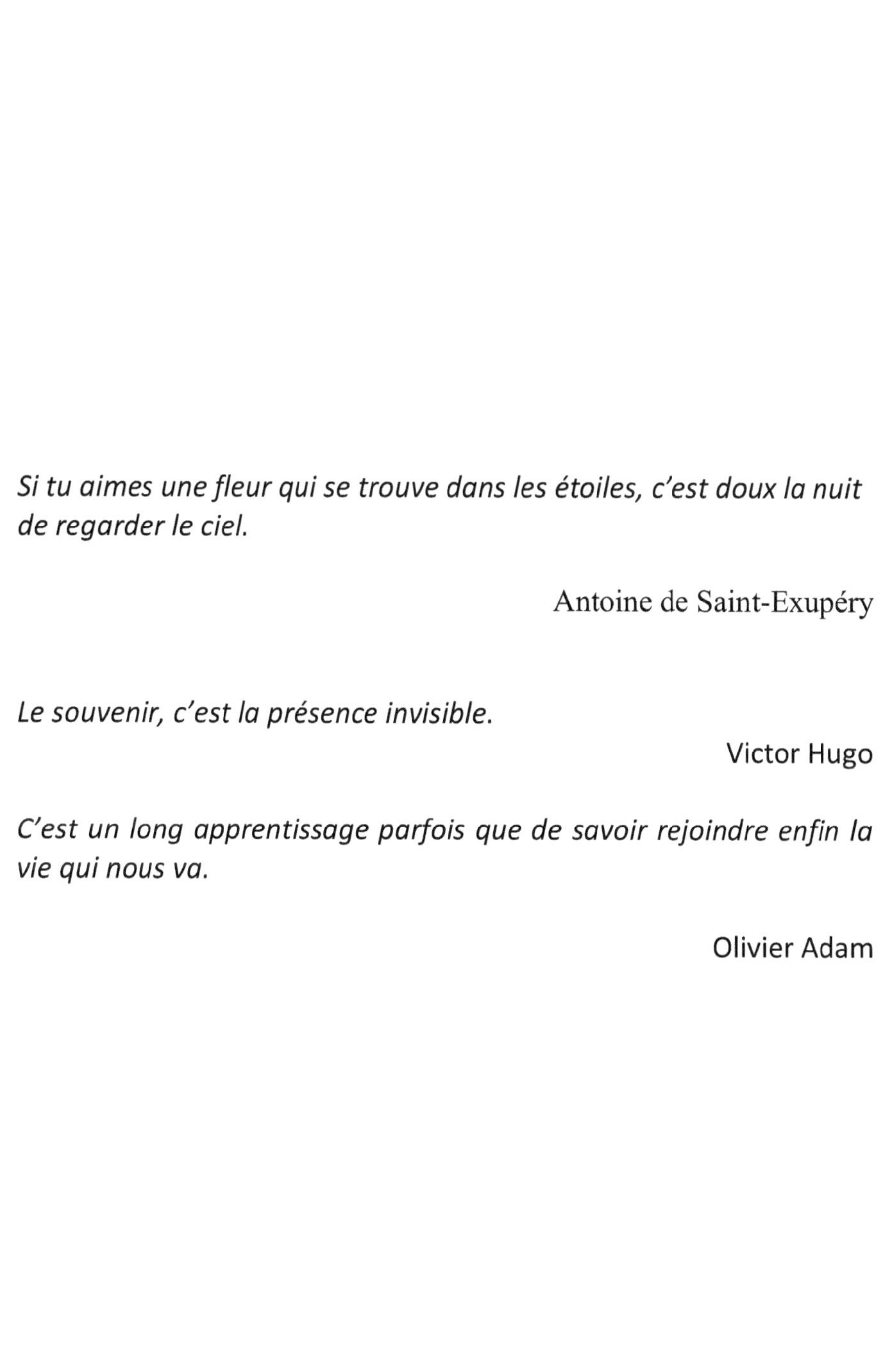

Si tu aimes une fleur qui se trouve dans les étoiles, c'est doux la nuit de regarder le ciel.

Antoine de Saint-Exupéry

Le souvenir, c'est la présence invisible.

Victor Hugo

C'est un long apprentissage parfois que de savoir rejoindre enfin la vie qui nous va.

Olivier Adam

<u>**Mathilde**</u>

Aujourd'hui commence le jour d'après, celui du vide, de l'absence et du manque. Apprendre à vivre avec cette douleur déjà si forte, si cruelle. Cinq jours seulement que le téléphone a sonné, prélude à l'inacceptable, à tout ce que je n'aurais jamais voulu entendre. Le rideau est tombé sur le tourbillon d'une vie qui m'avait aspirée, il y a plus de six ans. Cinq jours déjà que je suis entrée dans un tunnel sans sortie. La petite lumière au bout du couloir ne pourra jamais exister, pas sans toi.

Mon cauchemar a débuté par un appel de la gendarmerie. Un officier m'a expliqué d'un ton gêné qu'il avait quelque chose de difficile à m'annoncer. Je percevais le son de sa voix, mais je n'écoutais pas. Je ne comprenais rien à ce qu'il me racontait. J'ai décidé que c'était une erreur, que son message ne m'était pas destiné. J'ai raccroché. Je me suis assise dans le canapé. Un brouillard épais m'a enveloppée. Puis la sonnerie de mon portable a de nouveau retenti. Cette fois, c'était une femme. Sa voix résonne encore dans un coin de ma tête.

- Madame Allaire ?
- Oui ?
- Les urgences de Nantes...

Mon cœur s'est serré, mes viscères se sont tordus. Mon cœur a su avant mon cerveau. J'ai refusé la suite. Tu avais deux heures de retard et tu ne répondais pas à mes appels. Alors les mots qu'elle s'apprêtait à prononcer, je les devinais. Ils font partie des scénarios mille fois imaginés par mon cerveau tourmenté. Tu te moquais de moi quand tu arrivais avec vingt minutes de retard et que tu me trouvais sur le pas de la porte, en sueur, le cœur battant à tout rompre. Tu me traitais d'angoissée de la vie. Moi, je savais, c'est tout. Je savais que tout ce bonheur, c'était trop, que je ne le méritais pas, et qu'un jour, la vie me le reprendrait. J'ignorais seulement quand et ce fut ce soir-là. La femme a continué sa sombre mission.

- Nathalie, infirmière. La gendarmerie a dû vous prévenir que votre mari venait d'être admis dans notre service. Il a été victime d'un accident de la route. Ça serait bien que vous puissiez venir sans traîner.
- C'est grave ?
- Je ne peux pas vous le dire. Le médecin vous attend, il vous expliquera. Vous êtes seule chez vous ?
- Non, avec ma fille.
- Quel âge a-t-elle ?
- Trois ans et demi.
- Ça serait mieux de venir sans elle... Et faites-vous accompagner, c'est préférable.
- Donc c'est grave ?
- Je ne peux vraiment rien vous dire...

- Pas la peine de vous fatiguer, je suis infirmière. J'ai déjà travaillé aux urgences. Je sais ce que signifie ce genre d'appel...

- Je suis désolée... Faites au mieux, nous vous attendons. Ne prenez pas de risques sur la route.

- Ça veut dire qu'il est déjà trop tard ?

- Il faut venir maintenant, madame Allaire. On vous attend.

Elle a raccroché. Un bip a ponctué sa dernière phrase, me laissant terrorisée, incapable d'esquisser le moindre geste. Tétanisée. De sa petite voix flûtée, Rose a demandé :

- C'est Papa ?

L'électrochoc ! Je suis instantanément passée en mode pilotage automatique. Hors de question que ma fille perçoive le moindre trouble. Ma petite éponge émotionnelle ne devait rien savoir. Elle était bien trop petite pour affronter ce que nous nous apprêtions à vivre. Si je pouvais la préserver encore un peu... L'infirmière était restée évasive, pourtant le « Je suis désolée » signifiait déjà beaucoup et laissait entrevoir bien peu de perspectives encourageantes. Si je n'avais heureusement jamais eu à le prononcer durant mes stages aux urgences, j'avais entendu mes collègues prendre ce ton et utiliser ces mots un nombre de fois trop important. Le pronostic n'était généralement pas bon. Et les heures qui ont suivi n'ont pas détrompé mon instinct...

Nous sommes dimanche, il est 6 h 30. Mon petit panda est collé à mes cuisses. Le pouce vissé dans la bouche, elle dort. Sa frêle poitrine monte et descend au rythme de sa respiration. Elle est apaisée, dans l'abandon le plus total, comme seul peut l'être un enfant dans son sommeil. La journée d'hier a été particulièrement terrible. Je n'ai pas eu le courage de la ramener dans son lit lorsque, à trois heures du matin, elle a débarqué, son doudou sous le bras. Les cheveux en bataille, les yeux pleins de sommeil, elle s'est approchée de moi et a chuchoté :

- Hé, Maman, tu dors ?
Non, je ne dormais pas.
- T'attends Papa ?

Je n'ai rien répondu. Je l'ai simplement prise dans mes bras, serrée très fort et je l'ai calée tout contre moi. Elle s'est rendormie instantanément. Qu'est-ce que je pouvais répondre à ça ?

Cinq jours qu'elle pose la même question, cinq jours que je cherche mes mots. Des mots si durs à trouver et qui ne sont visiblement pas les bons, puisque mon petit âne têtu revient invariablement vers moi avec la même question :

Il est où mon papa ?

Rose

Je suis dans le lit de Maman. Mais je bouge pas. Je sais pas si elle est d'accord que je suis là. Elle me voit pas, je crois qu'elle dort. Ses yeux sont fermés mais, même comme ça, ils sont tout gonflés. Je sais pas pourquoi, ils sont toujours rouges depuis que mon papa, il est pas rentré du travail. J'ai pas compris pourquoi mais depuis, Maman, elle fait que pleurer. Ce soir-là, elle m'a emmenée directement chez Tatate Nicole, ma nounou. Après, elle venait me voir que le soir. C'est la première fois que je dormais tout un dodo chez Tatate Nicole. Au début, c'était trop bien, mais après j'en ai eu marre ! J'avais même pas le droit d'aller à l'école. Quand je voulais rentrer à la maison, Maman disait non. Je voyais bien que c'était pas le moment de faire un caprice. Je disais rien mais quand même, c'était pas très gentil. Je le dirai à Papa quand il rentrera !

Mais je sais pas quand, parce que si je demande, « il est où mon papa ? », Maman me répète qu'il est parti et qu'il ne pourra pas revenir. Moi, je sais que c'est pas vrai. Moi, je crois qu'il joue à cache-cache et qu'il arrive pas à sortir de sa cachette. Caramel, mon chat, il fait souvent ça, et après il revient dans ma maison. C'est un coquin Caramel !

Mais hier après-midi, j'ai eu le droit de rester avec Maman. Elle avait organisé une fête dans une drôle de maison, toute vieille et qui sent pas très bon. Y'avait plein de monde. C'est Tatate Nicole qui m'a tout expliqué. Elle m'a dit que cet endroit s'appelle une église, et c'est pour dire au revoir aux gens qui partent et ne reviennent pas, comme mon papa. J'ai trouvé ça trop bizarre ! D'habitude, quand je vais à une fête avec Papa et Maman, on se prépare en rigolant, on se fait des coiffures jolies, même que Maman, des fois, elle me met *du jour à lèvres* ! Beh là, tout le monde était triste et avait les yeux mouillés. Les gens, ils me regardaient avec un drôle de sourire, ils me caressaient la joue et soufflaient « La pauvre petite ». Maman elle serrait ma main très fort, j'avais mal mais j'osais pas lui dire. J'attendais Papa, parce que c'est lui le spécialiste des blagues. C'est sûr, quand il serait là, on allait rigoler pour de vrai ! Surtout qu'il y avait Hugo, mon tonton. Mais même lui, il faisait que pleurer, et Papa, il est jamais arrivé…

J'ai encore demandé où il était. Maman, elle a poussé un drôle de petit cri. Charlotte, ma marraine, elle s'est mise à genoux devant moi et m'a expliqué qu'il était dans la grande boîte en bois. C'est pour ça que je crois qu'il arrive pas à sortir de sa cachette. Le couvercle, il a l'air très lourd, et en plus, dessus, y'a plein de fleurs. Il y a aussi une photo de Papa que j'adore, où il fait l'idiot à la plage. Moi, je trouve ça trop bizarre de mettre sa photo à l'endroit où il se cache, c'est trop facile de le trouver !

À un moment, avec Maman, on s'est approchées. J'avais une belle rose dans ma main et je devais la mettre sur le coffre en bois. J'ai frappé sur la caisse et j'ai dit « T'es là, Papa ? ». Maman a failli tomber, et Mamie Lou, la maman de Papa, elle a carrément crié. Tonton Hugo est venu me prendre dans ses bras pour me ramener vers le banc. J'ai entendu plein de gens se moucher très fort ! Mais moi, je trouvais ça plus drôle du tout de laisser mon papa enfermé dans sa boîte. Alors j'ai commencé à pleurer, moi aussi, et à l'appeler, de plus en plus fort, mais il ne m'entendait pas. Je voulais retourner pour lui ouvrir, mais on m'a empêchée. Je me débattais, mais Tonton Hugo il est quand même trop fort. Je voyais bien qu'il ne savait pas quoi faire. Heureusement, Tatate Nicole est venue l'aider. Elle me connaît bien Tatate Nicole, elle me garde depuis que je suis un tout petit bébé. Et les enfants, elle connaît, c'est son métier, pas comme tonton qui n'en a pas. Il a même pas de *namoureuse* !

Je suis sortie de la grande maison, j'étais très en colère et j'en avais marre. Je voulais les bras de mon papa, pas ceux de Tatate, pas ceux de Tonton Hugo, et même pas ceux de Maman ! Tatate essayait de me calmer, mais plus ça allait, plus je pleurais. Après je sais plus, je crois que je me suis endormie. Je fais souvent ça après une colère. Quand je me suis réveillée, j'étais chez Tatate Nicole. Elle m'a donné mon goûter, du chocolat chaud et de la brioche. J'adore ça, mais là, j'avais pas faim du tout.

J'avais comme une boule dans mon *bidou*. Je n'avais pas revu Maman après ma crise, je savais qu'elle allait être fâchée. Quand elle racontera ça à Papa, il sera pas content non plus… Mais quand elle m'a ramenée à la maison, bien plus tard, elle m'a pas du tout grondée. Elle était gentille avec moi, me faisait plein de bisous. Je voyais bien que ses yeux étaient toujours plein de larmes, alors j'ai fait tout comme elle m'a dit, le bain, le pyjama. J'ai même mangé la soupe que Mamie Lou nous avait préparée. Sans rien dire.

Je lui ai pas demandé à quelle heure Papa arrivait. Je vais attendre demain, je suis sûre qu'il va rentrer. On a jamais joué aussi longtemps. Je lui dirai qu'il a gagné, il sera content !

<u>**Mathilde**</u>

Je l'observe à travers mes yeux mi-clos. Elle croit que je dors et qu'elle ne fait pas de bruit. Elle raconte une histoire à son doudou, mais à trois ans et demi, on ne sait pas parler dans sa tête. Ses chuchotements parviennent à mes oreilles. Je ne comprends pas tout ce qu'elle dit, mais le mot « papa » est très (trop) souvent prononcé. Comment lui dire pour qu'elle comprenne… Elle se raconte une histoire de cache-cache géant, qui semble la protéger. J'aimerais moi aussi me préserver de cette réalité crue. Mais la vérité, c'est que depuis cinq jours, je suis veuve, elle est orpheline de père et que notre vie s'est transformée en cauchemar.

Le soir de l'accident, le trajet entre Nantes et la maison m'a paru interminable. Pourtant, j'ai roulé beaucoup plus que vite que ne l'autorise le code de la route. J'ai rejoint l'hôpital en moins de dix minutes après avoir déposé Rose chez sa nounou. Je savais déjà que Nicole était une personne en or, mais sa réaction après mon appel m'a confirmé que nous avions là une vraie perle. Elle n'a rien montré de son trouble devant Rose. Comme moi, elle est entrée dans le jeu de la soirée surprise. Elle a feint l'excitation du premier dodo de Rose chez elle. Mais la manière dont elle m'a frotté le dos juste avant de partir, elle si pudique au quotidien, était chargée d'un « Bon courage à vous, ne vous inquiétez pas pour Rose, je veille sur elle ».

Je suis repartie aussi vite que j'ai pu. Une fois sur place, j'ai littéralement sauté sur l'infirmier organisateur de l'accueil. Je n'en avais rien à faire du regard outré des patients en attente. Je me suis présentée, mais visiblement il avait deviné qui j'étais. L'annonce de mon nom a suffi pour que la porte s'ouvre sur un couloir, celui de mon horreur. Là, une autre infirmière m'attendait, un sourire qu'elle voulait plein de compassion, plaqué sur son visage.

- Bonjour, je m'appelle Claire. Je suis infirmière à l'unité de soins intensifs. Vous êtes madame Allaire ?

Un simple hochement de tête, et elle a enchaîné. Sa voix était douce mais son débit rapide, comme si elle souhaitait se débarrasser rapidement de sa tâche.

- Je peux voir mon mari ?
- Le docteur Chiron et moi-même allons d'abord vous recevoir. Venez, nous allons nous mettre au calme dans son bureau.

Comme un automate, je l'ai suivie jusqu'à une petite pièce, sans fenêtre, impersonnelle. Le médecin était déjà là, le visage penché sur un dossier. Il a relevé la tête, puis ses lunettes, et m'a montré une chaise. D'une voix calme et posée, il a commencé ma lente mise à mort.

- Asseyez-vous madame Allaire, je vous en prie. Nous devons parler de l'état de votre mari. Que vous a-t-on dit à son sujet ?

Une boule s'est formée dans ma gorge. Je ne savais pas si j'avais envie d'énoncer à haute voix ce que j'avais déjà compris depuis maintenant une heure.

- Que.. qu'il…qu'Antoine a eu un accident…
- Oui, c'est bien cela, un accident, un accident de moto.
- C'est grave ?
- Oui… le choc a été violent. Une voiture a brûlé un stop. Votre mari n'a pas pu l'éviter…
- Il est mort, c'est ça ? C'est ça que vous n'arrivez pas à me dire ?

Les larmes m'ont submergée, et mes sanglots, d'abord contenus, se sont chargés de colère. Allait-on enfin me dire ? Quelqu'un allait-il enfin avoir le courage d'énoncer la vérité ?

- Il a été projeté contre un poteau électrique. Son crâne a absorbé tout l'impact. Son casque n'a pas résisté à la violence du choc…

Je l'ai coupé.

- Ça vous plaît de torturer les gens, de donner les détails, les uns après les autres ? Vous dormez bien la nuit, Docteur ? Vous êtes fier de votre boulot ?
- Madame Allaire, je sais que c'est difficile…

- Non ! Vous ne savez rien. Vous ne savez rien de ce que je ressens parce que vous ne vous êtes jamais retrouvé à ma place dans un bureau sordide, devant un médecin qui n'arrive même pas à dire à une pauvre femme qu'elle ne reverra jamais son mari vivant ! Je me trompe ou c'est vrai ? C'est vrai, non ?

- Je ne sais pas ce que vous ressentez, c'est vrai, vous avez raison. Mais c'est important que je vous explique pour que vous compreniez bien la suite…

- Si nous allions à l'essentiel, Docteur ? Je suis moi-même infirmière, et j'aimerais autant que vous m'épargniez le discours convenu. Vous êtes rendu au petit « b » de votre protocole « Annoncer un décès à un proche », alors allez-y, je vous écoute, je suis prête.

- D'accord... Quand le Samu est arrivé sur les lieux, il n'y avait déjà plus rien à faire. Ils ont tout tenté mais son cœur n'est pas reparti. Votre mari était déjà tombé dans un coma profond.

- Quel stade ?

- Stade IV.

- État de mort cérébrale…

- Oui…

On y était… le mot avait enfin été prononcé. Un mot sans retour, sans doute possible. M.O.R.T, quatre lettres qui allaient changer le cours de ma vie, celle de Rose et de tout mon entourage. Le médecin a enchaîné.

- On a essayé de le ranimer mais il n'a eu aucune réaction…

- Vous êtes sûr qu'il n'y a plus rien à faire ?

- À son arrivée, nous avons fait un premier électroencéphalogramme de trente minutes, qui est resté plat. Ensuite, votre mari a passé un angioscanner cérébral qui n'a montré aucune circulation du sang dans le cerveau. Je suis désolé mais...

Je suis infirmière, je comprenais tous les termes, pas besoin de traduire, pourtant je ne pouvais pas rendre les armes maintenant. Il y avait forcément un espoir.

- Je crois que vous vous trompez. Ce n'est pas possible ! Pas Antoine ! Il est jeune, il est sportif ! Il va s'en remettre ! Et puis il m'a promis qu'il serait toujours là pour moi ! Qu'il ne m'abandonnerait jamais...

Je suis devenue hystérique et me suis levée. J'ai tapé du poing sur la table.

- Je veux le voir ! Maintenant !

Je me suis dirigée vers la porte, comme si je savais où j'allais. Alors que je m'apprêtais à tourner la poignée, l'infirmière a arrêté mon geste et m'a retenue.

- Nous n'avons pas fini, mais je vous promets qu'ensuite, je vous amène près de lui. Docteur Chiron a encore quelque chose à vous demander.

Le médecin a repris :

- Madame Allaire, vous êtes infirmière. Vous savez ce que signifie être en état de mort cérébrale. Votre mari ne reviendra pas… mais ses organes sont maintenus en vie artificiellement jusqu'à ce qu'on débranche les machines. Antoine peut encore sauver des vies. Comme vous l'avez si justement souligné, il est jeune et en pleine forme. Connaissez-vous sa position sur le don d'organes ?

Je suis restée sans voix. Il y a deux minutes, j'avais encore un mari, et là, on me demandait de m'en séparer par petits bouts… Pourtant, je n'ai pas hésité. Je connaissais la position d'Antoine sur ce sujet. Nous l'avions maintes fois évoquée. C'était un passionné de moto. Comme tout motard, il savait combien les accidents sont courants et combien ils laissent peu de chance à la vie. Si nous nous disputions souvent au sujet de sa vitesse et des risques qu'il prenait, nous étions tous les deux d'accord sur un point. Si un jour, il lui arrivait un malheur, je devais suivre son choix. Ne pas le maintenir dans un état végétatif et, surtout, donner le maximum de ses organes pour sauver des vies. J'étais sa femme et, aux yeux de la loi, c'était à moi de prendre cette décision. Ses parents n'auraient jamais eu le courage de le faire. À l'heure qu'il était, le ciel ne leur était pas encore tombé sur la tête. J'allais devoir leur annoncer la mort de leur fils unique, et je ne voulais pas qu'ils aient à se positionner sur le sujet. Je craignais qu'ils ne s'opposent à son choix.

-   Faites-le, c'est ce qu'il aurait voulu…

-   Je ne vous demande pas de vous décider dans l'instant mais de commencer à y réfléchir. On peut vous laisser un peu seule, si vous le souhaitez. Vous pouvez aussi prendre le temps d'appeler quelqu'un, de lui demander de venir.

-   Non, ce n'est pas la peine. Ce n'est pas ma décision, c'est le choix d'Antoine. Il aurait voulu que sa mort serve à quelque chose. Et puis il faut aller vite, les organes seront de meilleure qualité.

Ma voix était devenue métallique, mécanique, comme dénuée de toute émotion. J'ai de nouveau revêtu l'armure, celle que j'avais déjà enfilée, il y a presque quinze ans, à la mort de ma mère. Celle qui m'avait déjà permis de surmonter sa perte. Antoine avait réussi à m'en faire sortir, à force de patience et d'amour. Mais il m'avait trahie, je n'aurais jamais dû la lâcher. Il était parti et je devais tout recommencer à zéro.

-   Madame Allaire, je crois tout de même que vous ne devriez pas rester seule. Vous n'avez pas d'ami à appeler, votre famille ou peut-être les parents de votre mari ?

- Ils habitent loin, le temps qu'ils viennent, ce serait trop long. Non, emmenez-moi près d'Antoine, je veux lui dire au revoir, maintenant.

Je sentais le médecin et l'infirmière troublés par mon changement d'attitude. En quelques minutes, ils avaient vu l'épouse apeurée, suspendue à leurs lèvres, dans l'attente et le désarroi le plus total, se transformer en une personne froide. J'avais écarté l'annonce de la mort d'Antoine pour me concentrer sur la suite et mettre mes émotions à distance. Les larmes avaient déserté mon visage depuis la discussion sur le don d'organes.

- Ok, on va appeler la psychologue de garde pour vous accompagner…
- Ça ne sera pas nécessaire.
- C'est la procédure.
- Je m'en fiche complètement de votre procédure. Je veux voir mon mari, lui dire au revoir et signer les papiers de dons d'organes.
- Madame Allaire, vous êtes sous le choc et je crois que vous auriez besoin que l'on vous accompagne. Vous n'êtes pas obligée de lui parler, mais elle sera là si vous en éprouver le besoin.

Je n'avais pas d'énergie à dépenser dans des combats perdus d'avance, alors je me suis tue. La suite resterait gravée à jamais dans ma tête. On m'a dirigée vers une pièce plus grande mais toujours aussi froide. Un corps intubé et relié à une machine y reposait, allongé sous un drap bleu. Sa tête était enrubannée.

Je ne voulais pas croire qu'il s'agissait de l'homme que j'aimais. Et le bruit ! Ce métronome d'une vie qui n'en était plus une. De manière paradoxale, le son régulier du respirateur maintenant Antoine en vie me rappelait, à chaque souffle, qu'il était déjà parti. J'avais présumé de mes forces. J'étais bloquée sur le seuil de la porte, incapable de m'approcher du lit. Si j'esquissais un pas, mes jambes ne me soutiendraient pas. Un bras est venu se glisser sous mon buste, juste au bon moment, juste comme il fallait, pour que je ne m'écroule pas. Dans le prolongement de ce bras, se tenait une femme, petite, de forte corpulence. Son corps était surplombé d'une tête tout aussi ronde. Son visage respirait la bonté et son regard sur moi disait « Je suis là, reposez-vous sur moi. On va le faire ensemble, ça va aller ». Ses yeux ne mentaient pas, ils me disaient combien ça allait être difficile mais combien ce moment était nécessaire pour la suite. Je m'accrochais à son regard pour y puiser la force qui me manquait. Elle a su capter le moment où j'ai été prête, et, toujours en me soutenant, elle a amorcé un pas vers le lit :

- Je suis Anne, la psychologue. On y va ?
- Je ne sais pas…
- Il vous attend, il a besoin de vous pour partir.
- Je ne sais pas si je vais y arriver…
- Je crois que si. Mathilde, c'est ça ?

J'ai hoché la tête.

- Mathilde, on peut attendre encore un peu si vous le souhaitez, mais je crois que vous en êtes capable. Je le sens.

Elle ne me connaissait pas mais semblait me comprendre, deviner de quoi j'étais capable. De mon côté, j'avais envie ou besoin, je ne sais pas, de lui faire confiance. Nous nous sommes approchées, dans un même élan.

Je n'ai pu m'empêcher de pousser un cri en découvrant Antoine. Je ne le reconnaissais pas. Son doux visage était méconnaissable. Même caché sous les bandages, on devinait la violence du choc. Sa tête avait doublé de volume et de nombreuses ecchymoses rendaient la lecture de ses traits quasiment impossible.

- Ce n'est pas lui ! Ce n'est pas mon Antoine !
- Si, Mathilde, regardez comme il a l'air apaisé. Il ne souffre pas.
- Mais non, mon Antoine, il ne m'aurait pas fait ça. Il aurait déjà ouvert les yeux en disant « Surprise » ! On se serait chamaillés, je lui aurais hurlé dessus en lui disant que sa blague n'était pas drôle. Qu'on ne joue pas avec la mort. Après il m'aurait prise dans ses bras, et puis…

Anne m'a forcée à me tourner vers elle. Elle a caressé mes épaules, puis mes bras, et a fini par prendre mes mains. Elle les a ramenées sur mon cœur, et doucement, elle m'a dit :

- Cet Antoine existe et existera à jamais dans votre tête et dans votre cœur. Vous pourrez le faire vivre autant que vous le souhaitez. Vous pourrez continuer à l'aimer, à le détester, à rigoler, à vivre tout ce que vous voulez avec lui, mais pour cela, il faut dire au revoir à son corps. Laissez-le partir en paix. Antoine a une nouvelle mission. Grâce à lui, grâce à vous, d'autres vies vont être sauvées.

Je me suis écroulée dans ses bras. Cette femme savait trouver les mots justes. À moi maintenant de trouver les miens pour dire au revoir à l'homme qui m'avait apporté six années de bonheur, qui avait fait de moi une femme et une mère. Aucun ne serait à la hauteur de ce qu'on avait partagé, de l'homme qu'il était. Anne a approché une chaise près du lit. Elle m'a dit qu'elle allait nous laisser tranquilles, mais qu'elle serait juste derrière la porte si j'avais besoin d'elle. Et elle est sortie…

Je me sentais complètement désemparée. Quatre heures avant, je profitais de ma journée de repos pour aller chercher ma fille à l'école. Je chantonnais dans ma cuisine en préparant un bon dîner pour mon homme. Désormais, je me retrouvais là, assise à son chevet, pour lui dire adieu. À jamais. Je n'en avais pas envie, pas maintenant, pas comme ça. Pour le meilleur et pour le pire d'accord, mais pas dans la mort. On s'imaginait vieillir ensemble. Il me disait qu'il m'aimerait même avec des rides, des bourrelets et une canne. De nouveau, ce sentiment de trahison, il m'avait menti ! J'étais en colère et je commençais par lui dire.

- Tu n'avais pas le droit ! Je te déteste ! Ce n'est pas humain ce que tu m'obliges à faire !

Ma voix s'est brisée, je ne pouvais pas gâcher ce moment. C'était le dernier. La dernière occasion de lui dire combien je l'aimais, combien j'étais fière de lui, de nous, de ce que nous avions construit à deux, puis à trois. S'en s'ont suivies de longues minutes durant lesquelles, une main dans la sienne, l'autre caressant ce qui restait de son visage, je lui ai raconté notre histoire, à ma manière, à travers mes yeux, à travers mon cœur. Je me suis ouverte à lui comme, peut-être, je ne l'avais jamais fait. Durant nos rares disputes, il me reprochait de le tenir à distance, de garder une fine couche de protection, comme si je ne lui faisais pas complètement confiance, malgré les années et la puissance de notre amour. Il n'avait pas entièrement tort, et je comprenais douloureusement, aujourd'hui, qu'elle ne m'avait servi à rien et qu'il était trop tard. Je lui ai fait plein de promesses. Je lui ai juré que je prendrais soin de Rose, que je l'élèverais du mieux que je pourrais dans le souvenir du papa exceptionnel qu'il était. Je lui ai promis de continuer la route que nous avions tracée ensemble, de la manière la plus fidèle possible. J'ai perdu la notion du temps. Je ne sais pas si cela a été long, mais à la fin, je n'avais plus de voix, plus de souffle. J'étais exténuée. J'ai fini allongée contre Antoine, à chuchoter à son oreille. Personne n'était venu troubler ce douloureux mais doux moment. Il ne me restait plus qu'à lui dire adieu. Les tubes m'empêchaient de l'embrasser, alors j'ai déposé un délicat baiser sur sa main, en lui chantant les paroles de Céline Dion :

-   *« Vole vole mon amour*
    Puisque le nôtre est trop lourd
    Puisque rien ne te soulage
    Vole à ton dernier voyage… »

Je me suis relevée, le visage dévasté par les larmes…

-   Tu pleures, Maman ? Pourquoi tu pleures, Maman ?

La voix de Rose me ramène instantanément à la réalité. La chute est lourde. Je vais devoir sécher mes larmes et expliquer pour la énième fois à ma puce que oui, Maman elle pleure, que oui, Maman est triste, que non, son papa ne va pas revenir, mais qu'il ne faut pas s'inquiéter, ça va aller.

Rose

J'en ai marre ! Depuis ce matin, Maman passe tout son temps au téléphone. Charlotte, Mamie Lou, Tonton Hugo, tout le monde l'appelle ! À chaque fois, elle raconte la même chose. Elle dit toujours « Ça va, t'inquiète ». Menteuse ! Moi, je vois bien qu'elle est pas comme d'habitude. Je peux faire n'importe quoi, elle dit rien. Tout à l'heure, j'ai sauté sur le canapé, elle m'a regardée sans me voir. En plus, j'avais même pas enlevé mes chaussons. Ce midi, on a mangé des *sanwichs* au jambon, j'aime ça mais quand même ! Le dimanche, d'habitude, c'est Papa qui cuisine, et quand Maman, elle est au travail, il fait des trucs trop bons, mon papa. De la purée *soupline*, je crois que ça s'appelle. On fait un puit au milieu, il met un bout de beurre dedans, et on attend que ça fonde avant de brasser. Mais il est toujours pas rentré, mon papa. Je crois que c'est pour ça que ma Maman, elle pleure tout le temps. Dans le lit, elle m'a prise dans ses bras et elle m'a encore raconté qu'il ne reviendrait plus. J'ai bouché mes oreilles, très fort, pour rien entendre. Elle s'est un peu énervée et a essayé de me les enlever, mais du coup, j'ai pris Doudou Lapin et je me suis sauvée en courant dans ma chambre. Après je l'ai entendue pleurer encore plus fort. Tant pis pour elle, elle avait qu'à pas dire ça ! Mon papa, il serait jamais parti sans me dire où il allait et comment je ferais pour le retrouver. Alors je vais attendre, je vais plus poser la question, et on verra bien qui c'est qui a raison !

En attendant, je m'ennuie. Ah tiens, j'ai une idée ! Comme Maman, elle s'en fiche de moi, je vais faire un dessin pour mon papa.

Je vais prendre mes crayons de couleur et je vais dessiner toute ma famille. En grand. Sur le mur. Je vais commencer par lui. Je monte sur ma chaise pour le faire tout en haut. Parce qu'il est grand, mon papa ! C'est le plus grand de tous les papas quand il vient me chercher à l'école. J'adore quand il prend mon cartable et me fait grimper sur ses épaules. Je suis la plus grande du monde. Je vais jusqu'au ciel !

J'aurais pas dû penser à ça… Il me manque, mon papa, maintenant. J'ai plus envie de dessiner, j'ai envie de pleurer. Je sens une larme qui glisse le long de ma joue. Je l'attrape avec ma langue, mais il y en a une deuxième, puis une troisième. Il pleut des larmes dans mes yeux ! Je prends Doudou Lapin, c'est lui qui va me consoler. Je me glisse sous la couette et je me mets en boule. Je me sens triste partout dans mon *bidou*. Doudou Lapin me raconte rien. J'ai l'impression qu'il sait pas quoi me dire. L'histoire de papa et sa moto cassée revient dans ma tête. Je veux pas l'écouter. Mais si Maman avait raison ? S'il *reviendait* jamais, mon papa ?

<u>**Georges**</u>

Je contemple la mer, cherchant dans son immensité des réponses à mes questions. Je suis parti à l'aube pour une balade le long de la côte en espérant que ce paysage familier m'apaiserait. L'avenir appartient à ceux qui se lèvent tôt dit l'adage, mais pour ceux qui n'ont pratiquement pas dormi, pas certain que ça fonctionne. De toute façon, ça ne servait à rien de rester au lit. Réveillé dès quatre heures du matin, j'ai repassé en boucle les derniers jours dans ma tête. J'ai été nul. Pas à la hauteur. Ni en tant que père, ni en tant que grand-père. Ne sachant pas ce que Mathilde attendait de moi, j'ai préféré ne rien dire, ne rien faire. Je suis resté en retrait. De peur d'être maladroit, de viser à côté, une fois de plus... Pourtant, j'ai été à sa place. Je ne connais que trop bien sa souffrance. Cela va bientôt faire quinze ans mais la douleur est intacte, lovée dans un coin de mon cœur. Rappel incessant de son absence mais aussi de notre amour. Je n'ai jamais pu me résoudre à la laisser partir pour faire de la place à quelqu'un d'autre. Martine a été une épouse et une mère exceptionnelle. En partant, elle a emporté ma capacité à aimer et à être aimé. Certaines femmes ont essayé de forcer le chemin mais aucune n'a pu s'y installer.

Sans Martine, je n'ai pas non plus réussi à rester père, pas celui que mes enfants avaient connu, pas celui qu'ils étaient en droit d'attendre, pas celui qu'ils méritaient. Ils ont perdu leurs deux parents à la fois. La double peine. Surtout pour Mathilde. Hugo était encore jeune. Je ne nie pas sa souffrance, grandir sans maman a forcément eu des conséquences, mais les souvenirs de sa mère, de nos jours heureux sont devenus plus vite flous. Alors que pour Mathilde… l'avant et l'après ont été terribles. Chacun de notre côté, nous avons bâti des murs pour nous protéger. De plus en plus hauts, jusqu'à ne plus nous voir, jusqu'à ce qu'ils deviennent infranchissables. Elle avait à peine quatorze ans et rentrait doucement dans l'adolescence. Elle quittait à petits pas silencieux l'enfance, restant proche de nous, loin de la caricature de l'adolescente rebelle. Nous formions un quatuor harmonieux, soudé, sur lequel la vie glissait, pleine de rires et de bonheur partagé. Sept ans auparavant, elle avait perdu son statut de fille unique. Pourtant, elle avait accepté l'arrivée surprise de son petit frère sans jamais rien dire, sans montrer le moindre signe de jalousie. Elle avait développé à l'égard de Hugo un instinct de protection qui s'est renforcé au départ de sa mère, jusqu'à faire d'elle une seconde maman. Elle l'a tenu à bout de bras, mettant son propre chagrin à distance. Remplissant le vide du mieux qu'elle pouvait face à l'absence d'une mère mais aussi du père que je n'arrivais plus à être. Ma petite fille si joyeuse, si solaire, a quitté la lumière pour entrer dans l'ombre. Je l'ai vue s'assombrir, assistant impuissant à ce terrible coucher de soleil. Disparus les câlins, envolés les fous rires, finies les batailles de chatouillis. Incapable de réagir, incapable de trouver les mots, je l'ai laissée s'éteindre sans rien faire, me réfugiant dans le travail et parfois dans l'alcool. J'ai honte quand je repense à ces soirs, heureusement peu nombreux, où Mathilde a dû m'aider à me mettre au lit, où elle m'a bordé, moi, l'homme redevenu enfant qui pleurait sa femme partie trop tôt. Quelle image pouvait-elle alors avoir de moi ? De la pitié, du dégoût ? Quelle place avais-je laissée à son propre chagrin ? Coincée entre un petit frère en demande et un ersatz de père, comment était-elle parvenue à se construire ? Nous n'avons jamais mis de mots sur cette longue période. Mais nous n'avons jamais retrouvé notre complicité d'antan.

Il a fallu l'arrivée d'Antoine pour que notre relation reprenne un semblant de normalité. J'ai alors vu ma petite fleur reprendre vie à son contact. J'ai reconnu dans ce couple l'évidence que moi et sa mère avions eu la chance de partager. J'aurais aimé que le parallèle entre nos deux histoires s'arrête là et que ce couple si fusionnel écrive une autre fin. Malheureusement, la vie en a décidé autrement, et le départ d'Antoine, dans des circonstances tout aussi tragiques, nous ramène à la case départ. Je ne peux pas réécrire le passé, ni changer le présent. Je peux seulement faire en sorte que Mathilde et Rose ne reproduisent pas le schéma… Mais j'ai peur, peur que ma fille ne veuille pas de mon aide. Celle d'un père qui n'a pas été là au moment où elle en avait besoin. Un père qui l'a lâchement abandonnée au moment même où elle perdait sa mère. La culpabilité me ronge. Pourtant, depuis toutes ces années, je n'ai jamais réussi à m'excuser.

Mathilde a fini de grandir seule. Quand je me suis senti suffisamment fort pour revenir vers elle, il était trop tard. Sa vie de femme avait commencé, et elle avait mis beaucoup de distance. D'abord géographique, en choisissant une école d'infirmières à Nantes alors qu'elle avait été prise à La Roche-sur-Yon, à quelques dizaines de kilomètres de la maison. Au départ, elle revenait tous les week-ends pour s'occuper d'Hugo. Ce dernier vivait mal le départ de sa sœur et je n'avais aucune légitimité dans mon autorité. Il partait en vrille. Mathilde avait su poser un cadre très strict, une sorte de contrat qui l'avait maintenu dans le droit chemin. Mais dès que Hugo avait gagné en maturité, puis en autonomie, ses retours se sont espacés, et je n'avais que rarement des nouvelles. Jusqu'à l'arrivée d'Antoine. Ce dernier l'avait réconciliée avec la vie. Elle est revenue petit à petit dans sa chère Vendée, plus régulièrement chez moi, renouant un peu le lien…

Je l'ai vue faussement solide durant ces six derniers jours. Une vraie guerrière, sur tous les fronts, n'acceptant pas de déposer les armes. Pas une larme ou presque, et surtout pas devant Rose. J'ai reconnu dans son regard la dureté qui était apparue il y a quinze ans, quand elle avait compris qu'elle ne pourrait compter sur personne d'autre que sur elle-même. Mais je savais qu'une fois seule, une fois que le regard des autres ne pèserait plus sur elle, elle s'effondrerait, comme je l'entendais autrefois pleurer dans sa chambre. À l'époque, j'étais incapable de lui venir en aide. Je m'approchais de sa porte, le poing levé, prêt à frapper avant d'entrer. Mais au dernier moment, dans la plus grande des lâchetés, ma main retombait et je passais mon chemin.

Cette fois, je ne pouvais pas la laisser dans cette situation. Son avenir et celui de ma petite-fille en dépendaient. La mer m'avait donc apporté des réponses. Il fallait que j'agisse. Je n'avais rien à perdre. Au pire, elle me renverrait dans mes vingt-deux.

Je saisis mon téléphone et, avant que le doute me gagne à nouveau, je compose son numéro.

-      Bonjour, ma chérie, c'est Papa. Comment vas-tu ?

Ce surnom est sorti spontanément. Ça fait une éternité que je ne l'ai pas appelée comme ça, et je m'en mords les doigts. J'ai peut-être déjà grillé ma première et dernière cartouche… Elle ne rebondit pas sur le petit nom, mais sur un ton ironique, elle me répond :

-      Très bien, comme tu dois t'en douter !
-      Excuse-moi… Ma question était maladroite.
-      T'inquiète, tu n'es pas le premier et tu ne seras pas le dernier. Depuis hier, j'y ai le droit dix fois par jour…
-      J'ai préféré ne pas t'appeler hier, j'ai pensé que tu avais peut-être besoin de te retrouver un peu seule.
-      Seule avec un enfant. Tu sais, quand une petite fille perd un de ses parents, elle a énormément besoin de celui qui reste.

Les hostilités sont officiellement lancées, mais je ne veux pas entrer dans son jeu, ce n'est pas le but de mon appel.

-      Comment va-t-elle ?
-      Tu veux dire, mis à part qu'elle attend toujours son papa, persuadée qu'il va rentrer d'ici deux trois jours quand il aura fini de jouer à cache-cache… qu'elle passe son temps à me dire que je suis une méchante maman, et que son papa va me gronder quand il sera là…
-      Mathilde, ma chérie. Ne sois pas si dure avec elle, avec toi…

- Ne m'appelle pas comme ça.
- Je ne veux pas qu'on se fâche, ce n'est pas le moment. Je t'appelle juste pour te dire que je suis là, si tu as besoin…
- Ah bon ? Première nouvelle ! Avec quinze ans de retard, mais mieux vaut tard que jamais, remarque.

Son cynisme me fait un mal de chien. Je ne vais pas y arriver.

- Je vais raccrocher, Mathilde. Je ne t'appelle pas pour remuer le passé. Sache seulement que la maison t'est grande ouverte. Tu peux venir passer quelques jours ici avec Rose, si tu veux. Je ne t'embêterai pas, tu pourras te reposer et je m'occuperai d'elle. Je pourrai l'emmener à la plage, à la pêche…
- Jouer au papy idéal, à défaut d'avoir été un bon père ? Lui faire croire que tu peux remplacer son papa…
- Au revoir, Mathilde.

Je m'attendais à ce que cet appel soit difficile mais pas à ce qu'il soit aussi violent. Il n'a fait que confirmer ce que j'avais perçu lors de l'enterrement d'Antoine. Mathilde va mal, ce qui est tout à fait normal, mais son attitude me fait peur. Je crains pour elle et pour Rose. Je me sens impuissant.

Ma balade touche à sa fin, le jour est maintenant levé. Nous ne sommes qu'en février mais un soleil d'hiver inonde l'horizon, faisant miroiter l'eau de mille perles d'argent. J'observe au loin un bateau sortir du petit port de Jard-sur-Mer. Je ne sais pas quoi faire de plus, mais j'ai la certitude qu'il faut que je trouve un moyen d'aider ma fille, et vite. Je ne peux pas me permettre de la laisser dériver vers des méandres que j'ai moi-même connus. Ceux qui m'ont éloigné de mes enfants depuis bien trop longtemps. Au-delà de l'horreur qu'elle représente, si la mort d'Antoine doit avoir un sens, je me surprends à espérer qu'elle puisse servir à renouer le lien et à sauver ma fille.

<u>**Mathilde**</u>

Demain, je retourne au travail. Même si je ne sais pas encore avec quelle énergie… Le médecin m'a proposé de m'arrêter mais j'ai refusé. La vie doit continuer. La semaine à la maison a été terrible. Pourtant Antoine avait, comme à son habitude, bien fait les choses. Il passait son temps à me dire qu'il était mon « facilitateur de vie ». Jusque dans sa mort, il me l'aura prouvé. En se tuant trois jours seulement avant nos vacances de février, il nous a offert, à Rose et moi, du temps pour nous retrouver après son départ. Mais je n'ai pas su, pas pu ou tout simplement pas voulu en profiter. Nos vacances ont toujours été synonymes de partage, de rire et d'insouciance. Nous coupions totalement du rythme habituel, nous recentrant sur notre couple, puis, avec l'arrivée de Rose, sur notre famille. Cette année, pas de séjour au ski. Nous avions décidé de faire du tri dans la troisième chambre. Cette pièce fourre-tout, un peu bureau, un peu chambre d'amis, un peu buanderie. Cet endroit devait devenir la chambre du deuxième. Projet tout juste ébauché mais qui prenait lentement forme dans nos esprits depuis que Rose était entrée à l'école. Nous devions la vider, changer le parquet et la repeindre d'une couleur neutre en attendant de planter la petite graine. Nous adorions bricoler ensemble. Antoine, menuisier, avait de l'or dans les mains. Il savait tout faire ! C'était lui le chef de chantier et moi son assistante. Une équipe de choc ! Jamais nous ne nous disputions. Pourtant, quand nous avions acheté la maison, elle était clairement dans son jus. Mais à force d'huile de coude, et de beaucoup de fous rires, nous en avions fait un joli havre de paix. Nos amis étaient admiratifs de ce que nous avions accompli, et nous, très fiers. Beaucoup de couples n'y auraient pas résisté !

Mais aujourd'hui, plus de bébé, plus de travaux, plus rien... À la place, un trou béant dans mon cœur et dans ma vie. Une incapacité à respirer, un poids omniprésent sur la poitrine et des nausées en permanence. Une envie de vomir ma vie, d'y échapper. Des idées sombres, très sombres, mais pas noires. Je n'infligerai pas ça à Rose, je me le suis promis. Et j'ai promis à Antoine de veiller sur sa fille, sa fierté. Ce petit bout de femme qui lui ressemble tellement que j'ai parfois du mal à la supporter. Quand je la regarde, elle, je le vois, lui, je le devine dans chacune de ses grimaces, dans chacun de ses éclats de rire. Je suis dure avec elle. Je le sais, et elle me le rend bien… Cette semaine, elle a essayé toutes les stratégies pour attirer mon attention. Dans une même journée, elle a alterné entre la fillette super sage et le petit démon. Elle a testé les limites aussi, beaucoup… elle a cherché systématiquement les points de rupture, les déclencheurs du non. À trois ans et demi, il est difficile de mettre des mots sur ses angoisses mais aussi ses colères. Rose est une petite fille très intelligente mais aussi hypersensible. Depuis dix jours, je la sens en insécurité. Elle continue d'attendre son père. Même si une partie d'elle a compris, l'autre reste dans un déni qui la protège. La vérité est trop difficile à admettre pour le moment.

J'appréhende son retour à l'école. Elle a besoin d'aide mais elle ne peut pas compter sur moi. Je n'en ai que trop conscience pour être passée par là, moi aussi. Je ne veux pas faire comme mon père. Lui s'est enveloppé dans son chagrin et nous a abandonnés, mon frère et moi. Il passait la journée au travail, offrant son soutien à ses patients, incapable de nous apporter le sien. Son appel maladroit de l'autre jour m'a touchée, même si je ne lui ai pas montré. Je ne l'avais pas entendu m'appeler « ma chérie » depuis la mort de Maman. Je l'ai senti sincère. Mais avec lui non plus, je n'y arrive pas. Je lui en veux toujours. Mon adolescence a été terrible, et pas qu'à cause du décès de ma mère. Ensemble, nous aurions pu faire face mais pas chacun dans son coin… Il n'empêche, je n'aurais pas dû le laisser raccrocher comme ça. J'aurais dû le rappeler et peut-être même étudier sa proposition. Pendant la semaine, il m'a envoyé plusieurs messages, dont un qui m'invitait de nouveau à venir me poser chez lui : « Ma maison est ta maison, viens quand tu veux. Bisous, Papa. » Je n'ai pas répondu. Pourtant, Rose adore aller chez lui. Cela lui ferait du bien. Mon père saurait faire semblant pour elle, pas comme ma belle-mère qui n'arrête pas de m'appeler.

Elle veut parler à Rose mais ne sait pas lui dire autre chose que « Ma pauvre petite chérie, Mamie aussi, elle est triste », « Mamie aussi elle aimerait bien que ton papa rentre ». Tout ça évidemment, en pleurant. Chaque appel se termine dans les larmes pour Rose, et je mets des heures à la calmer. Je vais devoir avoir une discussion avec mes beaux-parents, et cela ne me réjouit pas. Leur chagrin est immense et si compréhensible, mais ils ne peuvent pas tenir ce genre de discours. Rose a besoin que ses grands-parents soient forts, solides, qu'ils abordent le sujet de son père sans pathos. Il va falloir trouver les bons mots pour ne pas les froisser. Je vais me servir de mon expérience et puiser dans mes souvenirs ce que j'aurais aimé qu'on me dise à moi, ado de quinze ans en mal de mère.

J'avoue que chez mon père, tout serait différent. Dans sa maison, ma maison d'enfance, elle pourrait s'évader. Située à huit cents mètres de la mer, elle offre un cadre idéal pour une petite fille. Pour moi aussi. Il n'y a aucun lieu au monde où je me sente mieux. Le bruit des vagues qui viennent s'écraser contre les rochers, l'odeur d'iode, le bruissement des pins, tout m'apaise. Il m'a fallu du temps pour l'admettre. Et l'aide d'Antoine aussi. C'est lui qui m'a fait remarquer que j'étais beaucoup plus posée lorsque nous allions passer quelques jours là-bas. Moi, l'hyperactive, je devenais une contemplative, fascinée par le spectacle de la mer. Antoine aussi était tombé amoureux du lieu. Il adorait y passer des week-ends et discuter avec mon père. Tous les deux s'entendaient à merveille. Antoine n'avait pas trouvé sa place à l'école et en était sorti dès qu'il avait pu, mais il était très intelligent et cultivé. Il avait découvert en mon père un interlocuteur à la hauteur de sa curiosité et de sa soif d'apprendre. Ils pouvaient passer des heures, le soir sur la terrasse, à refaire le monde. Je retrouvais le père que j'avais connu il y a bien longtemps, ouvert, affable. Antoine buvait ses paroles pendant que je restais en retrait. Il avait du mal à comprendre pourquoi, après toutes ces années, il y avait encore tant de distance entre mon père et moi. Moi-même, je me demandais quand et comment nous pourrions construire un pont et redevenir complices. Peut-être le moment était-il arrivé ? Même si d'hypothétiques retrouvailles avec mon père ne faisaient pas partie des promesses que je lui avais faites, je sais que rien n'aurait pu rendre Antoine plus heureux…

En attendant, demain, je reprends du service et je n'en ai pas envie. J'adore mon métier d'infirmière en EHPAD, mais il me demande beaucoup d'énergie. Je vais retrouver ma bande de petits vieux. Des plus ronchons aux plus adorables, chacun a l'habitude de me voir branchée sur du mille volts. Passant d'une chambre à l'autre, distillant ma bonne humeur en taquinant les grincheux, consolant les cœurs d'artichauts ou apaisant les inévitables conflits de cours de récréation. J'ai dû leur manquer, et je sais que certains, et surtout certaines, au courant de la raison de mon absence, doivent avoir hâte de savoir comment je vais, comment se porte Rose. Elles connaissent beaucoup de choses de ma vie. Je suis souvent leur seule ouverture sur le monde. Parfois abandonnées par leur propre famille, elles projettent sur la mienne. Leur raconter les facéties d'Antoine et les bêtises de Rose les fait rire et me permet d'effectuer les soins en douceur. Alors, demain, pour Mamie Jacqueline ou Monsieur Marcel, il va falloir que je donne le change. Je compte aussi sur eux pour m'insuffler l'énergie suffisante pour avancer.

Les petits pas de Rose sur le parquet interrompent mes pensées. Il est dix-neuf heures, et pourtant, elle porte son cartable sur son dos.

- Je vais à l'école demain, dis Maman ?
- Non, ma puce, demain, tu vas chez Tatate Nicole.
- Pourquoi j'ai pas le droit d'y aller ?

- Ce n'est pas que tu n'as pas le droit, ce sont encore les vacances pour toi.

- Oui, mais toi, tu retournes à ton travail ?

- Moi, ce n'est pas pareil, ma Rose. Je suis une adulte. Je n'ai pas autant de vacances que toi.

- Papa aussi, il va à son travail ?

- Non, ma puce, je te l'ai dit...

-

Une boule se forme dans ma gorge, je vais devoir une fois de plus recommencer l'explication. Papa n'ira plus au travail. Il est au ciel maintenant. Il nous regarde…

- Pourquoi il descend pas ?

- Il ne peut pas, ma chérie.

Je retiens de plus en plus difficilement mes larmes.

- Pourquoi il m'a pas dit au revoir ? C'est pas gentil, hein, Maman, de ne pas dire au revoir ? Tu pleures, Maman ?

- Non, ma puce… (Pourquoi je lui mens ?). Tu sais, il aurait bien voulu ne pas partir du tout, ton papa.

Rose ne dit plus rien. Je la vois qui réfléchit. J'imagine tous les rouages de son petit cerveau au travail. Soudain, son visage s'éclaire.

- J'ai une idée ! Pourquoi on prend pas un avion pour aller chercher Papa !
- On ne peut pas, ma chérie…
- Ça doit bien exister les *navions spécials* pour aller voir les papas qui vivent dans le ciel ?

Sa voix est pleine de colère, mais elle se brise en un énorme sanglot. Ma petite puce est en train de lâcher le combat. Elle a de plus en plus de mal à croire à son histoire de cache-cache. Je décroche délicatement le sac toujours pendu à ses épaules. Je la soulève à ma hauteur et enfouis ma tête dans son petit cou. Je la respire, je l'aspire. Si seulement je pouvais aussi aspirer son chagrin. Mon petit soldat est en train de s'effondrer. Son corps, raidi par la colère, se relâche d'un coup dans mes bras. Mais déjà, elle repart au front, elle résiste. De ses petits poings serrés, elle frappe ma poitrine en hurlant.

- Lâche-moi ! Tu dis n'importe quoi ! Tu sais même pas. Tu vas voir, je vais demander à Papy Zorze. Il sait tout, lui !
- Stop, ça suffit maintenant !

Je la pose violemment sur le sol.

- Tu te calmes et tu m'écoutes ! Ton papa est mort, il ne reviendra plus, tu ne le reverras jamais !

Rose se fige. L'attaque est trop lourde, trop lâche. Mais qu'est-ce qui m'a pris ? Je n'ai pas le droit de lui dire ça ! Je me déteste. Je l'aurais giflée qu'elle n'aurait pas été plus saisie. Son regard se fait dur. Elle me fixe et, sans trembler, me dit :

- Je te déteste. T'es plus ma maman !

Elle part en courant dans sa chambre. Je reste plantée au milieu du salon. Tout est dit. Je l'ai bien mérité. Jamais, je n'aurais dû prononcer ces mots. Mais j'étais incapable de faire face à son désespoir, de la voir repartir dans son déni. Je me sentais impuissante et me revoyais, il y a des années de cela, essayant de trouver les bons mots pour parler à mon frère. Cela n'aurait pas dû être à moi de le faire. Quand elle a prononcé le nom de mon père, quand j'ai senti l'espoir qu'elle mettait en lui, c'est ma propre rage qui est remontée. Ma rancœur contre lui. J'ai eu envie de lui faire mal. C'est horrible ! Suis-je en train de devenir une mauvaise mère ? Suis-je en train de répéter le schéma ? Je dois aller la rejoindre, m'excuser, la cajoler. Pourtant, je n'en ai pas la force.

Je m'allonge sur le canapé, me mets en boule et replie un plaid sur moi. Je suis exténuée, on verra plus tard…

<u>Rose</u>

Je suis trop contente. Je saute sur le chemin de l'école en tenant la main de Maman. J'aime bien Tatate Nicole mais j'aime encore plus l'école ! J'ai trouvé ça trop long les vacances. La première semaine, j'étais avec Maman mais elle était pas drôle. On s'amusait pas du tout alors que Papa, il m'avait dit qu'on aurait des super vacances, qu'on ferait du bricolage et qu'on irait au zoo. En vrai, avec Maman, on n'a rien fait du tout. Elle a passé plein de temps au téléphone avec des gens, elle a fait que s'énerver et, souvent, elle pleurait. Je crois même que, des fois, elle a oublié que j'étais là ! J'aurais bien aimé aller chez Papy Zorze, mais la dernière fois que j'ai parlé de lui, elle m'a grondée et m'a dit des choses très méchantes. Alors moi, j'ai décidé qu'elle était plus ma maman ! Mais j'ai regretté après, parce que c'est grave de plus avoir sa maman… Déjà que mon papa, elle arrête pas de me dire que je le verrai plus… Moi, je sais pas qui va s'occuper de moi si je perds ma maman. J'ai pas envie du tout. J'ai eu peur qu'elle me croie après ce que j'ai dit, su coup, pendant la nuit, je suis encore venue dormir dans son lit. J'ai grimpé à côté d'elle, j'ai dit pardon et je lui ai fait un gros bisou. Je sais pas si elle a pas entendu ou si elle s'en fiche, mais depuis, je fais ça toutes les nuits et elle me gronde jamais.

En plus, depuis que mon papa, il est parti, j'ai un peu peur la nuit, toute seule. Avant, tous les soirs, quand c'était l'heure du câlin, mon papa, il disait : « Fantômes, sorcières et loups, je vous préviens ! Laissez ma fille tranquille ou vous aurez affaire à moi ! » Moi, je savais que ça existe pas mais maintenant qu'il est plus là, je crois qu'ils sont tous là, sous mon lit. J'en ai parlé à Doudou Lapin mais il a pas l'air de me croire. J'attends d'aller chez Papy Zorze pour savoir comment faire pour les chasser. Pas la peine de le dire à Maman, elle a déjà trop de soucis comme ça. À Mamie Lou non plus, je dis rien. Elle est bizarre, elle aussi. Elle pleure tout le temps quand elle me téléphone, et quand je lui demande pourquoi, elle me dit « Ce n'est rien, ma petite chérie, ce n'est rien »… Beh moi, mon papa, quand je fais la comédie et que je pleure pour rien, il me dit d'arrêter et de sécher mes larmes de *crocrodile*. Elle ferait mieux de faire pareil. Quand je demande à parler à Papy Clément, le papa de papa, elle me répond qu'il est occupé. Je crois que lui aussi il a pas très envie de me voir. Elle est vraiment pas drôle ma vie en ce moment. Retourner à l'école et revoir les copains, je sens que ça va me faire du bien !

Je vois Thomas et Lucie devant le portail, je lâche la main de Maman et je cours les rejoindre. C'est des jumeaux ! Maman, elle m'a expliqué qu'ils étaient tous les deux dans le ventre de leur maman en même temps. Beh dis donc, ça devait être tout serré ! Moi, je les aime beaucoup. Thomas, c'est mon *namoureux*, et Lucie, c'est ma meilleure copine !

-   Coucou ! Ça va les copains ?
-   Rose ! Tu es là !

Thomas me serre très fort, je vais étouffer.

- T'es plus malade ?
- Beh, j'étais pas malade ?
- Pourquoi t'étais pas là avant les vacances, alors ?
- C'est à cause que son papa, il est mort ! crie Lucie.
- Hein ? c'est vrai ? Ton papa, il est mort ?
- Beh non, n'importe quoi, il est parti au ciel pour l'instant !
- Beh, c'est pareil !

La maman de Lucie lui met la main devant sa bouche. Elle est toute rouge !

- Lucie ! Je t'avais demandé de ne rien dire et d'être gentille avec Rose.
- Laisse, Véronique. Ce n'est rien.

Maman vient de me rejoindre. Elle tend sa joue à Véronique pour lui dire bonjour, mais celle-ci l'attire carrément contre elle et la serre dans ses bras. Elle pleure en s'excusant pour Lucie, pour ne pas avoir été là, pour ne pas avoir eu le courage. Je comprends rien. Tout le monde nous regarde. Maman est mal à l'aise. Elle est toute raide et ne sait pas quoi dire. Les papas et les mamans des autres enfants tournent la tête quand je les regarde. C'est comme s'ils ne voulaient pas me voir.

- Ne vous inquiétez pas, la mort ce n'est pas contagieux ! Vos enfants ne risquent rien !

Là, je comprends encore moins pourquoi Maman est si en colère. Elle me prend la main et me force à rentrer dans la classe. Elle va si vite que mes pieds ne touchent pas le sol.

- Aïe, tu me fais mal ! Lâche-moi, je veux attendre les autres copains !
- Non, il faut que je parle avec Laurence, et je n'ai pas beaucoup de temps avant d'aller au travail.

Je me mets à pleurer. J'en ai marre. À chaque fois que je m'amuse, elle gâche tout. Moi, je veux rester dehors avec Lucie et Thomas et attendre les autres. J'ai pas encore vu Robin, Mia et Pablo. Quand on est tous les six, on fait que rigoler. Même que Laurence, ma maîtresse, elle a dit à ma maman qu'elle avait jamais vu un groupe d'élèves s'entendre aussi bien dès la petite section. Tiens, la voilà ! J'essuie vite mes larmes pour qu'elle me *voit* pas pleurer.

- Bonjour, Laurence !
- Bonjour, Rose. Comment vas-tu ?
- Très bien. Je suis trop contente de revenir à l'école. Tu m'as manqué !
- C'est gentil, Rose. Vous aussi vous m'avez manqué, j'avais hâte de vous revoir. Si tu allais dans le coin cuisine ? Ta maman et moi, nous devons discuter un peu. Je viendrai te voir après.

J'adore le coin cuisine, mais ça serait plus drôle si les copains étaient avec moi.

- Non, merci, je préfère rester avec vous.

Laurence regarde Maman sans savoir quoi faire. Pourtant j'ai été polie, j'ai dit « Non, merci » !

- Écoute ce que dit Laurence, ma chérie, je viendrai te dire au revoir avant de partir.

Ils sont vraiment curieux les adultes. Je dois toujours obéir, même quand j'ai pas envie. Je reste un peu pour voir, mais Maman me lance un regard pas content. J'ai compris, j'y vais, c'est bon… Nul ! Nul ! Nul ! Quand je vous dis que ma vie est nulle ! Ça commence à suffire !

<u>**Mathilde**</u>

« Non mais, vous allez me laisser tranquille ce matin ! Je vous dis que je me lèverai quand j'en aurai envie ! Ce n'est quand même pas vous qui allez décider à ma place, non ! Je suis vieux, d'accord, mais je ne suis pas sénile à ce que je sache ! J'ai dit non à la pimbêche. Ce n'est pas parce que vous avez un costume de chef que je vais vous obéir ! »

Tous les matins, le même cirque. Tous les matins, je suis appelée par l'auxiliaire de vie parce que Monsieur Marcel fait sa forte tête. Il n'a jamais été facile, mais depuis ma reprise de travail, je me demande s'il ne fait pas exprès de me mener la vie dure. Il sait forcément que je ne vais pas bien. Je ne rigole plus, je ne le charrie plus et il en profite. Je vois son regard qui me scrute quand je fais ses soins. Il cherche la faille. Cet homme est le résident le plus détesté de l'EHPAD. Froid, hautain, misogyne, méchant, chaque membre du personnel rivalise de qualificatifs à son encontre. Aucun soignant ne veut s'en occuper, et certaines auxiliaires se sont même plaintes de son comportement, auprès de la direction. Malgré des rappels à l'ordre, rien ne change. Monsieur Marcel, 95 ans, retraité de la Marine nationale, n'en fait qu'à sa tête ! Pour ma part, j'ai posé le cadre dès le départ. Il peut râler autant qu'il veut, il ne m'empêchera pas d'effectuer mon travail. Au mieux, je lui rentre dedans ; au pire, je l'ignore et me mets à chanter. Ça ne l'empêche pas de râler, mais, au fil du temps, un respect mutuel s'est installé entre nous. Je crois qu'au final, il m'aime bien. Je le vois régulièrement cacher un sourire quand je le remets à sa place. Toutefois, ce matin, j'en viens à douter, et je suis à deux doigts de craquer. Il est déjà onze heures, et il me reste la moitié des résidents à voir. Il devrait être installé dans son fauteuil depuis bien longtemps. En temps normal, j'aurais utilisé l'humour ; il se serait offusqué, m'aurait traitée d'emmerdeuse et aurait fini par céder. Pas aujourd'hui… Je sens qu'un seul mot peut me faire déborder.

La journée a mal commencé. Je suis arrivée en retard à l'école, car Rose m'a fait une énième crise au moment de se coiffer. Depuis quelques jours, elle ne supporte plus les couettes, ne veut plus mettre de collants, se dit gênée par ses étiquettes de culottes. Bref, tout est prétexte à d'énormes colères. Je n'arrive pas à la calmer, et cela fait trois matins que le trajet jusqu'à l'école se passe en silence. Seul le bruit de ses reniflements occupe l'espace. La maîtresse m'a retenue en me disant qu'il fallait que l'on prenne rendez-vous. Là-bas aussi, le comportement de Rose devient ingérable. Elle interrompt la maîtresse, prend la parole sans autorisation, et surtout, ce qui ne lui ressemble pas, bouscule les copains. Elle le fait de manière gratuite, nie quand Laurence la surprend. Ses camarades commencent à se plaindre, même Thomas, son amoureux transi. J'ai craqué avant qu'elle n'ait eu le temps de terminer sa litanie. Je me suis effondrée devant elle… et devant Rose. Ma pauvre puce avait l'air effrayé ! Heureusement, l'enseignante a pris les choses en main. Elle m'a dit que je ne devais pas m'en faire, que finalement ce n'était pas si urgent et qu'on prendrait le temps d'en discuter un matin où je serais moins pressée. Ce n'est que reculer pour mieux sauter, mais je l'ai remerciée et je suis partie en courant, sans même un regard pour Rose. Quand j'y repense, ça me rend malade. Je me sens tellement coupable. Qu'est-ce qu'elle doit penser, abandonnée par son père, avec une mère qui ne sait pas gérer ? Qu'est-ce qui peut bien se passer dans sa tête ? Alors, que Monsieur Marcel se comporte comme un vieil acariâtre ce matin encore, c'est la goutte d'eau.

- Vous savez quoi, Monsieur Marcel, vous me faites chier ! Vous nous faites tous chier, en fait ! Vous voulez rester dans votre merde de la nuit ? Eh bien, restez-y ! Je n'en peux plus de vous ! Égoïste, sans cœur, toujours de mauvaise humeur ! Des mois et des mois que je vous défends, que j'essaie de vous trouver des circonstances atténuantes ! C'est terminé, démerdez-vous !

- …

Avant qu'il ne puisse répondre quoi que ce soit, mais surtout avant que les larmes ne débordent, je sors de la chambre sous le regard médusé de Sandrine, l'auxiliaire de vie. J'ai toutefois le temps d'entendre : « Pas marrante la veuve en ce moment ! ». Je préfère ignorer cette énième pique ignoble. Mes collègues, qui n'ont rien loupé de la scène, me laissent filer en salle de repos, sans me retenir. Je n'avais jamais manqué de respect à un résident jusqu'à présent, même avec les plus récalcitrants. Je n'avais jamais été vulgaire avant aujourd'hui. Et même si son comportement est inacceptable, je sais que Monsieur Marcel n'est pas le problème, juste le déclencheur. Tous les jours, depuis le départ d'Antoine, je sens grandir en moi une colère sourde, profonde, lancinante. Je cherche sans cesse des prétextes pour la faire sortir. Rose en fait déjà les frais, et maintenant Monsieur Marcel... Je sais pourtant vers qui elle est dirigée, mais je refuse d'en vouloir à Antoine. Si son départ est responsable de mon immense chagrin, lui n'est en rien coupable. Je me déteste tous les jours davantage, je deviens l'ombre de moi-même. Je ne dors plus, je maigris à vue d'œil. Je me dégoûte à un tel point que les nausées ne me quittent plus. Et maintenant, je risque d'avoir de graves problèmes. Mon comportement va certainement déboucher sur un avertissement, voire pire. Je ne peux pourtant pas me permettre de perdre mon job. Je m'écroule en pleurs dans le fauteuil de la salle de repos. Mes doigts enserrent ma tête posée sur mes genoux. J'ai envie de crier ma douleur. Je voudrais fuir, loin. Oublier ces quatre dernières semaines. Retrouver ma vie d'avant. Celle que j'aimais tant, celle dont on ne prend conscience qu'elle est parfaite que lorsqu'elle vous file entre les mains. Une fois de plus, j'ai l'impression d'avoir été trahie. Pendant des années, j'avais fui le bonheur de peur qu'il se sauve. Puis Antoine était entré dans ma vie. Notre rencontre avait été une telle évidence que, pour la première fois de mon existence, j'avais décidé de faire confiance. Je ne l'avais jamais regretté. Jusqu'à ce stupide accident. Jusqu'à ce chauffard au comportement inconséquent. Jusqu'à ce qu'Antoine m'abandonne, comme ma mère, comme mon père...

Le cliquetis d'une porte que l'on referme me fait sursauter. Je relève la tête. Ma cadre vient d'entrer dans la pièce et scrute mon visage. Je ne sais pas combien de temps s'est écoulé depuis mon coup de sang, mais elle est déjà prévenue. La connaissant, elle va prendre un malin plaisir à me sermonner. Nous ne nous apprécions pas vraiment toutes les deux. Elle impose son autorité d'une manière que je ne cautionne pas. J'ai du mal à respecter les personnes dont la légitimité est contestable, et c'est son cas. Elle adore les cancans, elle passe son temps à commenter et à juger la vie des résidents ou de ses « filles », comme elle nous appelle. Elle fonctionne par affinités, et autant dire qu'elle et moi n'en avons pas particulièrement. Je m'attends au pire. Contre toute attente, elle prend une chaise, s'assoit près de moi et, d'un ton calme et sincère, s'adresse à moi.

- Mathilde… on vient de me raconter ce qui s'est passé avec le résident de la chambre 24. Ne t'inquiète pas. Je comprends.

- …

- Ça va lui faire du bien de s'entendre dire ses quatre vérités. La forme n'y était pas, c'est sûr, mais qu'importe…

- Je n'aurais pas dû lui parler sur ce ton...

- Tu as fait ce que tu as pu. Il l'a bien cherché. Le problème, ce n'est pas lui, Mathilde, c'est toi.

On y est, le temps de la gentillesse est terminé. Je ne vais pas tarder à savoir ce que le sort me réserve. Mais, une fois de plus, je me trompe. Nathalie poursuit d'une voie douce :

- Tu ne peux pas continuer comme ça. Depuis que tu as repris le travail, je ne te reconnais plus. Dieu sait que nous n'avons pas toujours été copines toutes les deux. Mais ton humour noir, tes rires, l'énergie que tu as toujours mise dans ton travail me manquent. Nous savons tous pourquoi, et je ne te blâme pas. Personne n'est préparé à vivre ce que la vie vient de t'infliger. Je pense que tu n'aurais pas dû revenir travailler si tôt. Tu as besoin de temps pour toi, pour ta fille. Pour apprivoiser ta nouvelle vie. Tu veux faire comme si rien de tout cela ne s'était passé, malheureusement ce n'est pas le cas. Tu t'épuises et nous le voyons toutes. Je sais que tu ne veux pas d'arrêt de travail, mais si tu continues comme ça, tu vas faire des bêtises et ta situation empirera.

- Je suis virée ?

- Il n'est pas question de ça, Mathilde. Ne t'inquiète pas. Ce qui s'est passé ce matin va rester entre nous. Je vais discuter avec Monsieur Marcel, et, crois-moi, ça ne devrait pas sortir de sa chambre. Je ne vais pas en informer la direction pour le moment, mais…

- Mais pourquoi tu fais ça ? Je ne le mérite pas. J'ai fait n'importe quoi ce matin. D'ailleurs, je fais tout de travers depuis un mois.

Ma voix se brise. J'éclate en sanglots et plonge de nouveau ma tête dans mes genoux.

- Pleure, ma belle, pleure. Libère-toi, n'essaie pas de résister.

Sa main se pose doucement sur mes cheveux, et je me laisse faire. Ce simple geste de tendresse me fait un bien fou. Chacune de ses caresses libère son flot de larmes. Je n'aurais jamais cru un jour me retrouver dans cette situation. Je n'aimais pas cette femme pour les jugements qu'elle portait, et je réalisais aujourd'hui que c'était moi qui l'avais mal jugée. Sa voix que je qualifiais de mielleuse cachait une autre réalité. Je l'imaginais hypocrite, je la découvrais empathique.

-   En revanche, on va passer un contrat. Et autant te dire que je ne te laisse pas le choix. Je ne veux pas te revoir avant mardi.

Je me relève d'un coup.

-   Mais je suis de garde ce week-end…
-   Je sais, j'ai vu le planning. Demain, tu es de repos et lundi aussi. Ce week-end, je prends ta garde. Ça te fait quatre jours. Quatre jours pour te reposer, prendre soin de toi. La semaine prochaine, si tu ne vas pas mieux, je t'obligerai à te mettre en arrêt.
-   Mais tu ne peux pas faire ça !
-   Légalement non, mais tu ne peux pas continuer ainsi...
-   Je ne parle pas de l'arrêt, je te parle de ma garde. Tu as ta famille, et vis-à-vis de mes collègues…
-   Ne te trouve pas d'excuses, Mathilde. Tu ne peux plus continuer à fuir. Tu dois te confronter à ta nouvelle vie. Tu

crains le vide et tu cherches à le remplir par tous les moyens, mais ça ne marche pas comme ça. Crois-moi ! Et je te l'ai déjà dit, c'est non négociable. Tu finis ta garde maintenant, et que je ne te revoie pas avant mardi !

- Mais il me reste encore quatre heures !

- Maintenant, je te dis. Ne commence pas à me faire regretter d'avoir voulu être gentille avec toi. Et avant que tu n'ajoutes quoi que ce soit, non, je n'ai pas pitié. La Mathilde d'avant m'exaspérait mais elle me manque. Donc, je ne fais pas ça que pour toi mais aussi pour moi.

Ma cadre se remet debout et me prend dans ses bras. Décidément, on franchit toutes les limites aujourd'hui !

- Profites-en et reviens-moi en meilleure forme. Accepte que les autres prennent soin de toi. Tu verras, ton chagrin sera toujours là, mais il sera moins lourd à porter.

Elle quitte la pièce, me laissant à mon sort. Quatre jours devant moi à tuer, l'angoisse ! Avec, en prime, une équation à résoudre : qui pour prendre soin de moi et desserrer l'étau de tristesse qui enserre mon cœur ?

<u>**Georges**</u>

Debout sur la terrasse, les poings fermement enfoncés dans mes poches, je les regarde arriver. Ma posture affiche une assurance que je n'ai pas, et le sourire radieux plaqué sur mon visage cache tant bien que mal mon stress. En réalité, je suis mort de trouille. Mathilde et Rose arrivent pour le week-end, et j'ai peur. Peur de ce que je vais découvrir. Peur de ce que l'on va se dire ou, pire, ne pas réussir à se dire. Peur que ces deux jours se terminent mal. Je vois ma fille descendre de la voiture et déjà mon cœur se serre. Prétendre qu'elle a mauvaise mine serait un euphémisme. Elle a maigri, ses traits sont tirés et son corps, habituellement tonique, semble s'être affaissé. Elle, d'habitude si coquette, n'a pas dû se coiffer et se maquiller depuis plusieurs jours. Elle flotte dans ses habits noirs. Mathilde m'adresse un signe et esquisse un pâle sourire qui, s'il vise à me rassurer, rate son objectif. Mais déjà, elle détourne la tête et ouvre la portière arrière pour sortir Rose. J'entends les cris d'excitation de ma petite-fille qui trépigne. À peine ses pieds touchent-ils le sol qu'elle s'élance vers moi en criant « Papy Zorze ! ». La manière dont elle prononce mon nom me fait fondre. Rose a longtemps eu un cheveu sur la langue. Si aujourd'hui elle s'en est détachée, mon nom reste marqué par son zozotement, et ça me va bien comme ça !

Dans sa course effrénée pour me rejoindre, Rose se prend les pieds dans une racine et tombe. Rien de grave, mais elle se met à hurler. Plus que la douleur, je sens que c'est surtout son ego qui en a pris un coup. Au lieu de réagir, Mathilde continue à sortir quelques affaires de la voiture, indifférente aux cris de sa fille. Je suis choqué. La situation est bien encore plus grave que je ne l'imaginais. Quand, jeudi, j'ai reçu un SMS me demandant si elle et Rose pouvaient venir passer le week-end, j'ai, dans un premier temps, été agréablement surpris. Mais très rapidement, j'ai interprété cela comme un cri de détresse. La scène qui venait de se dérouler devant moi ne faisait malheureusement que confirmer mon sentiment. Si Rose vouait une admiration sans nom à son papa, le lien entre elle et sa mère était fusionnel. L'absence de réaction de Mathilde à la chute de sa fille était plus qu'inquiétante.

Je m'empresse de rejoindre Rose pour l'aider à se relever. La pauvre petite est toujours allongée sur le sol. Ses pleurs se sont amplifiés et raisonnent dans la forêt encore déserte à cette époque de l'année. Derrière ses larmes, plus de chagrin ou de douleur mais de la colère. Ses petites mains frappent furieusement le sol, et son visage est maintenant couvert de sable. Je tente de la faire rire :

- Ça ne se mange pas le sable, ma puce. Papy a fait à manger pour toi, tu sais !

Raté… Ses larmes redoublent. Je me sens démuni. J'essaie d'interpeller Mathilde du regard, en vain. Je m'assois alors à côté de Rose et me mets à dialoguer avec un personnage imaginaire :

- Tu sais pourquoi elle pleure, cette petite ?
- …
- Moi non plus. Peut-être qu'elle n'est pas contente de me voir ?

- …
- Pourquoi ? Beh, parce que venir voir son vieux papy, tu vois, ce n'est pas très drôle pour une petite fille.

Ses larmes se tarissent tout doucement. Rose cherche à écouter ce que je dis.

- Non, mais tu comprends, peut-être qu'elle n'a pas envie de me voir aussi. Aller à la plage, pêcher des crabes, manger des bonbons… elle n'aime peut-être pas ça…
- À qui tu parles ? grommelle une petite voix d'un ton autoritaire.

Je me tourne vers elle, l'air faussement étonné.

- Ah, tu m'as entendu ? Excuse-moi, je ne voulais pas te déranger. Je croyais que tu étais occupée avec ta colère.
- Je suis pas en colère !
- Ah bon, ça y ressemble pourtant...
- Je suis pas en colère, je te dis. Je suis triste, c'est tout !
- Triste de me voir ?

Rose paraît réfléchir. Finalement, elle se relève, s'accroupit et se penche pour me claquer un énorme bisou sur la joue, épais mélange de larmes, de morve et de salive. Aussi humide que dégoûtant ! Je préfère toutefois ne pas m'essuyer, de peur de la vexer et de déclencher une nouvelle salve de sanglots.

- Tu dis n'importe quoi ! Je suis triste à cause de mon papa… et de ma maman aussi. Mais je suis contente de te voir.
- Ça fait beaucoup de chagrin ça, ma Rose.
- Beh, tu sais mon papa, je crois qu'il va pas *reviendir* maintenant. Ça fait beaucoup de jours qu'il est parti. Et ma maman, je crois qu'elle s'en fiche de moi…

Tout en disant cela, Rose vient se blottir entre mes deux jambes, et ses pleurs reprennent. Moins sonores mais plus profonds. Il n'y a plus de comédie, juste l'expression d'un immense chagrin. Celui d'une petite fille perdue, avec un fort sentiment d'abandon. Je retiens mes larmes. Je suis ébranlé par les propos de ma petite-fille, et par ce qui se joue à quelques mètres de nous. Mathilde se tient fermement à la porte pour ne pas s'écrouler. Je la vois se mordre l'intérieur de la joue pour ne pas hurler. Elle a tout entendu, et je devine ce qu'elle peut ressentir. Les mots que je m'apprête à prononcer se doivent d'être les bons. Je ne dois pas me rater, autant pour Rose que pour ma fille.

- Je ne crois pas que Maman se fiche de toi, ma puce.
- Elle me crie tout le temps dessus, même quand je fais rien…
- Peut-être qu'elle est juste triste et en colère, elle aussi …

Son visage se fronce. Je la sens dubitative.

- Je crois pas qu'elle *est* vraiment triste. Quand je la vois pleurer, j'essaie de la consoler et de lui dire que, peut-être, Papa y va *reviendir* bientôt. Mais elle dit non, très fort. Elle souffle et répète que ce n'est pas possible. Elle me crie dessus. Je crois qu'elle pense que c'est à cause de moi que mon papa, il est parti dans le ciel ! Dis Papy Zorze, tu crois que tu peux m'aider à aller le chercher, mon papa ?

Cette dernière phrase est sortie comme un cri du cœur, un appel de détresse. Mon cerveau ne sait pas quoi répondre. Je suis complètement bouleversé par ce que j'entends. Pourtant, je lui dois une réponse. Comment l'aider à comprendre sans que la chute ne soit trop lourde ?

- Rose, ça suffit maintenant ta comédie ! Tu viens chercher Doudou Lapin et m'aider à descendre ton sac de jouets. Laisse Papy tranquille !

La voix cinglante de Mathilde fouette l'air. Rose se raidit dans mes bras. Elle tourne son visage vers moi et ses yeux m'implorent. Mais je suis coincé. Si je prends sa défense, je prends le risque de foutre en l'air le week-end tout entier. Ma fille est sur la brèche. Je vois dans son regard qu'elle attend le moindre faux pas. Elle l'utilisera comme prétexte pour repartir aussitôt. Or je sais, je sens, qu'elle a besoin de se reposer et surtout de passer le relais avec Rose.

- Écoute ta maman, ma puce. On en reparlera plus tard. On a plein de temps devant nous…

Je la pousse légèrement pour l'aider à se relever. Rose ne résiste pas, résignée. Cette petite d'à peine quatre ans est déjà capable de sentir quand il vaut mieux plier. Elle se dirige vers sa mère en traînant les pieds, la tête basse. Elle marmonne mais j'entends distinctement son « Je te l'avais bien dit qu'elle m'aime plus ».

Je me lève à mon tour pour aider ma fille à transporter ses bagages jusqu'à la maison. Je me penche pour l'embrasser. Ses lèvres effleurent à peine ma joue, son regard est fuyant.

- Bonjour P'pa, merci de nous accueillir… Désolée pour ce qui vient de se passer. Rose n'est pas facile en ce moment.

Sa voie tremblote, elle lutte pour ne pas pleurer. Je tente de lui prendre la main pour l'aider à lâcher prise. Elle esquive mon geste et me tend un sac à la place.

- Tiens. Tu peux m'aider ? Ce sont les affaires de Rose. On s'installe dans la chambre d'amis.
- Tu ne veux pas prendre ta chambre ?
- Non, Rose va dormir avec moi, et elle a l'habitude de la chambre d'amis.
- Comme tu voudras.

Toujours et encore se taire. Toujours et encore éviter les conflits. Mathilde adore sa chambre. Même depuis son départ de la maison, elle continue d'y dormir, la préférant à la chambre d'amis pourtant plus grande, plus ensoleillée, avec sa vue sur la piscine. Aujourd'hui, elle fuit le passé, les souvenirs. Probablement trop douloureux…

- Elles sont prêtes toutes les deux de toute façon. Monique est venue faire le ménage hier et a changé les draps.
- Ce n'était pas la peine, je l'aurais fait en arrivant.

Cette froideur dans le ton fait souffler un vent glacial entre nous.

- Tu viens pour te reposer, alors je l'ai appelée pour qu'elle vienne me donner un petit coup de main afin de tout préparer.
- Je ne suis pas fatiguée.

Rose s'est éloignée, portant un sac de jouets plus lourd qu'elle. J'en profite pour être plus ferme et obliger ma fille à me regarder.

- Arrête, Mathilde, pas avec moi… Regarde-toi, tu es l'ombre de toi-même…
- Merci pour le compliment.
- Tu ne t'en sortiras pas à chaque fois avec ces phrases cinglantes…
- Tu préfères que je reparte tout de suite…

- Écoute, je vais te faire la même réponse qu'à ta fille. On en reparlera plus tard ! Prends le temps de te poser, je vais aider Rose à s'installer.

Je m'apprête à partir quand, d'une voie qui s'étrangle, ma fille me dit :

- Je n'y arrive pas, Papa… C'est trop dur.

J'ai juste le temps de me retourner et de la rattraper avant que Mathilde ne s'écroule dans mes bras. Je l'allonge tout doucement sur le sol. Elle retrouve vite ses esprits mais elle est livide. Je commence à l'ausculter en lui posant des questions.

- Ça t'arrive souvent ces évanouissements ? C'était quand ton dernier repas ?
- Je, je ne sais pas… Hier midi, peut-être...
- Mais enfin, Mathilde, tu es folle ! Tu as pris la route le ventre vide depuis presque vingt-quatre heures, avec ta fille en plus ! Mais où as-tu la tête ? Que deviendra-t-elle s'il t'arrive quelque chose maintenant ?

Je tente de ravaler ma phrase mais trop tard. Le visage de Mathilde retrouve instantanément des couleurs, et elle essaie de se relever. Sans succès, tant son corps est épuisé. Nous sommes interrompus par les hurlements de Rose.

- Maman, Maman ! Pourquoi t'es tombée ? Tu t'es fais mal ? Pardon, pardon, c'est ma faute ! Je vais être sage maintenant, je te le promets ! Ne t'en va pas dans le ciel avec Papa ! Je t'aime, moi !

Mathilde ouvre ses bras et laisse Rose s'y engouffrer. Elles tombent toutes les deux à la renverse.

- Non, ma chérie, je ne me suis pas fait mal, je suis juste maladroite comme toi tout à l'heure ! Et non, je ne suis pas fâchée contre toi. C'est à moi de m'excuser. Je n'aurais pas dû te crier dessus. Tu as le droit de parler de Papa avec Papy.

Chacune de ses phrases est ponctuée de bisous, et malgré le chagrin qui les enveloppe toutes les deux, je retrouve le ton si maternel de Mathilde quand elle s'adresse à sa fille. Tout n'est peut-être pas perdu, mais il est temps que quelqu'un les aide. J'espère en avoir le pouvoir, du moins un tout petit peu…

Échouée sur le canapé, vide de toute énergie, mon regard erre à travers la pièce. Je suis chez moi, du moins dans la maison de mon enfance, mais je m'y sens souvent comme une étrangère. Tant de choses ont changé. Au fil des années, mon père a fait évoluer la maison. La décoration, les meubles ne sont plus les mêmes. Pourtant, il a su garder l'empreinte de ma mère, et les photos disséminées dans toutes les pièces sont là pour nous rappeler sa présence. Je ne sais pas vraiment ce que je suis venue chercher ici. Je ne sais toujours pas si j'ai pris la bonne décision en m'invitant là. Mais je me sens si lasse… Je ne suis plus en mesure de réfléchir.

À peine avions-nous mis un pied dans la maison, que Papa m'a forcée à m'allonger. Je n'ai même pas eu la force de lutter. À quoi bon lui dire que je ne suis pas fatiguée. Il est médecin, difficile de lui mentir. Depuis, c'est le silence entre nous. Après notre arrivée en fanfare, nous avons dû échanger à peine trois phrases. La colère, puis le chagrin de Rose, m'ont terrassée. Ma réaction était complètement inappropriée. J'ai lu de la désapprobation dans les yeux de mon père, mais que dire de la détresse dans ceux de Rose ? L'espoir qu'elle met encore dans le retour de son père, plus d'un mois après son départ, me tue un peu plus chaque fois. Elle l'exprime avec tant de conviction ! Ces derniers jours, elle en parlait moins. Elle semblait avoir abandonné l'idée de son retour. Tout comme, elle n'abordait plus le fait de trouver un moyen d'aller le retrouver. Je pensais naïvement que le temps avait fait son œuvre et qu'elle assimilait enfin sa disparition.

En réalité, elle attendait juste de voir son papy en qui elle a placé un espoir fou.

Je sens combien mon père a peur de moi, de mes réactions et des phrases assassines que j'utilise pour le piquer et éviter d'aborder certains sujets. Cela fait des années que je continue à mettre de la distance entre lui et moi. Je n'arrive pas à faire autrement et à comprendre la nature de mes sentiments à son encontre. J'ai rencontré une psy, il y a quelques années, à la demande d'Antoine, qui ne supportait plus la relation que mon père et moi entretenions. Elle a suggéré que je le tenais à distance non pas parce que je lui en voulais, mais parce que je craignais de l'aimer. Peur de l'aimer et qu'il m'abandonne, comme ma mère l'avait fait. Elle a ajouté que la colère que je nourrissais à son égard était en réalité celle que je ne m'autorisais pas à avoir contre ma mère. À l'issue de cette séance, j'ai arrêté le suivi. J'ai rangé cette hypothèse dans la case « ma psy est plus folle que moi », et je n'ai jamais plus accepté de voir quelqu'un. Aujourd'hui, le départ d'Antoine éveille en moi une multitude d'émotions très contrastées à l'égard de mon père, et fait resurgir cette idée. Elle revient me hanter.

Quand je le vois aussi prévenant avec moi, aussi impliqué dans son rôle de grand-père, je doute de moi et de mes certitudes le concernant. À l'instant même, il est en pleine préparation du repas avec ma fille, et leur complicité est évidente. Je n'ai plus entendu ma fille rire aux éclats comme ça depuis un bon moment. Paradoxalement, la scène me fait mal. Elle ravive non seulement les souvenirs de Rose préparant le repas avec son papa, mais aussi ceux des moments partagés dans mon enfance avec ce père que j'idolâtrais. C'en est trop. Les larmes envahissent mes yeux, et je les ferme en priant pour que tout s'arrête, en espérant que, lorsque je les rouvrirai, tout soit redevenu comme avant. J'imagine la scène comme j'aimerais qu'elle soit. Et dans ce doux moment rêvé, non seulement Antoine est là, mais ma mère aussi. Maman… elle me manque terriblement… Elle qui savait toujours quoi dire, quoi faire… Je prends conscience que le vide laissé par Antoine est encore plus grand que je ne l'imaginais. Il est venu s'ajouter à celui du départ de Maman. Celui que l'on ne peut pas combler, mais avec lequel on doit apprendre à vivre. J'ai cru, en devenant moi-même maman, que je remplirais ce vide. Mais on ne pallie pas l'absence d'une mère par la naissance de son enfant. Tout se bouscule maintenant dans ma tête. Le deuil passé qui, finalement, s'invite dans le présent, le deuil présent que je refuse de faire… tout est si compliqué. Je suis si fatiguée…

-   Mathilde, Mathilde…

Une voix chuchote et une main me secoue tout doucement.

-   Réveille-toi, ma fille. Rose a besoin d'un câlin avant de s'endormir. Et je crois que tu devrais manger un peu.

Je mets quelques secondes à me rappeler où je suis.

-   Quelle heure il est ? dis-je d'une voix embrumée.

- Vingt et une heures. Tu t'es endormie sur le canapé, et j'ai préféré te laisser tranquille. Rose et moi, on s'est fait une petite dînette dans la cuisine, et je l'ai mise en pyjama. Elle tombe de fatigue, mais je crois qu'elle n'arrivera pas à s'endormir si tu ne lui fais pas un bisou.
- Pourquoi tu ne m'as pas réveillée ?
- Tu as besoin de récupérer …
- Mais je suis sa mère, c'est à moi de m'en occuper !
- Et moi, je suis ton père et son grand-père. Non seulement je suis capable de m'en occuper, mais je dois aussi prendre soin de toi puisque visiblement, toute seule, tu n'y arrives pas.

Je l'ai froissé. Il a pourtant été parfait et je trouve encore à redire. Je sais qu'il faut que je m'excuse, mais je n'y arrive pas. Cela fait tellement longtemps que je surréagis à tout ce qu'il fait. De bien comme de mal. Juste ne rien dire serait déjà un pas. Je m'extrais péniblement du canapé.

- Ok, je vais lui dire bonsoir.
- Je te prépare un petit plateau-repas en attendant.
- Ce n'est pas la peine, je n'ai pas faim.
- Excuse-moi, mais ce n'était pas une question. C'est un ordre de ton médecin.

J'esquisse un sourire.

-   Dans ce cas…

Je pose ma main sur son épaule et la laisse traîner. Ces yeux s'embuent légèrement. Il est touché par ce geste d'une tendresse inhabituelle…

Je retrouve ma fille dans la chambre. Mon père a parfaitement assuré. Le pyjama est correctement enfilé, la veilleuse diffuse sa douce lumière et la petite musique de nuit fredonne son air entêtant. Rose est enroulée dans la couette, déjà presque endormie. Elle ouvre à peine les yeux quand j'entre dans la pièce. Ce n'est pas le moment de revenir sur ce qui s'est passé. Je lui souhaite de faire de beaux rêves et lui chuchote combien je l'aime. Elle me sert fort dans ses bras, comme pour me retenir. Je lui rappelle que nous dormons dans le même lit, que je vais bientôt venir la rejoindre. Cela suffit à l'apaiser. Sa tête retombe sur l'oreiller, elle part dans les bras de Morphée. Quand je reviens dans la cuisine, quelques minutes plus tard, Papa a l'air fier de lui. Un œuf mollet accompagné de ses mouillettes m'attend sur un plateau. Il a coupé quelques tomates et les a dispersées dans une assiette, de manière à dessiner un clown. Je souris. Le repas préféré de mon enfance. Il n'a rien oublié. Il a même ressorti le rond de serviette en bois à mon nom. Je suis attendrie, et cela doit se lire sur mon visage. Une larme perle au coin de mon œil. Je me hisse sur le tabouret de l'îlot central. Il me tourne le dos, et je le regarde s'affairer à nettoyer son plan de travail.

- Tu peux aller t'installer dans le salon, si tu veux. Je termine et je te rejoins.
- Je préfère rester ici avec toi. Comme au bon vieux temps.
- Tu te souviens ?
- Oui… Maman allait coucher Hugo. Moi, je rentrais du basket et toi, du travail. Tu préparais le dîner pendant que je me douchais. On s'installait tous les deux. On se racontait nos journées...
- Tu voulais tout savoir sur mes patients mais je n'avais rien le droit de te dire. Tu t'énervais et me jurais que tu ne dirais rien à personne.
- Et Maman arrivait en m'engueulant, parce qu'il était tard et que je n'arriverais pas à me lever le lendemain matin...

Le silence se fait. Le fantôme de Maman plane entre nous. C'est la première fois, je crois, que nous évoquons son souvenir de manière apaisée. Aucun de nous n'ose troubler ce moment. Mon père finit par chuchoter :

- Elle me manque encore tellement, bordel ! Quinze ans, et son absence est toujours aussi insupportable. Je l'aimais tellement…
- Au point de croire que tu étais le seul à souffrir ?

Et voilà, je viens de briser l'instant fragile. Je n'avais pas pu me retenir. Je ne supporte pas qu'il puisse croire qu'il était le seul à l'aimer, à éprouver cette douleur. J'explose :

- Nous étions des enfants, Papa ! Nous venions de perdre notre mère, putain ! Une femme, ça se remplace, pas une mère.

Je m'arrête net. Cette phrase, ma propre phrase me fait l'effet d'un électrochoc : « Une femme, ça se remplace. » Je n'y crois plus à cette phrase stupide. Il a fallu le départ d'Antoine, l'homme de ma vie, pour comprendre ce que mon père a pu ressentir. En même temps, je ne peux pas comparer son deuil au mien. Antoine est parti depuis un mois. J'espère ne pas en être encore là dans quinze ans.

- Je ne savais pas qu'il y avait une hiérarchie dans le chagrin, dit mon père d'une voix blanche. Mais tu as raison, je n'ai pas été à la hauteur. Ça fait quinze ans que tu me le fais payer. Tu ne crois pas que nous pourrions passer à autre chose, surtout maintenant ?

J'hésite entre le besoin de rendre les armes, de me blottir dans ses bras, comme je le faisais enfant, et cette rancœur tenace qui nous tient à distance. Cela me semble trop facile. J'ai l'impression que mon père se sert du drame de ma vie, de ma faiblesse, pour m'atteindre. Je lui prête sûrement des intentions qu'il n'a pas, mais je ne suis pas disposée à faire un pas en avant. Cela vient trop tôt. J'ai fait sans parents depuis trop longtemps, pourquoi changer maintenant ? Je crois de moins en moins à ce que je dis, mais je reste bloquée sur ma position.

- Je vais aller me coucher.
- Mais tu n'as presque rien mangé !
- Je suis nauséeuse, je mangerai mieux demain.

Mon père est visiblement déçu de la manière dont tourne la soirée, mais il ne dit rien de plus. Cet homme fort, au caractère bien trempé, prend sur lui depuis des années pour ne pas entrer en conflit avec moi. Il sait que s'il le fait, il me perdra définitivement, moi, mais aussi son fils. Hugo prendrait nécessairement de mon côté. Il le sait et ne prend pas le risque. En silence, je me lève et je commence à ranger la table.

- Laisse, me dit-il d'un ton las. Va te coucher, on rangera demain.
- Bonne nuit, Papa.
- Bonne nuit, ma fille.

Je m'approche et me hisse à sa hauteur pour déposer un bisou sur sa joue. Cela faisait longtemps. Je sens son odeur, celui du savon de Marseille avec lequel il se frotte énergiquement tous les matins. Encore un parfum d'enfance. Je m'attarde plus que d'habitude. Il me prend dans ses bras. L'étreinte est rapide mais je ne la rejette pas. Je quitte la pièce, plus troublée que je ne veux bien me l'avouer.

<u>**Rose**</u>

- Papy, Papy ?
- Hmmm…
- Tu dors ?
- Hmmm…
- Dis Papy, on pourrait regarder les étoiles avec ta machine à regarder le ciel ?
- Rose ? Mais il est cinq heures du matin, ma puce ! Qu'est-ce que tu fais là ? Il faut dormir !

Si Papy Zorze croit que je vais dormir alors qu'il a un truc bidule qui peut m'aider à voir mon papa, il rêve. Quand Maman m'a dit qu'on allait passer quelques jours chez lui, j'ai *toute suite* pensé à sa drôle de lunette qui fait voir le ciel tout près du bout de son nez. Je vais faire une surprise à Maman. Je vais parler à Papa et lui dire qu'on arrête de jouer. Il peut rentrer maintenant.

- Papy, Papy ! Te rendors pas ! Après, quand le soleil, il sera levé, on pourra plus le voir !
- Mais qui, ma Rose ? Cette nuit, il n'y a pas de lune, le ciel est couvert. On ne verra rien, et puis il est trop tôt. Une petite fille de ton âge a encore besoin de dormir.

Papy ne comprend pas. Je voudrais bien lui expliquer, mais j'ai une grosse boule dans ma gorge et je peux plus parler. Je grimpe sur son lit et je le secoue très fort. Papy se relève et allume la petite lumière. Oh ! Il est drôle mon Papy sans ses lunettes ! Je l'ai jamais vu en pyjama. D'habitude quand je me lève, il est déjà tout prêt. Même qu'une fois, je lui ai demandé s'il restait toujours habillé. Si j'avais pas la gorge toute serrée, j'aurais très envie de rire. Il a l'air pas content que je l'ai réveillé en tout cas. Il faut absolument que je lui explique avant qu'il s'énerve, mais j'ai ma lèvre qui tremble toute seule, et rien ne sort de ma bouche. Alors, je dis juste « Papa ». Papy souffle un grand coup, soulève sa couette et tapote sur l'oreiller à côté de lui. On dirait qu'il est plus fâché. Je m'installe et j'attends.

- Ah, ma Rose, ma petite fleur d'amour… soupire-t-il.
- …
- Comment t'expliquer… ? C'est compliqué.
- Beh non, on regarde si Papa, il est toujours dans le ciel. On lui fait un petit signe pour qu'il comprenne. Après, il rentre, et c'est tout ! Fastoche, comme dit mon copain Thomas !

Je vois bien que Papy n'a pas l'air convaincu par mon idée. Il secoue la tête de droite à gauche et se gratte le crâne, comme quand il joue avec Papa aux échecs et qu'il est en train de perdre. Il prend ma main, il respire un grand coup. Je vois à la manière dont il me regarde que je vais pas aimer ce qu'il va me dire.

– Écoute, ma chérie, je crois que ta maman t'a expliqué… pour l'accident de Papa, que les docteurs n'ont pas pu le réparer et qu'il est monté au ciel.

Je souris, il a compris ! Il va m'aider, c'est sûr !

– Oui ! C'est pour ça qu'on a besoin de ta lunette qu'on voit dedans la nuit !
– Non, mon poussin, ce n'est pas dans ce ciel là qu'il est ton papa…

Beh là, je comprends plus rien… Y'a qu'un ciel ! À mon avis, mon Papy, il est pas trop bien réveillé.

– Si, c'est Mamie Lou qui me l'a dit ! Même que lorsque je pense à Papa et que je suis triste, j'ai qu'à regarder dans le ciel !
– Je crois que Mamie Lou a oublié de te dire quelque chose de très important.
– Ah bon ?
– Le ciel où vont les gens morts n'est pas le même que celui où se cachent le soleil et la lune. Il est bien plus beau et bien plus grand. On y retrouve tous les gens qu'on aime et qui sont déjà partis. Il y a Mamie Martine, la maman de Maman et maintenant ton papa…

Il a une drôle de voix mon Papy quand il me raconte ça. Il tousse un petit peu, comme s'il avait une boule dans sa gorge lui aussi. Mais c'est quoi cette histoire de ciel ? Et comment on y va dans celui-là ? Je voudrais bien savoir !

- Et comment je fais pour aller chercher mon papa ? C'est par où la route ?
- Il n'y en a pas, ma chérie.
- Quoi ? Tu dis vraiment n'importe quoi ! Je vais le dire à Maman que tu dis des mensonges. C'est pas bien de dire des mensonges...

Là, je suis vraiment très en colère. Je parle vite et fort, et je vais sûrement me faire gronder, mais Papy aussi. Maman, elle va le mettre au coin quand elle saura qu'il dit des mensonges.

- Écoute-moi, ma chérie. Je sais que tu es triste et que tu aimerais retrouver ton papa, mais ce n'est pas possible. En tout cas, pas comme tu le voudrais. Pour aller retrouver ton papa, il faut fermer les yeux et regarder à l'intérieur de toi.
- J'en ai marre que tu racontes n'importe quoi ! Moi, je veux le voir !!!

<u>Georges</u>

Je suis complètement dépassé par cette conversation. Il est cinq heures du matin, et ma petite-fille me supplie de l'aider à aller chercher son papa dans le ciel… Je cherche mes mots. Je me déteste pour ce que je suis en train de faire. Mais il le faut. Rose refuse toujours d'entendre la vérité, mais il est hors de question d'alimenter plus longtemps son déni. Cela fait maintenant plus d'un mois que Mathilde essaie de lui faire accepter l'absence de son papa, et je comprends aujourd'hui quel calvaire elle vit. Répéter inlassablement à sa fille que son père est mort et qu'il ne reviendra pas est d'une violence inouïe. Pour elle, comme pour Rose, il faut que cela cesse. Je reprends mon souffle et je repars au combat.

- Je ne te raconte pas n'importe quoi, ma puce, je t'explique. Je t'explique ce que ça veut dire pour nous, les humains, « aller au ciel ». Ce sont des mots d'adultes pour dire que la personne que l'on aime va continuer à vivre mais à l'intérieur de nous.

Je vois Rose regarder son ventre d'un air curieux. À trois ans et demi, je ne sais pas ce qu'elle comprend de ce que je lui raconte. Tout cela doit lui sembler bien étrange.

- Tu veux dire que mon papa, il est dans mon ventre ? chuchote-t-elle, la main sur le ventre.

Ses deux billes bleues me fixent intensément.

- Dans ton petit cœur, ma chérie. Pour toute ta vie.

Le silence qui suit ne présage rien de bon. Mathilde m'a déjà prévenu, Rose réfléchit vite et, à chaque problème, elle trouve rapidement une solution. Au sourire qui est en train de s'épanouir sur le visage de ma petite-fille, je sens que mon explication ne va pas lui suffire.

- Tu te rappelles, Papy, l'autre jour, quand j'étais malade dans ta maison, parce que j'avais mangé trop de chocolat ?
- Oui, ma puce, je me souviens très bien.
- Tu m'as soignée, comme un docteur.
- Oui, c'est mon métier, tu sais.
- Tu te souviens, tu as mis un truc tout froid sur mes nénés, et tu m'as demandé de respirer très fort. Tu te souviens, dis ?

Je revois parfaitement la scène, mais surtout je devine maintenant où Rose veut en venir. Je décide de jouer le jeu et de la laisser parler. Je me contente d'acquiescer d'un signe de tête.

- Tu m'as dit « C'est pour écouter ce qui se passe dans ton cœur ». Pas vrai que tu m'as dit ça, Papy ?
- Si, mon ange. Mais…

- Ça veut dire qu'on va pouvoir écouter ce que mon papa, il me dit, alors ?

Sa voix se fait suppliante. Elle fonde tellement d'espoir dans ma réponse.

- Non, mon ange, je suis désolé. Notre cœur nous sert à vivre, c'est vrai, mais on peut aussi y mettre les gens qu'on aime et tous les bons moments passés avec eux. C'est dans cette partie que se trouve ton papa. Mais cet endroit est spécial. On ne peut pas y entrer ou en sortir comme on veut. Tu peux aller y faire un tour quand tu en as besoin, mais ton papa va rester là pour toujours, maintenant.
- Alors, c'est vraiment vrai ?
- Quoi ma puce ?
- Je le verrai plus jamais mon papa… ?

Une grosse larme coule sur sa joue, et je m'en sens responsable. Mes yeux se remplissent eux aussi. Je l'attire à moi et je sens son corps secoué de soubresauts de plus en plus violents. Je crois qu'elle a enfin compris. Je nous revois quinze ans plus tôt, Mathilde et Hugo autour de moi, dans cette même chambre. J'avais été incapable de les consoler. Je n'avais pas su les accompagner, et je refuse que cette situation se reproduise avec Rose. Je resserre encore un peu plus mon étreinte et caresse doucement sa tête. Son petit cœur bat très vite contre ma poitrine. Il faut que je réagisse. Je lui prends le menton et la force à me regarder. Son joli petit visage inondé de larmes, le désespoir que je lis dans ses yeux, tout me bouleverse et fait naître en moi un sentiment de colère. Qui décide un jour d'infliger ça à un enfant ? Quel dieu ? Je suis croyant mais, franchement, je me pose de plus en plus souvent cette question. En attendant, il faut que je sorte Rose de cet état.

- Tu sais, Rose, je viens d'avoir une idée…

Je laisse passer un petit temps en espérant susciter sa curiosité, mais pas de réponse. J'enchaîne.

- Je crois que tu as raison pour le ciel. On pourrait choisir une étoile. On lui donnerait le nom de ton papa. Comme ça, lorsque tu voudras lui parler, tu pourras regarder le ciel et tu sauras qu'il est là…

Rose m'oppose un silence qui ne présage rien de bon.

- Tu en penses quoi ?
- C'est nul ! C'est nul de nul ! Tu comprends rien ! Moi, je veux mon papa, et c'est tout ! S'il ne revient pas me voir, c'est qu'il ne m'aime pas !
- Je ne peux pas te laisser dire ça, ma Rose. Ton papa t'aimait plus que tout. Je l'ai souvent entendu te le dire, tu sais.

- C'était un mensonge ! Il disait « Je t'aime pour toute la vie ». Même pas vrai !
- Ce n'est pas ton papa qui a décidé de partir…
- C'est qui, alors ?

Me voilà une nouvelle fois coincé par la vivacité d'esprit de ma petite-fille. Que lui répondre ?

- C'est le destin, ma chérie...
- Beh, il est pas gentil le destin ! Je le déteste, le destin ! Et toi aussi, je te déteste ! Et maman aussi ! Et papa ! Et tout le monde !

La colère de Rose gagne en force. Elle commence même à se griffer le visage, et je dois lui bloquer les mains pour qu'elle arrête. Elle crie si fort que je crains qu'elle ne réveille Mathilde dans la chambre d'à côté.

- Chut, Rose, tu vas réveiller Maman. Ne t'inquiète pas, ça va aller. Maman et moi, on sera toujours là pour toi. Je te le promets.
- Papa, il disait ça aussi. En plus, c'est à cause de moi qu'il est parti !
- Mais non, pourquoi tu dis ça ?

Je suis atterré par ce que je viens d'entendre. Les sanglots redoublent, et Rose est incapable de parler. Elle enfonce sa tête dans l'oreiller et se met à hurler. Je suis désemparé.

Je ne suis pas armé pour faire face à sa réaction. J'ai surestimé ma capacité à l'aider. Je ne vaux pas mieux qu'il y a quinze ans. Je pensais avoir fait le bon choix en amenant Rose à la vérité, mais je n'ai fait qu'empirer son état. Non seulement elle est en colère, mais il faut maintenant que je comprenne d'où vient sa culpabilité. Rose ne semble pas vouloir se calmer, et je crains de ne pas y arriver tout seul. Pourtant, je ne parviens pas à me résoudre à réveiller Mathilde. Ma fille semble si fatiguée, si fragile. Sa santé m'inquiète…

Le grincement de la porte de la chambre me sort de mes pensées. Ma fille apparaît sur le seuil. Les cheveux en bataille, les yeux lourds de sommeil, le visage crispé par la colère, elle se jette sur Rose.

- Ça va, ma puce ?

Elle me fusille du regard.

- Qu'est-ce que tu lui as fait ?
- …
- Qu'est-ce que tu lui as dit ?
- Mais…
- Laisse-moi avec ma fille !
- Mathilde, s'il te plaît. Je vais t'expliquer.
- Sors ! Je crois que tu en as assez fait comme ça.

C'est totalement injuste, mais ce n'est pas le moment d'argumenter. Mathilde ne me fait pas confiance, et j'en suis blessé. Elle devrait savoir que je suis incapable de faire du mal à Rose. Pour l'instant, je préfère capituler. Je me lève, enfile ma robe de chambre et m'apprête à sortir. Mais avant de franchir la porte, je préviens Mathilde :

- Il va falloir qu'on parle. Pour ton bien et celui de ta fille. Cette situation n'a que trop duré.

Mon ton est calme mais sans appel. Il est temps que je reprenne ma place de père, et je ne laisserai pas à Mathilde le droit de m'éloigner de ma petite-fille. Je paie encore ma faiblesse d'il y a quinze ans, mais je viens de décider que tout cela est terminé.

Mathilde

Mes gestes sont mécaniques, et je vois bien que Mamie Jacqueline se retient de ne pas gémir. Elle s'est cassé le col du fémur, ses soins sont douloureux. Pourtant, elle se tait. Mon visage affiche une humeur qu'elle a appris à reconnaître. Elle sait que ce n'est pas le moment de parler. Trois mois aujourd'hui qu'Antoine est parti. J'ai l'impression que c'était hier, et en même temps, je réalise que la vie reprend doucement son cours. De nouvelles habitudes sont en train de se créer. Sans lui... Depuis le week-end chez son papy, Rose a passé un cap. Elle a enfin compris, et n'attend plus le retour de son père. Mais son silence est presque pire. Elle est en colère. Contre le monde entier, mais c'est moi qui trinque. Ma meilleure amie, Charlotte, la seule personne à qui je m'autorise à confier les difficultés que je rencontre, pense que ma fille aurait besoin de voir un psy. Je la trouve trop petite. Et puis, c'est trop tôt. Et puis, c'est normal. Finalement, je crois surtout que je me cherche des excuses. Je me sens dépassée par les événements, et je ne sais même pas comment j'insérerais ces rendez-vous dans un emploi du temps déjà bien rempli. Je refuse que l'on m'aide. Tout juste si j'accepte que mes beaux-parents gardent Rose les week-ends où je travaille. J'ai promis à Antoine que je prendrais soin de Rose, c'est à moi d'assumer.

Je cours à droite et à gauche. Je suis épuisée, et pourtant, je ne dors pas. Chaque nuit, je fais le même cauchemar. Antoine est allongé sur le bord d'une route. Il est gravement blessé et me supplie de l'aider. Je suis de l'autre côté, mais je ne parviens pas à bouger. Je suis paralysée et je le regarde se vider de son sang, sans pouvoir agir. Je me réveille en sursaut, trempée de sueur et en pleurs. Je ne sais pas si je tiendrai le coup encore longtemps. J'ai toujours autant de mal à me nourrir. Les aliments se coincent dans ma gorge, et j'ai constamment envie de vomir. Charlotte dit que je n'arrive pas à digérer ce qui se passe dans ma vie et que, moi aussi, je dois consulter. La pauvre, elle fait tout ce qu'elle peut pour m'aider mais elle ne peut pas comprendre ce que je vis. Elle et sa petite vie si bien rangée. Il n'y pas de méchanceté dans mes propos. J'ai bien trop d'amour et de respect pour elle. Mais il y a des gens dont on sent qu'ils seront chanceux toute leur vie. Charlotte en fait partie. Des parents adorables et très présents, un mari fou amoureux d'elle, deux enfants parfaits qu'ils ont voulus rapprochés… Une vraie famille Cyrillus ! Rien à voir avec mon parcours, même si les six dernières années m'avaient laissé penser que je pourrais changer le cours de mon destin.

Aujourd'hui, seuls Rose et mon travail m'aident à rester debout. J'ai repris mon poste juste après le week-end chez mon père, et depuis, j'assure le job, sans entrain. Les résidents sont tous adorables avec moi. Même si Monsieur Marcel ne s'est pas excusé, il ne me fait plus de réflexions, et il n'y a pas eu un matin compliqué depuis. C'est déjà beaucoup pour lui. De mon côté, je sais que je lui dois aussi des excuses, mais je n'y arrive pas, ce n'est pas dans mon tempérament. Celles que j'ai adressées à mon père ont été difficiles à sortir.

Après la crise de Rose, nous avons réussi à parler. J'ai senti un grand changement chez lui. Depuis toutes ces années, conscient qu'il n'avait pas été à la hauteur à la mort de Maman, il acceptait la façon dont je le traitais sans rien dire. Ce manque de respect, c'était sa croix, sa punition. La mort d'Antoine et la détresse de Rose ont été un électrochoc. Si nous en étions arrivés là tous les deux, c'était aussi parce qu'il n'avait pas su réagir et m'avait laissée l'écraser toutes ces années. Me le dire n'a pas été simple pour lui, l'entendre m'a fait un mal de chien. Mon ego en a pris un sacré coup ! Pourtant, il avait raison. Peut-être qu'inconsciemment, depuis des années, je cherchais à le faire réagir, à l'obliger à reprendre sa place de père. J'attendais un sursaut d'orgueil, qu'il se dise, et surtout qu'il me dise « On ne traite pas un père de cette manière ». Il lui a fallu tout ce temps pour le comprendre, mais maintenant, il est déterminé à être ce qu'il n'aurait jamais dû cesser d'être : un papa.

Il m'appelle souvent, même si je ne réponds pas toujours. Me demande sans cesse de mes nouvelles et de celles de Rose. Il aimerait nous voir tous les week-ends, mais je garde une certaine distance. Je ne suis pas prête, il va me falloir encore un peu de temps. Retrouver un père quand son mari s'en va, ce n'est pas commun. Mais je chemine. Dans l'intérêt de Rose aussi. Il a été formidable avec elle. J'ai tellement mal réagi quand je l'ai entendue hurler dans sa chambre. Sur le moment, je n'ai même pas essayé de comprendre. J'ai mis des heures à calmer Rose. Son discours était confus. Elle parlait de ciel, d'étoiles et de papa dans son cœur. Sa colère et son chagrin étaient tels, que j'avais l'impression qu'elle délirait sous l'effet de la fièvre. Mais elle avait enfin compris. Elle a fini par s'endormir d'épuisement dans mes bras. C'est pourtant grâce à cette discussion qu'elle est enfin sortie de son déni. Je ne remercierai jamais assez mon père pour ça.

Le lendemain, il a pris le temps de m'expliquer ce qui c'était réellement passé. Il était sincèrement désolé mais n'avait pas su faire autrement. Je ne lui en voulais pas. Il m'a redit son inquiétude. Les propos de Rose et son sentiment de culpabilité l'ont alerté. Il m'en a fait part, et depuis, j'essaie de comprendre. Mais Rose se ferme à chaque fois que j'essaie d'aborder le sujet de son père. « Je veux pas en parler ! », me répond-elle d'un ton qui ne souffre aucune contestation. Le lendemain, Papa a fait comme s'il ne s'était rien passé avec Rose. Il l'a emmenée à la pêche pendant que je me reposais…

- Aïe !

Le cri de douleur de Mamie Jacqueline me sort de ma réflexion. Je suis en train de la soulever sans prendre en compte son membre brisé.

- Oh ! Excusez-moi, Jacqueline ! Je suis vraiment désolée.
- Ce n'est pas grave, ma petite. Ne vous excusez pas. Vous avez bien autre chose à penser en ce moment que de prendre soin d'une petite vieille.
- Mais non ! Rien ne justifie que je vous fasse mal. Vous êtes tous si adorables avec moi depuis…
- Vous savez, quand mon Fernand est parti, j'étais comme vous. Toute perdue. J'ai mis des mois à m'en remettre !

C'est reparti ! Je n'en peux plus ! Chacune de mes petites grand-mères se sent obligée de faire le parallèle avec son propre veuvage. Cela part d'un bon sentiment, et je ne peux rien dire. Mais comment expliquer à une dame de quatre-vingt-huit ans que perdre son mari à quatre-vingt-cinq ans n'est peut-être pas tout à fait pareil qu'à trente. Je ne veux pas les froisser, mais cela devient de plus en plus difficile à écouter.

- Vous savez, on n'accepte jamais tout à fait, mais on s'habitue. Et puis, vous avez vos enfants. Ça aide les enfants !
- Je n'ai que Rose, mais oui, c'est vrai, vous avez raison. Ça oblige à avancer.
- Pour l'instant…
- Pour l'instant, quoi ?
- Pour l'instant, vous n'en avez qu'une, mais après…
- Mais après quoi, Jacqueline ?
- Quand le bébé sera né.
- …

Je reste interdite. Mais de quoi parle-t-elle ? Je m'inquiète pour elle... Je crains que sa chute n'ait pas abîmé que son col du fémur. Il faut que j'en parle avec le docteur. Cela fait plusieurs fois que Jacqueline semble perdre la tête et fait des allusions à mes enfants et à un imaginaire « petit ».

- J'ai fini les soins. Je vais vous laisser vous reposer maintenant. Vous voulez que je vous installe votre tricot ?
- Non, merci, je vais faire un petit somme. Je vous vois ce soir avant de partir ?
- Non, je termine plus tôt, j'ai un rendez-vous chez le médecin. Je repasse vous voir demain. Ça vous va ?
- Oui, très bien. En attendant reposez-vous. Vous avez l'air fatigué, et dans votre état, c'est important !

Je préfère ne pas répondre. Je la mettrais mal à l'aise si je devais lui rappeler qu'en étant veuve, je ne risque pas d'être enceinte. Je termine ma tournée, l'esprit encombré par cette conversation. Heureusement que je n'ai que Rose à m'occuper ! Avec deux enfants, je ne sais même pas ce que je deviendrais. D'ailleurs à ce propos, il faut que je demande à ma généraliste, tout à l'heure, si elle préconise la reprise d'un contraceptif. Je n'en vois pas l'utilité dans ma situation, mais bon, mes cycles étant très irréguliers, elle me conseillera peut-être de reprendre la pilule. Cela me fait penser qu'il y a un moment que je n'ai pas eu mes règles. Je cherche à me rappeler quand c'était la dernière fois. J'ai beau essayer, je n'y arrive pas. Au réveillon, je m'en souviens très bien. Notre traditionnel câlin du premier janvier avait dû être reporté à cause de ça. Mais depuis… Je calcule et recalcule encore … Cela doit faire plus de trois mois, voire quatre. Oh non, ce n'est pas possible ! J'ai toujours eu des retards, des cycles de quarante, même cinquante jours, mais là, quatre mois ! Je ne veux pas y penser. Mon cerveau refuse. Le choc de la mort d'Antoine est certainement à l'origine de ce dérèglement. Il n'y a aucune autre explication possible !

Rose

-   Allo, Papy !

-   Bonjour, ma Rose. Comment tu vas ?

-   Ça va bien.

-   Pourquoi tu parles tout bas, ma chérie ?

-   C'est pour pas me faire gronder !

-   Pourquoi tu te ferais gronder, ma puce ?

-   Parce que je t'appelle.

-   Tu n'as pas le droit ?

-   J'ai pas demandé à Maman…

Je suis cachée dans les toilettes avec le téléphone de Maman. Elle est trop ronchonchon ce soir. Quand elle est venue me chercher chez Tatate Nicole, elle avait les yeux encore tout rouges. Moi, j'en ai vraiment marre. Quand on est rentrées, je lui ai demandé de mettre « Pirouette cacahuète » dans la voiture, elle a dit « Non, j'ai mal à la tête ! ». J'étais déçue mais j'ai rien dit. Je l'aime bien, moi, cette chanson. Après, je lui ai raconté ma journée, mais je crois qu'elle m'écoutait pas. Quand je lui ai dit qu'à l'école, Robin il avait dit « caca boudin » à la maîtresse, elle a même pas rigolé ! Elle a même rien dit du tout. C'est un gros mot quand même ! Moi je crois que le rire de Maman, il est parti avec Papa. Elle a dû le mettre dans sa grande caisse en bois, car je la vois plus jamais sourire. Mais ce soir, c'est pire. Elle m'a envoyée jouer dans ma chambre directement en arrivant. Elle, elle a été dans la sienne, et depuis, la porte est fermée.

J'ose pas rentrer, je m'ennuie et j'ai faim. Y'a qu'à mon Papy Zorze que je peux dire que j'ai du chagrin. Lui, il m'écoute et il essaie de me faire rire quand je pleure. L'autre jour, il m'a tout raconté pour mon papa. Ça m'a fait comme un grand trou dans mon ventre, mais maintenant, je l'attends plus. J'essaie de faire comme il m'a dit, mais ce n'est facile d'aller faire un tour dans son cœur. C'est pour ça qu'il faut que je l'appelle ce soir. Je vais lui redemander comment je fais. J'ai trop peur de ne pas y arriver et de ne plus retrouver mon papa...

Maman, elle sait pas que je sais comment faire pour l'appeler, mais moi, à l'école, j'ai bien vu comment les « moyenne section », ils écrivent papa. Un « P », un « A » encore un « P » et après un « A ». Dans le téléphone de Maman, j'appuie sur le dessin du téléphone, et après, sur le mot « papa ». Et voilà !

- Maman, elle est couchée, et moi, je m'ennuie.

- Tu as déjà mangé ?

- Non... Je crois qu'elle dort, et je veux pas qu'elle me fâche.

- Mais voyons, pourquoi tu veux qu'elle te gronde ? Il est dix-neuf heures trente. Tu dois avoir faim ?

- Oui.

- Tu veux me la passer ?

- Je vais me faire gronder si elle voit que je lui ai pris son téléphone.

- Non, je lui dirai que c'est moi qui ai appelé. Ce sera notre secret. D'accord ?

- D'accord, mais moi, je voulais te parler à toi !

- C'est gentil, ma puce. Mais on va d'abord réveiller ta maman, et pendant qu'elle préparera le dîner, toi, tu reprendras le téléphone. On pourra discuter de ce que tu veux.

- Tu sais, mon copain Robin, il a dit « caca boudin » à la maîtresse aujourd'hui !

- Oh, mais c'est pas bien ça. Il s'est fait gronder ?

- Oui, mais je crois que la maîtresse, elle avait envie de rire, car elle mangeait sa joue.

- Tu ne dirais pas ça toi, ma Rose.

- Ah ben non, moi, c'est plutôt « crotte de bique » mon gros mot préféré ! J'aime bien le dire mais j'ai pas le droit...

Mon Papy, il rigole fort. C'est pas comme maman ! Je l'aime fort mon Papy Zorze ! Je comprends pas pourquoi Maman, elle a toujours l'air en colère après lui. Pourtant, il est toujours gentil avec elle…

- Rose, tu veux bien aller réveiller Maman maintenant ?

Il a une drôle de voix Papy. Je la connais bien cette voix. C'est celle des adultes quand ils sont inquiets mais qu'ils ne veulent pas le montrer aux enfants. Ma maman, elle avait la même le soir où Papa il est parti « au ciel qui est dans mon cœur » et qu'elle m'a emmenée dormir chez Tatate Nicole. Je crois qu'elle savait déjà que mon papa, il *avait* son accident. Elle m'a menti pour pas que je m'inquiète. Moi, j'ai deviné qu'il y avait un truc bizarre. Mais j'ai rien dit. J'avais peur qu'elle me gronde si je lui disais que c'est à cause de moi que Papa, il

est parti... Y'a que Doudou Lapin qui sait. Je le dirai à personne.
Jamais ! Même pas à Papy Zorze, sinon c'est sûr, plus personne ne
m'aimera...

Georges

J'entends les petits pas de Rose qui court sur le parquet. Elle me parle, elle continue de chuchoter pour ne pas réveiller sa maman. Je pense qu'elle doit avoir le téléphone au bout de son bras, car elle me parle mais je ne comprends rien à ce qu'elle raconte. Cette petite fille, ma petite-fille, si vive, si intelligente, capable du haut de ses presque quatre ans de téléphoner à son papy… La vie l'oblige à grandir trop vite. La savoir livrée à elle-même me rend fou ! J'en veux terriblement à ma fille, mais je suis surtout inquiet pour elle. Que peut-il se passer dans cette chambre pour qu'à dix-neuf heures trente, Rose n'ait pas encore dîné ? En même temps, qui suis-je pour juger ? Combien de fois Mathilde a-t-elle dû se résoudre à faire manger son frère, comprenant que je ne sortirais pas de la mienne ? Je l'entends encore m'appeler derrière la porte, d'abord hésitante, puis suppliante « Papa, tu viens ? On a faim… On mange à quelle heure ? ». Elle se lassait au bout de quelques plaintes et devait alors assumer ce que je n'étais plus en mesure de faire. Pour autant, elle avait quatorze ans et ils étaient deux. Je sais, ce ne sont pas des excuses, mais Rose n'a que trois ans et demi, bordel !

Je l'entends appeler à son tour. Le « Maman » d'abord timide fait rapidement place à un « Maman » accompagné de petits coups frappés à la porte, de plus en plus insistants. Je perçois l'inquiétude monter dans sa voix. Elle reprend finalement le téléphone en main.

- Papy ?

- Oui, Rose, je suis là.

- Elle ne répond pas.

- Entre, ma chérie.

- Non ! C'est interdit !

- Comment ça, c'est interdit ?

- C'est la règle de Papa ! Il dit « Tu n'entres pas dans la chambre de Papa et Maman sans avoir frappé et y être invitée. Sauf la nuit si tu es malade ou que tu as fait un gros cauchemar ».

Rose parle au présent. Elle a avancé mais pas encore suffisamment pour être capable d'utiliser le passé.

- Oui, mais là, c'est moi qui te le demande.

- Non !

- Il le faut, Rose.

- J'ai peur.

- Tu ne te feras pas gronder. Je dirai que c'est moi qui ai insisté. Maman comprendra, je te promets.

- Moi, j'ai peur que Maman, elle dort et qu'elle ne se réveille pas.

- Pourquoi veux-tu qu'elle ne se réveille pas ?

- Parce que Papa, il dit toujours « Je suis le prince charmant de Maman ». Maintenant qu'il est parti, y'a plus personne pour réveiller Maman si elle s'endort pour toute la vie.

- Mais ta maman ne s'est pas endormie pour toute la vie, ma Rose. Elle est juste très fatiguée. Ouvre, ma puce, maintenant, je t'en supplie.
- Toi aussi, tu as peur ?

Comment peut-elle être si perspicace ? Si jeune et déjà capable de détecter ma peur ? Quoi lui répondre sans que son inquiétude n'augmente encore ? Un demi-mensonge dit sur le ton de la rigolade devrait suffire.

- Oui, ma sauterelle, j'ai peur, j'ai peur pour toi. Si Maman s'est endormie pour toute la nuit, je devrai venir te faire à manger, et ça risque de ne pas être aussi bon !

En prononçant ces mots, ma décision est prise. Si Rose ne parvient pas à réveiller sa maman dans les minutes qui viennent, je saute dans ma voiture. Je ne peux pas rester sans rien faire, à attendre derrière ce foutu téléphone. Je ne sais pas de quoi ma fille est capable et jusqu'où son chagrin peut la conduire. Je ne veux pas que ma petite-fille se retrouve à gérer une situation que personne, et a fortiori un petit bout de chou comme elle, ne devrait gérer. Je me refuse de penser à l'inconcevable, mais l'absence de réponse de Mathilde commence sérieusement à m'angoisser…

- C'est vrai, Papy, tu vas *viendir* ?

La voix de Rose retrouve instantanément sa joie de vivre.

- Ça serait trop méga génial ! Tu dormiras dans ma chambre ?
- Attends, ma chérie. Je ne viendrai que si Maman ne se réveille pas. Essaie une dernière fois.

Cette fois, j'entends Rose qui ouvre la porte et qui crie.

- Maman, Maman ! Réveille-toi ! Papy, il va *viendir* dormir avec moi ! Je suis trop contente !

L'euphorie de ma petite-fille a eu raison de sa peur de se faire gronder. Elle a finalement réussi à dépasser la règle. Reste à savoir comment ma fille va répondre à cet élan. J'imagine qu'elle va me maudire et détester ma proposition. Je croise juste les doigts pour enfin entendre le son de sa voix. Je préfère affronter la foudre. Tout, plutôt que ce silence qui me glace.

<u>**Mathilde**</u>

Assise sur le banc de mon enfance, je contemple la mer. D'ici, l'immensité de l'océan s'offre à moi. Je suis venue chercher un moment de répit. C'est le seul endroit sur terre qui me procure cette sensation de calme. Quoi qu'il se passe dans ma vie, quelle que soit la tempête… Et autant dire que les quatre derniers jours ressemblent plutôt à une tornade. Je suis enceinte… Je me le répète en boucle pour que cela fasse sens, mais je ne peux pas y croire. Je ne veux pas y croire. Je ne veux pas de cette grossesse et encore moins d'un enfant. Il y a quatre jours, je parvenais tout juste à maintenir la tête hors de l'eau tout en buvant régulièrement la tasse. Cette annonce m'a fait couler à pic. Je vivais un cauchemar depuis presque deux mois et me disais que rien ne pouvait être pire, mais le pire existait bel et bien. Quand je suis arrivée chez mon médecin, mercredi soir, pour un simple renouvellement d'ordonnance, je n'étais pas sereine. Les petites phrases de Mamie Jacqueline venaient régulièrement me hanter, et je ne parvenais toujours pas à calculer la date de mes dernières règles.

La consultation a commencé normalement. Je connais ma généraliste depuis un bon moment maintenant. Diplômée d'obstétrique, elle a assuré mon suivi de grossesse pour Rose. Cela nous a rapprochées. Elle est à peine plus âgée que moi et nous partageons beaucoup de traits de caractère. Elle n'a pas eu besoin de me demander si je dormais et mangeais bien, mon corps parle à ma place. J'ai perdu trois kilos depuis la mort d'Antoine. Cela peut paraître peu, mais sur un petit gabarit comme le mien, ça se voit tout de suite. Elle a été un brin moralisateur, insistant sur la nécessité de bien prendre soin de moi si je voulais prendre soin de ma fille. Merci ! Comme si je ne me culpabilisais pas assez comme ça…Elle m'a proposé à nouveau un arrêt de travail que j'ai refusé. Nous avons abordé le renouvellement de mes somnifères, enfin, de mes anti-allergiques. J'avais aussi dit non à sa proposition d'aide médicamenteuse pour dormir. Je ne voulais pas tomber dans un sommeil profond et risquer de ne pas entendre Rose. Toujours cette nécessité d'être là pour elle. Même si, avouons-le, je fais depuis quelques semaines une bien piètre mère. Nous avions trouvé un compromis, et elle avait fini par me prescrire des antihistaminiques, molécules au pouvoir sédatif. Ainsi, je n'avais pas l'impression de me droguer. Pourtant, je retrouvais systématiquement Rose dans mon lit le matin, sans l'avoir entendue arriver.

La consultation traînait en longueur. Ma médecin voyait bien que je n'avais pas tout dit … J'ai respiré un bon coup et j'ai fini par lâcher :

- Docteur Conte…

Son regard franc m'a encouragée à poursuivre.

- Oui, je vous écoute.
- C'est au sujet de ma pilule.
- Vous l'aviez arrêtée, non ?

-   Oui, Antoine et moi songions à faire un petit frère ou une petite
    sœur à Rose, mais maintenant…

J'ai fondu en larmes.

-   …

Les soupirs et les silences ne lui ressemblent pas. Je l'ai sentie
touchée par le sous-entendu de ce « maintenant ». J'ai vu, pour la
première fois, cette femme qui affichait une assurance à toute épreuve,
incapable de finir ma phrase. Qu'aurait-elle pu dire ? « Vous n'en avez
plus besoin », « Attendez d'avoir refait votre vie » ? Elle connaissait
ma situation et savait déjà qu'aucune réponse ne serait satisfaisante.
Aucune pour combler le manque, le vide laissé par le départ
d'Antoine. J'ai relevé la tête, ravalé mes larmes et je lui ai demandé :

-   Qu'est-ce que vous en pensez ?

Docteur Conte s'est ressaisie en une fraction de seconde et a repris
un ton professionnel, tout en conservant sa bienveillance.
-   On est d'accord que, sur le plan contraceptif, vous n'en avez
    pas besoin. Mais étant donné vos antécédents, cela serait peut-
    être mieux de la reprendre.
-   Vous croyez ?

- Si je me réfère à mes notes, la régularité de vos cycles n'est pas le point fort de votre dossier médical. C'est un peu l'anarchie, non ?

- Oui, depuis toujours. Et pourtant, nous n'avons eu aucun mal à concevoir Rose.

- Ce n'est pas toujours lié, effectivement, et heureusement pour vous ! Elle est tellement adorable cette petite ! Comment va-t-elle ?

- Ce n'est pas top en ce moment. Elle est en colère. Très en colère. Elle a enfin laissé tomber son histoire de cache-cache, mais ça l'oblige à regarder la vérité en face. Depuis, elle est très dure avec moi. Pas tout le temps, mais souvent. Je ne devrais pas me plaindre, je sais combien il est difficile de perdre un parent. Elle a besoin de moi comme jamais, et je ne suis pas à la hauteur…

- Ne vous flagellez pas, Mathilde. Personne n'est en mesure de dire comment il réagirait à votre place. Personne ne vous juge. Mais je vous le redis, elle, comme vous, auriez besoin d'aide. Je peux vous adresser à des confrères psychiatres ou psychologues…

J'en avais marre de ce discours. J'allais m'en sortir seule, et ma fille allait aussi bien que l'on peut lorsque l'on perd un parent. J'ai décidé de couper court à cette conversation.

- Donc je reprends la pilule au prochain cycle ?

Elle a compris qu'il valait mieux ne pas insister.

- Oui, je remets la même ? Vous la supportiez bien ?
- Sans problème.
- Je vous prescris quand même une prise de sang, histoire de contrôler vos taux hormonaux avant. On en refera une trois mois après le début de la prise. De quand datent vos dernières règles ?

On y était. Je savais que je n'allais plus pouvoir faire l'autruche longtemps.

- Je ne me souviens plus…
- Pardon ?

Ma généraliste a levé la tête d'un coup, comme un diable sorti de sa boîte.

- Disons que je ne note pas à chaque fois, et que comme c'est très irrégulier…
- Mathilde, c'est important, il faut que vous le notiez.
- Je suis certaine du 31 décembre, ai-je dis timidement.
- Non, mais vous rigolez ! Vous ne les avez pas eues depuis ?
- Je… je… ne crois pas, enfin non, je ne sais pas…
- Mathilde, Antoine est parti le 20 février. Est-ce que vous vous souvenez si vous les avez eues depuis ?

- Non, ça, j'en suis sûre.

- Et entre le 30 décembre et sa mort ?

- Je ne sais pas, je vous dis !

- Ok… Donc, on va faire les choses dans l'ordre. Vous allez vous déshabiller et je vais vous ausculter de nouveau. Vous avez envie de faire pipi ?

- Non, pourquoi ?

- Allons, Mathilde, vous vous en doutez, non ? Ça fait potentiellement quatre mois que vous n'avez pas eu vos règles. Vous savez bien ce que ça peut cacher, non ?

- Mais je ne suis pas sûre, et de toute façon, mes cycles ont toujours été irréguliers.

- Au-delà de deux mois ?

Je ne pouvais pas lui mentir, mais j'ai essayé d'argumenter à nouveau.

- Le choc de la mort d'Antoine a pu tout arrêter, non ?

- Oui, vous avez raison, mais un test urinaire devrait déjà nous permettre d'avoir un début de réponse.

- Je ne veux pas !

- Mathilde, soyez raisonnable. Il faut le faire. Peut-être qu'effectivement le traumatisme psychologique est responsable de ce retard, mais dans le cas contraire…

- Je ne veux pas de cet enfant !

Ma médecin s'est rapprochée de moi, elle m'a pris affectueusement les mains. Ces yeux clairs m'ont transpercée, son regard était chargé de compassion. Elle semblait réellement touchée par ma détresse.

- Étape par étape. On verra après.

Elle a fouillé dans ses tiroirs et en a sorti une boîte contenant un test de grossesse, certainement laissée là par un visiteur médical. Elle me l'a tendue avec un sourire timide, mais sans alternative possible.

- Allez, Mathilde. Il faut qu'on sache...

Je me suis dirigée vers le cabinet de toilette, mais je savais déjà. Je savais déjà que deux traits allaient apparaître. Je savais déjà qu'un nouveau gouffre allait s'ouvrir sous mes pieds. Le résultat a été sans surprise. C'est en pleurs que j'ai regagné son bureau. Ma généraliste a alors eu un geste qui n'était absolument pas professionnel, mais qui était le seul dont j'avais besoin. Elle m'a ouvert ses bras, dans lesquels je me suis réfugiée.

- Ça va allez, Mathilde. Il faut maintenant que nous sachions de quand date cette grossesse.
- Pourquoi ? Qu'est-ce que ça change ? Je n'en veux pas ! Je veux avorter !

- Ce n'est pas si simple… Et puis on ne prend pas ce genre de décision si vite. Surtout dans votre cas.
- Je suis sûre de moi.
- Asseyez-vous, Mathilde. On va prendre le temps d'en discuter.

J'avais pourtant l'impression que tout avait été dit. Antoine était mort, je n'avais plus de mari, donc plus de papa. Cet enfant ne devait pas naître. Il n'y avait pas d'autres alternatives possibles.

- J'ai le droit d'avorter, lui ai-je lancé d'un air de défi, comme si je voulais tester son avis sur la question.
- Oui, justement…

Elle a pris une profonde inspiration.

- Si ce droit vous appartient, il a ses limites, et en France, il est fixé à quatorze semaines d'aménorrhée…

Elle a laissé délibérément flotter un silence pour que j'assimile la nouvelle et que je comprenne, seule, où elle voulait en venir. Elle a continué :

- Donc, en fonction de quand ce bébé a été conçu, vous pourrez ou non prendre librement cette décision.

J'ai eu l'impression de recevoir un uppercut. Je me suis sentie soudain dépossédée de mes droits.

- Mais. Ce n'est pas possible… Et à l'étranger ?
- Mathilde, je vous en prie, prenons le temps. On va d'abord s'assurer que vous êtes bien enceinte, avec une prise de sang, dès demain matin. Puis une échographie nous permettra de dater votre grossesse et de s'assurer que tout va bien, pour vous et le bé… l'embryon. Nous prendrons alors le temps de rediscuter de tout ça et des choix qui s'offrent à vous. Je vais appeler mon collègue échographiste, il vous prendra demain en urgence. Et l'on se revoit demain soir. En attendant, je vous mets en arrêt, et c'est non négociable !
- Mais je suis en vacances vendredi, je ne peux pas m'arrêter maintenant !
- Mathilde, les trois prochains jours risquent d'être compliqués pour vous. Vous allez avoir des rendez-vous et besoin de réfléchir au calme. Rose sera à l'école, prenez ce temps pour vous.

Complètement abattue, je n'avais même plus la force de me battre. J'ai ramassé les différentes ordonnances, j'ai réglé la consultation et je suis partie comme dans un brouillard. Je suis passée chez la nounou chercher Rose, puis je ne me souviens plus de rien…

<u>**Georges**</u>

L'autre soir, lorsque Mathilde a accepté de prendre le téléphone pour me parler, j'étais suffisamment redescendu en pression pour pouvoir l'aborder calmement. L'arrivée tonitruante de Rose dans sa chambre a fini par la réveiller. Mais je sentais, au son embrumé de sa voix, qu'elle ne comprenait pas ce qui se passait. Rose continuait de crier à tue-tête que j'allais venir dormir chez elle. Mathilde s'est fâchée et a saisi l'appareil.

- Qu'est-ce que c'est que cette histoire ? C'est toi, Papa, qui lui a mis ça dans la tête ?

Le ton était tranchant. Pas un bonsoir, pas d'explication à ce qui était en train de se passer.

- Bonsoir, Mathilde. Comment vas-tu ?
- Très bien. Pourquoi ?
- Arrête, s'il te plaît ! Ça fait presque trente minutes que je suis au téléphone avec ta fille. Avec cette petite fille de trois ans qui se demande pourquoi sa maman ne lui prépare pas à manger, pourquoi sa maman ne lui répond pas, qui s'inquiète constamment de se faire gronder…

Si je ne voulais pas m'énerver, force était de constater qu'au fur et à mesure que j'énonçais les faits, ma colère enflait. Ma fille faisait n'importe quoi, et je ne pouvais pas me taire.

- Donc, c'est pour remplacer ta fille, devenue une mère indigne, que tu décides de débarquer sans prévenir chez moi ?
- Je n'ai rien décidé du tout, j'ai essayé de rassurer ta fille en lui disant que je serais là pour elle si elle avait besoin…
- Contrairement à moi ?
- Non, Mathilde, mais je pense honnêtement que tu as du mal à prendre soin de toi en ce moment et que je peux vous aider, toutes les deux…
- J'ai faim, Maman. On mange quoi ?

La question de Rose est venue troubler notre conversation et a donné à Mathilde, une fois de plus, l'occasion de se défiler.

- Écoute Papa, il faut que j'y aille. On s'appelle plus tard.
- Non, pas plus tard... Tu me rappelles dès que tu auras couché Rose. Il faut absolument qu'on discute. Si tu ne m'as pas appelé d'ici deux heures, je prends ma voiture et je débarque.

Ma voix était ferme, mon ton sans appel. Le long bip qui a suivi m'a signifié que Mathilde avait raccroché sans un mot. J'ai passé l'heure suivante à tourner en rond dans la maison, à ne pas savoir si je devais préparer un sac, prévenir mon collègue que je ne pourrais pas assurer mes consultations du lendemain. Je préparais tranquillement ma retraite et ne consultais plus que trois jours par semaine ; le mercredi en faisait partie. Heureusement, après une heure, le téléphone a sonné et mis fin à mon attente. Mathilde semblait plus apaisée, mais beaucoup de lassitude et de tristesse imprégnaient son discours. Un timide « Papa, c'est moi » m'a accueilli. Je ne savais pas trop comment enchaîner. Des sanglots ont rempli le silence qui s'installait lourdement entre nous. J'ai décidé de lui dire ce que j'avais sur le cœur et qui m'était apparu comme une évidence pendant mon heure de cogitation.

- Ma chérie, parle-moi. Arrête de faire comme si tu gérais. Tu es épuisée, ce que je peux comprendre. Tu as souhaité reprendre ta vie comme avant. Faire comme si rien ne s'était passé. Rose, ton travail, ça fait trop, ce n'est pas possible. Je sais que tu essaies de faire complètement l'inverse de moi. Moi, qui me suis replié sur moi-même à la mort de ta mère et qui n'ai pas su m'occuper de vous…
- Je suis sûrement enceinte, Papa !

Je suis resté sans voix. Comment était-ce possible ? Antoine était parti depuis plus de deux mois. Je n'imaginais pas que Mathilde ait déjà pu rencontrer quelqu'un, ni qu'elle ait pu tromper son mari. J'étais complètement perdu. Je ne comprenais rien à cette phrase.

- Comment ça, tu es « peut-être enceinte » ? Mais depuis combien de temps ?
- Je n'en veux pas, Papa. Je ne suis pas capable de l'élever, de l'aimer…

Sa phrase s'est terminée par un cri de désespoir.

- Attends, Mathilde, il faut que tu m'expliques. Est-ce que tu peux reprendre depuis le début ?

« Ce soir… médecin… test de grossesse » étaient les seuls mots audibles de son récit, tant ses pleurs troublaient son discours. Je l'ai encouragée à respirer doucement et à recommencer son explication. C'est ainsi qu'elle m'a raconté sa consultation, son retour à la maison et comment elle s'était endormie d'épuisement sur son lit, alors qu'elle pensait juste se reposer quelques minutes pour reprendre ses esprits. Maintenant que j'avais tous les éléments, c'était à moi que j'en voulais. J'aurais dû voir sa fatigue, son évanouissement, ses nausées. Tout était sous mes yeux, et moi, médecin, je n'avais rien soupçonné. Mes excuses ne serviraient à rien pour le moment, je devais trouver un moyen plus concret d'aider ma fille.

- Je serai là demain pour l'échographie, à tes côtés.
- Non, je veux y aller seule.
- Je ne crois pas que ce soit une bonne idée. Cela va être un moment éprouvant, il faut que tu sois accompagnée. Si tu ne veux pas de moi, promets-moi de demander à Charlotte.

- Non, je t'ai dit.

- Mathilde, une fois dans ta vie, est-ce que tu pourrais m'écouter ? Je sais que je ne suis pas un père à la hauteur, mais là, écoute au moins mon conseil de médecin. Cette échographie est très particulière, tu ne peux pas la vivre seule…

- Si, je le peux, et je le peux tellement que c'est ce que je vais faire ! Que tu le veuilles ou non ! C'est moi qui décide ! Personne, tu m'entends, personne ne peut comprendre ce que je vis et ce que je ressens en ce moment ! Le sort ne s'était pas assez acharné sur moi, il faut que ça continue et je ne veux pas de ton aide !

Elle avait hurlé.

- Tu ne m'écarteras pas comme ça ! Ce qui s'est passé ce soir avec Rose est très grave et montre que tu as besoin d'aide. Certes, je ne peux pas te forcer à m'aimer, mais tu ne peux pas m'empêcher de t'aimer. Nous ne rattraperons jamais les années que j'ai gâchées à la mort de ta mère, mais la mort d'Antoine doit servir à nous rapprocher...

- Ne te sers pas de lui.

- Je ne me sers pas de lui, mais il n'est plus là pour prendre soin de toi, je reprends ma place. Je l'ai laissée trop longtemps vide. C'est terminé !

- …

Mathilde a semblé soufflée par ma tirade. Elle n'a rien trouvé à répondre, ce qui était rare chez elle. J'attendais. J'attendais la réplique cinglante, mais rien n'est venu.

- Comment je vais faire, Papa ? Je ne veux pas de cet enfant. Pas sans Antoine.
- Écoute, ma chérie. Il faut prendre le temps de réfléchir. Va à ton rendez-vous demain, si possible accompagnée. Après mes consultations, je viens vous chercher, toi et Rose, et je vous ramène à Jard pour le week-end. Ici, tu pourras réfléchir au calme. Je serais là pour m'occuper de ta fille. Tu prendras le temps qu'il te faut. Accepte, Mathilde, s'il te plaît.
- Je ne sais pas.
- Alors laisse-toi porter. Tu sais que la forêt et la mer t'ont toujours aidée dans tes réflexions. S'il te plaît...

J'ai craint que mon ton suppliant ne déclenchât de nouveau ses foudres. Mais c'est un « D'accord » hésitant qui est venu me cueillir. Elle était d'accord ! Pour la première fois depuis son adolescence, Mathilde acceptait que je prenne soin d'elle. Je n'en revenais pas. Je n'ai rien trouvé d'autre à dire que « Merci ».

- C'est à moi de te dire merci. Je vois bien que depuis deux mois tu fais tout ce que tu peux pour être là. Je ne suis pas très cool avec toi...

- Ne t'inquiète pas, je comprends. Le principal, c'est qu'aujourd'hui, tu me laisses t'aider...

Au loin, des pleurs me sont parvenus, et Mathilde a dû mettre fin à la conversation.

- Papa, je suis désolée, je crois que Rose a fait un cauchemar, je vais devoir raccrocher. Mais je suis d'accord pour demain. Je vais venir, pas la peine de venir me chercher.
- Tu es sûre ? Ça ne me dérange pas de filer après mes consultations.
- Non, non, je t'assure. Je récupère Rose, et je viens pour la fin de la semaine. Je vais avertir son école qu'elle loupera le dernier jour avant les vacances. Elle n'est qu'en petite section, ça ne devrait pas poser de problème. Merci encore, Papa.
- De rien, ma chérie. Allez, file, Rose t'attend. On se voit demain soir. Je pense que Rose va être contente. Dis-lui, ça devrait l'aider à se rendormir.

Depuis deux jours, Rose et Mathilde sont là. L'ambiance est étrange. Quasi normale quand Rose est avec nous, elle devient sérieuse et triste quand nous nous retrouvons tous les deux. Pourtant, le lien entre ma fille et moi est différent depuis notre conversation téléphonique. Mathilde est plus douce, moins agressive, mais elle est tourmentée. Ce matin, je m'occupe de Rose pendant qu'elle est partie se promener pour tenter d'y voir plus clair. Je ne voudrais pas être à sa place. Il y a tant de questions et si peu de réponses satisfaisantes. Je fais de mon mieux pour la soulager. Je ne sais pas si j'y arrive. Mais depuis deux jours, ma fille ne m'a pas encore envoyé une seule pique, c'est plutôt encourageant.

<u>**Rose**</u>

C'est trop bien ! Je suis chez Papy Zorze avec Maman, et je fais que rigoler. Papy, il fait l'idiot tout le temps ! Ma maman, on dirait que sa colère, elle est devenue toute petite depuis qu'on est arrivées. Même que quand je fais le clown, elle aussi, elle sourit. Bon, si je fais n'importe quoi, elle me gronde, mais ça, c'est normal. Je fais tout avec mon Papy. Hier, on a été à la chasse aux lumas. Tu sais ce que c'est toi, un luma ? C'est un escargot ! Mon Papy, il les enferme dans des pots de fleurs. Ensuite, il leur met de la farine sur les cornes. C'est pour leur donner à manger. Après, il a dit qu'on ferait une soupe aux lumas ! Beurk ! C'est trop cracra !

Je l'aime trop, mon papy. Pas aussi fort que mon papa, mais fort quand même. Il me manque, mon papa. Maintenant que je sais qu'il reviendra pas, je suis tout le temps triste dans mon cœur, mais je le dis à personne. J'ai bien compris que les grands, ils aiment pas quand j'ai du chagrin, du coup, je fais comme si j'étais toujours contente ! Ça leur fait plaisir et ils me regardent pas avec leurs drôles de yeux tout mouillés. Même à l'école je dis rien, parce que les copains ils comprennent pas que ça fait trop mal au ventre de plus avoir de papa. Je me demande tout le temps *qu'est-ce qu'il fait*. Où il est ? Mamie Lou, elle me dit que Papa me regarde de là-haut, alors j'essaie d'être gentille mais, des fois, je sais pas pourquoi, y'a comme une grosse colère qui vient. J'ai envie de crier très fort, de tout casser et je fais des crises chez maman. Mais pas chez Papy !

Y'a quand même un truc *que je suis pas* contente. J'ai l'impression que Maman et Papy, ils ont un secret que j'ai pas le droit de savoir. Je sais qu'on peut pas connaître tous les secrets des adultes, et d'habitude, ça ne me gêne pas, parce que ça finit souvent par une surprise. Mais là ! Dès que j'entre dans la pièce, ils se taisent. Je crois même que c'est grave, parce que Maman, elle essuie ses yeux, et Papy, il tourne la tête et fait comme s'il était occupé. Je me demande bien *qu'est-ce que c'est...* Ce soir, quand Maman viendra me coucher et qu'elle me racontera l'histoire de *Blouque d'Or*, peut-être, je lui demanderai...

Là, je dois finir mon dessin pour Papa... Je lui en fais un tous les jours, et je le mets sous mon oreiller avant de m'endormir. Le matin, il est plus là. Je me demande si c'est lui qui sort de mon cœur pour venir le chercher ... Je sais pas trop quoi faire aujourd'hui... Je sais pas ce que Papa, il voudrait. Je regarde par la fenêtre. Papy me surveille, tout en grattouillant dans ses fleurs. Ça me fait penser à un truc : si je dessinais un escargot tout chaud ? Tiens, c'est une bonne idée, ça ! À côté, je pourrais dessiner Papy. C'est dur quand même...

Mon Papy, quand il part au travail, il est toujours bien habillé. Il sent bon et il se fait une jolie coiffure de monsieur. Mais quand il reste à la maison, il est trop rigolo dans son habit de jardinier. Je vais essayer. Mais son short, j'arrive pas trop bien à le dessiner, et ça m'énerve. Je fais un grand rond pour son *bidou*, mais ça rate ! Je suis nulle, j'arrive jamais ! On dirait une grosse crotte de caca boudin, mon dessin. Je vais le déchirer. Là, voilà, comme ça ! Je fais une grosse boule et je la lance loin ! Ça fait du bien. Et puis tiens, j'en ai marre !

Je balance aussi mon cahier à dessins et mes crayons ! C'est à cause de Papa aussi tout ça. S'il était pas parti, je serais pas obligée de lui faire un dessin tous les jours pour qu'il m'oublie pas ! Y'en a vraiment marre de marre !

- Ça suffit, Rose, maintenant ! Tu te lèves de la table et tu me ramasses tout ça !

Papy est rentré par la porte de derrière, je l'ai pas entendu. C'est la première fois qu'il me gronde. Il a dû me voir faire mais je m'en fiche, je fais bien ce que je veux.

- Non !
- Comment ça, non ?
- J'en ai marre ! C'est nul ici ! Je veux rentrer dans ma maison !

Je me retourne et je regarde mon papy. Je le fixe avec mes yeux noirs. C'est comme ça qu'il dit mon papa quand je suis en colère. Je fronce très fort mes sourcils comme Papa Ours quand il est pas content. Mais je sens ma lèvre qui tremble, et j'ai peur de me mettre à pleurer.

- Qu'est-ce qui t'arrive, ma Rose ? Pourquoi es-tu si en colère ?
- Parce que je suis nulle, j'arrive pas à dessiner !
- Et c'est pour ça que tu veux rentrer chez toi ?
- Oui…

-   Dis donc, petite tête de mule, tu es sûre qu'il n'y a pas autre chose ?

-   …

-   Tu ne veux pas me parler ?

J'aurais tellement envie de dire à Papy tout ce que j'ai dans mon cœur. Mais si je parle, je vais me mettre à pleurer. Puis de toute façon, si je lui dis, il le répétera à Maman, et là, c'est sûr de sûr, personne ne voudra plus me voir.

Papy s'approche et me prend la main. Il me force doucement à me pencher et à ramasser les crayons. Je n'ose pas trop lui dire non, parce que, quand même, c'est mon papy. Il est gentil, et moi, je lui ai mal parlé. Il ramasse ma boule de papier.

-   Tu veux qu'on le regarde ensemble ?

Je secoue la tête pour dire non.

-   C'était pour ton papa ?

Je me jette dans ses bras et je cache mon visage dans son ventre. Mon chagrin est trop fort, j'arrive plus à le garder derrière mes paupières. Il s'échappe de partout, et je suis triste.

-   Pleure, petite Rose. Ne te cache pas, tu as le droit. Tu sais, ta maman, elle pleurait aussi quand sa maman à elle, elle est partie. Elle était plus grande que toi, mais elle en avait encore besoin. On n'est jamais prêt à laisser partir son papa ou sa maman. Quand mon papa est parti, j'étais déjà vieux, et pourtant, il me manque toujours.

- Tu avais un papa, toi ?
- Beh oui, ma Rose, tout le monde à un papa !
- Je savais pas ! Tu me l'avais pas dit ! J'en ai marre des secrets des grands, moi !
- Pourquoi tu dis ça ?
- Parce que je sais que, toi et Maman, vous avez un secret que j'ai même pas le droit de savoir.
- Peut-être que les enfants n'ont pas besoin de tout savoir, ma Rose... Tiens, si on allait voir la mer ?

Je la connais bien la technique de Papy. Il ne répond pas vraiment à ma question et, à la place, il me propose de faire un truc que j'adore. J'ai pas rêvé, il y a un truc que je n'ai pas le droit de savoir. Vu la tête de Papy quand je lui ai dit que je savais qu'il y avait un secret, c'est sûr, c'est vraiment grave…

Mathilde

Ça fait maintenant dix jours que je suis chez mon père. Arrivée pour le week-end, je n'en suis pas répartie. Je n'avance pas. Après mon écho, la médecin a prolongé mon arrêt de huit jours. Je suis censée rentrer ce soir et reprendre le travail demain, mais je ne sais pas si j'en suis capable. Ici, je suis dans une bulle qui me préserve de tout, et j'ai peur de la faire éclater… Je n'ai prévenu personne des raisons de mon arrêt. Deux mois après le décès d'Antoine, une histoire de contrecoup constitue un bien piètre alibi, mais il est efficace. Et puis, qui oserait critiquer une jeune veuve ? J'ai l'impression d'avoir le totem d'immunité en toute circonstance ! Même Charlotte, ma meilleure amie depuis l'école d'infirmières, ignore tout. Je ne lui ai rien dit. Elle m'en voudra sûrement quand elle l'apprendra, mais je n'y arrive pas. Quand elle m'appelle, quasiment tous les jours, pour me demander comment je me sens, je lui mens. Je n'en suis pas fière, mais je ne suis pas prête à ce qu'elle me donne son avis. Je n'en veux aucun d'ailleurs. Seul mon père, et maintenant mon frère, sont au courant de cette grossesse.

Hugo est venu le premier week-end pour un repas dominical, je n'ai pas voulu lui cacher. De tout façon, je n'aurais pas pu. En une nuit, mon ventre a grossi d'un coup, et ce que je ne voulais pas voir s'est imposé à moi. Le déni de grossesse dans toute sa splendeur ! J'ai vu son regard s'attarder sur mon ventre dès qu'il m'a aperçue dans la cuisine. Ses sourcils se sont froncés et un regard interrogatif à chercher le mien. J'ai posé discrètement mon index sur ma bouche pour lui demander de se taire. Rose était dans la pièce, or je ne veux pas qu'elle sache. Pas pour le moment… Mon père me dit qu'elle sent qu'il y a un secret et qu'elle se pose beaucoup de questions. Mais tant que je n'ai pas pris de décision, elle ne doit rien savoir. Je suis pétrie de doutes. Ma détermination à effacer au plus vite cette grossesse, à faire comme s'il ne se passait rien dans mon corps, faiblit. En France, l'avortement n'est plus envisageable, le délai est largement dépassé. Quant à entreprendre un voyage à l'étranger, ce n'est pas une démarche anodine, et cela demande une conviction et une force que je ne pense pas avoir.

En vérité, jusqu'à présent, l'avortement n'avait jamais fait partie de mes possibles. Je ne l'ai jamais jugé chez les autres, ça n'est pas le problème. Chaque situation est différente, et seule une femme peut déterminer si elle est en mesure d'accueillir ou non un enfant dans de bonnes conditions. Me concernant, je me disais que je saurais toujours trouver des solutions. Quelle femme naïve j'ai été ! Aujourd'hui, je suis face à une des décisions les plus difficiles que j'ai jamais eues à prendre dans ma vie. La deuxième en quelques mois… Mon père essaie d'être de bon conseil. Il m'assure qu'il me suivra quoi que je décide. Il me répète inlassablement qu'il n'y a que moi pour savoir ce que je dois faire. Son statut de médecin et la foi qui l'anime me laissent deviner ses convictions profondes. Pourtant, pas un mot plus haut que l'autre. Il me demande juste de considérer les choses à plus grande échelle, de ne pas réfléchir uniquement dans l'urgence et par rapport à la situation actuelle. Il me dit que ce bébé est issu d'un passé et que je dois aussi le projeter dans un futur. Le présent est trop sombre pour me donner une réponse éclairée. Même si j'ai parfois l'impression de tourner en rond, je sens que ma pensée s'affine, que je ne rejette plus avec la même force l'idée de cet enfant. Mais quand j'imagine ce que serait mon quotidien en mère célibataire de deux enfants en bas âge, je reviens sur terre.

Je n'en suis pas capable. Pas sans père pour prendre le relais. Ce n'est pas ma conception de la maternité de toute façon. Pour moi, un enfant est le fruit d'une réflexion de couple, d'un couple parental solide. Et c'est là que je me heurte à mes paradoxes. Si cet enfant a été conçu, c'est parce que, d'une certaine manière, il a été désiré. Pas encore attendu, mais bel et bien imaginé par deux êtres qui s'aimaient plus que tout et qui voulaient agrandir leur famille. Alors, arrêter cette grossesse serait-ce trahir Antoine ? La vérité, celle qui paralyse mon choix, c'est qu'au fond de moi, je suis morte de trouille, morte de peur à l'idée de ne pas savoir aimer cet enfant, de le détester même, de le rendre responsable du départ de son père. Je sais que c'est complètement idiot, mais impossible de chasser cette idée. J'ai même osé l'énoncer à haute voix, devant mon père. Il est sorti pour la première fois de sa réserve. « Je n'ai jamais rien entendu d'aussi bête ! Tu es faite pour être mère, et avec cet enfant, ça sera pareil ! » Je n'ai pas autant de certitudes que lui, alors j'ai préféré me taire et garder pour moi mes tourments.

Une main presse doucement la mienne et me sort de ma réflexion. C'est mon père qui me rejoint sur la terrasse. Il s'assoit sur la chaise à côté de moi. Il est encore très tôt ce dimanche matin. Je me suis levée à l'aube, incapable de dormir. Installée dans un transat, je ne détourne pas la tête et continue de contempler la cime des pins à la recherche d'une réponse, de LA réponse. Je sens son regard sur moi.

- Tu t'es levée tôt, dis donc... Tu devrais essayer de dormir plus longtemps. Tu vas en avoir besoin.

Pas de jugement dans sa phrase, juste l'inquiétude d'un père. Notre relation a grandement évolué cette dernière semaine. Je ne dirais pas que le passé est enterré, mais nous ne l'évoquons pas. Il essaie d'être là. Il m'écoute beaucoup, s'exprime peu. Il cherche sa place et se montre de moins en moins maladroit. Ou peut-être que cela tient à mon attitude. J'ai changé. Moins agressive, moins dans la réaction, voire la surréaction, je lui fais moins peur. J'apprécie son soutien. C'est nouveau, mais je ne cherche pas à y mettre du sens. Je ne m'interroge pas sur ce que seront nos relations dans le futur quand tout cela sera apaisé. Je prends, c'est tout. Mon frère essaie aussi, à sa manière. Il n'est pas père, il n'est pas en couple, alors l'expérience lui manque pour trouver les mots. Mais surtout, pour la première fois, notre relation est inversée. Sa grande sœur, son roc, est fragilisée, fissurée et a besoin de lui. Il fait ce qu'il peut en assurant auprès de Rose. Il est le champion toutes catégories des tontons. Il a pris son mercredi et a embarqué ma fille pour un après-midi dans un parc de loisirs *indoor*. Elle est revenue les yeux pleins d'étoiles, complètement crevée, mais avec un nouveau héros dans sa vie. Depuis, elle nous rebat les oreilles avec les exploits de Hugo sur le trampoline. Cela m'a permis de souffler un peu et de pouvoir parler ouvertement de la situation avec mon père, sans risquer d'être interrompue par Rose. Ma fille a un don pour capter tous les sujets ne la concernent pas et se transformer en petite souris pour nous espionner. Il faut être extrêmement vigilant.

Mon père brise de nouveau le silence de ce matin aux lueurs printanières :

- Tu l'aimes déjà, non ?

Sa question me saisit. Dans un premier temps, je ne suis pas certaine de comprendre, mais son regard sur mon ventre me donne la réponse. Je surprends ma main caressant doucement le renflement que l'on devine sous mon sweat. Ce geste si maternel que toute femme enceinte adopte naturellement. Et si la réponse était là, juste sous mes yeux ?

- Je n'en ai pas le droit…
- Pourquoi ?
- Parce que je ne sais pas encore…
- Ta tête ne sait pas… ou refuse de savoir. Mais ton corps et visiblement ton instinct ont des choses à te dire.
- Ce bébé n'est pas le bienvenu, pas maintenant, pas comme ça. Et Rose, comment va-t-elle réagir ?
- Tu viens de prononcer le mot bébé pour la première fois. Avant, tu parlais de grossesse, d'embryon…

- Je t'arrête tout de suite, je vous vois venir, toi et ton couplet judéo-chrétien, « La vie commence à la conception », « L'avortement est immoral », « C'est tuer un être humain »…

- Tu exagères, Mathilde. J'essaie de t'accompagner au mieux, et je te fais juste remarquer que ton rapport à cet enfant évolue et que tu dois aussi prendre en considération ce que tu ressens.

Il n'a pas tort. Je suis une nouvelle fois injuste avec lui. Je dois bien admettre que plus les jours avancent, plus la présence de ce petit être en devenir s'impose à moi. Jusqu'à maintenant, je niais une à une toutes les sensations qui me ramenaient à son existence. Lors de l'échographie de datation, je m'étais interdite de regarder l'écran. Une fois que le radiologue avait fait ce qu'il avait à faire, je lui avais demandé d'éteindre le son de sa machine pour ne pas entendre le cœur qui bat. Ce bébé ne devait pas avoir de réalité dans ma tête pour ne pas grandir dans mon cœur. Je ne voulais pas prendre le risque de l'aimer avant même de savoir si j'allais le garder. Le combat faisait rage entre ma peur de ne pas l'aimer et celle de l'aimer déjà plus que je ne devais. Mon père ne se dressait pas contre moi, il voulait simplement m'aider à ouvrir les yeux.

- Rose est une petite fille magique. Aussi intelligente que toi au même âge. Elle n'aura rien à comprendre. Elle acceptera et s'adaptera à la situation comme elle le fait déjà. N'aies pas peur pour elle. Et je serai là, moi aussi…

Son discours, pourtant criant de vérité, m'énerve. Il a certainement raison concernant Rose. Et cela m'agace au plus haut point. Cela ébranle les bases de plus en plus fragiles de mes certitudes. Je ne me sens pas prête à l'admettre et à lâcher prise.

- Si je t'écoute, tout paraît simple. Admettons, je dis bien admettons, que j'accepte cette grossesse. J'offre quoi à cet enfant comme vie ? Pas de père, une mère débordée, parfois déprimée, souvent hystérique ? Une grande sœur qui doit gérer la disparition de son papa, faire avec une maman incompétente… ?
- Pas si vite ! Cet enfant a un père, mort certes, mais tu seras là pour lui parler de lui. Il aura aussi une mère parfaitement imparfaite comme toutes les mères, comme tu l'es déjà avec Rose. Mais tu seras avant tout une mère qui fera de son mieux et qui l'aimera pour deux. Quant à sa sœur, rappelle-toi comment tu as géré avec Hugo. Tu es le meilleur exemple…
- Pour ma part, je n'ai pas vraiment eu le choix. Tu ne m'as pas donné le choix.
- Mais tu n'es pas moi ! Et heureusement… Je n'aurai jamais assez de toute ma vie pour me faire pardonner, mais le passé est le passé, et ma culpabilité est assez grande sans que tu en rajoutes… Pardon, vraiment, je ne voulais pas dire ça.

Mon père a dû voir mon visage s'assombrir à ces mots. Je trouve qu'il est culotté de me demander de ne pas en rajouter. A-t-il vraiment conscience de ce que ça m'a coûté ? Oui, je pense… Je serais injuste d'affirmer le contraire, son attitude des derniers jours me le prouve. Quant à l'admettre…

- Mais tu l'as dit… Et tu as probablement raison.

Le silence se fait lourd. Toujours ce non-dit entre nous. Lui, incapable de me demander pardon une bonne fois pour toutes ; moi, incapable de lui faciliter la tâche.

- Mathilde, laissons pour le moment le passé au passé, et concentrons-nous sur toi, sur ce bébé et ce que tu vas décider pour lui.
- Mais c'est trop dur, Papa, je ne devrais pas avoir à prendre cette décision seule. Antoine devrait être à mes côtés pour savoir ce qu'il faut faire.
- Ne te mens pas à toi-même, Mathilde. Si Antoine était là, il n'y aurait pas eu de décision à prendre. Vous le vouliez ce deuxième enfant, non ? Peut-être pas tout de suite, mais ce n'était qu'une question de mois. Et même si cela avait été une grossesse surprise, tu connais la décision que vous auriez prise. Antoine incarnait la joie, le bonheur, il incarnait la vie tout simplement. Tout était simple avec lui. Il était adepte de la théorie du verre à moitié plein. Il aurait parlé de cadeau, de bénédiction …

Je n'entends plus la voix de mon père mais celle d'Antoine. Derrière mes paupières closes, je le vois hurler de joie au milieu de notre salon, criant que c'est génial, qu'il n'aurait jamais imaginé une plus belle surprise, que la vie est remplie de belles choses et que… « Putain ! Qu'est-ce qu'elle est chouette celle-là ! » Je lui dirais que les gros mots ne sont pas permis dans cette maison. Il me clouerait le bec d'un baiser fougueux, nous tomberions à la renverse… J'éclate en sanglots. Cette scène me paraît tellement réelle, et pourtant… Je suis là dans un transat avec un sentiment de profonde solitude. Il me manque, il me manque tellement !

-   Je suis là, ma chérie, laisse-toi aller. Lâche prise. Je suis là maintenant et pour toutes les années à venir. Quoi que tu décides, si cet enfant voit le jour, il aura un grand-père qui essaiera de remplir sa mission au mieux.

Les bras de mon père m'enveloppent et, pour la première fois depuis des années, je le laisse faire. Que c'est bon de se sentir protégée. Mon corps se détend imperceptiblement. L'impression que chacun reprend sa place me submerge et fait redoubler mes larmes. Des litres et des litres semblent vouloir se déverser.

-   Beh Maman, tu pleures ?

Une voix encore tout ensommeillée interrompt le moment. Je n'ai pas entendu Rose arriver, et je ne sais pas depuis combien de temps elle est là, à nous écouter. Quoi lui répondre ? La franchise me semble la meilleure option.

- Oui, ma chérie, mais ne t'inquiète pas.
- C'est à cause du secret de Papy et de toi ?

Mon père et moi échangeons un regard lourd de sens. On y est. Soit je lui mens, soit je m'engage dans une réponse qui ne souffrira aucun retour. Tous les deux sont suspendus à mes lèvres.

- Oui, mon poussin, mais ce sont des larmes de joie.
- Pourquoi ?

Je ne réfléchis pas et me lance.

- Tu vas être grande sœur !

Voilà, c'est dit, plus de retour possible, mon cœur a parlé. Mais avant de réaliser pleinement ce que je viens de dire, une tornade nommée Rose s'abat sur moi.

- Trop méga génial ! Merci Maman ! J'en voulais une en plus !

Mon père éclate de rire et resserre son étreinte.

- Attention, ma puce, tu me fais mal, tu appuis sur le bébé…

Cette scène a quelque chose d'irréel. Je suis dans les bras de mon père, ma fille allongée sur moi, écrasant un bébé qui, il y a quelques heures encore, n'avait pas encore d'existence… Et moi, au milieu de tout ça ! Complètement perdue, écartelée entre le sentiment d'avoir allongé la liste de mes incertitudes tout en ayant la conviction d'avoir fait le meilleur choix. La vision d'Antoine accueillant la nouvelle m'a permis de trancher. Je regarde le ciel et lui murmure « Merci », maintenant persuadée que j'ai fait ce qu'il aurait voulu que je fasse. Je n'avais pas décidé seule. Cette décision, nous l'avions prise à deux.

Le « Je suis fier de toi » soufflé par mon père au creux de mon oreille finit de me convaincre. Nos regards se croisent, et le scintillement des larmes de bonheur dans ses yeux me conforte encore un peu plus. Je ne serai pas seule, il m'accompagnera. J'en suis persuadée. Pour le moment, il va falloir gérer l'électron libre qui, maintenant, fait le tour de la terrasse en courant, pieds nus, et en criant « Je vais avoir une petite sœur ! ».

<u>**Rose**</u>

C'était ça le secret ! Je comprends rien aux adultes ! Je comprends pas pourquoi ils l'ont caché ? Ils étaient tout sérieux, tout tristes quand je les espionnais pendant qu'ils parlaient du secret. C'est super pourtant une petite sœur ! Oui, je sais ! Maman m'a dit qu'elle ne savait pas si ce serait un bébé fille ou un bébé garçon, mais moi je suis sûre ! Comme ça, je serai un peu comme mes copains. J'aurai toujours pas de papa mais je serai grande sœur ! Y'a un autre truc que je comprends pas… un truc trop bizarre… Quand la maman de mon copain Robin, elle a eu son gros ventre, j'ai demandé à Papa comment il était rentré dedans. Il m'a dit que le papa, il mettait une graine dans le ventre de la maman. Mais comment elle est rentrée alors, ma petite sœur ? Si mon papa, il est vraiment plus là, ma maman, elle peut pas avoir de graine ! Si ça se trouve, j'avais raison, Papa, il jouait en vrai à cache-cache et il est venu mettre la graine pendant que maman dormait… Faut que je sache.

J'arrive en courant dans la cuisine où Maman est en train de préparer le sac de plage. On va y aller pour goûter, ça va être trop bien ! Je me plante à côté d'elle et je la regarde faire sans rien dire. Elle est belle ma maman, et depuis ce matin, elle a l'air d'aller mieux. C'est peut-être *à cause qu'elle m'a dit* le secret … Bon, j'y vais :

- Maman ?

- Oui, mon puceron, qu'est-ce qu'il y a ?

- Comment elle est *viendu* dans ton ventre ma petite sœur ?

- Rose, je te l'ai déjà dit ! Je ne sais pas encore si ce sera un frère ou une sœur, c'est trop tôt…
- Oui, bon d'accord, mais comment il a fait Papa dans le ciel pour mettre la petite graine ?

Maman est en train de remplir les gourdes. Je vois ses sourcils se froncer. Elle a l'air contrarié par ma question. Elle tourne le robinet, respire profondément.

- Pourquoi il faut toujours que tu poses 36 000 questions, ma Rose ?
- Ça, ça fait une seule !
- Ne me réponds pas comme ça, petite insolente ! Il l'avait mise avant de partir…
- Il te l'avait pas dit ? C'était une surprise ?

Maman sourit légèrement, je vois pas trop pourquoi, j'ai rien dit de drôle… Mon papa, il adore faire des surprises. Si ça se trouve, il l'a mise dans le ventre de Maman sans lui dire, pour qu'elle le découvre après qu'il *est* parti dans le ciel.

- Oh, je n'y avais pas pensé, ma chérie. Maintenant que tu le dis, peut-être… J'aime bien cette idée, elle me plaît.
- Tu crois qu'à moi aussi, il m'a laissé une surprise, Papa ?

Cette fois, le regard de Maman se mouille. J'ai pas besoin de sa réponse. Tant pis, de toute façon, je la mérite pas, après ce que j'ai fait…

- J'en étais sûre.

- De quoi ma puce ?

- De rien…

- Si, dis-moi, je vois bien que tu es contrariée.

- …

- Allez, ma Rose, je vois bien qu'il y a quelque chose qui ne va pas. C'est à cause de cette surprise ?

- …

- Il ne faut pas en vouloir à Papa, tu sais. Même lui, il ne savait pas qu'il m'avait laissé une petite graine.

- N'importe quoi !

- Si, je t'assure ! Tu es encore trop petite pour comprendre mais je t'expliquerai un jour. En attendant, ne sois pas triste. Papa nous a laissé un formidable cadeau à toutes les deux.

- Moi, j'ai rien eu.

- Ce bébé, qui est dans mon ventre, il n'est pas que pour moi. Je suis sûre que Papa savait que tu serais une formidable grande sœur…

- Tu crois ?

- Mais oui ! Comment veux-tu que je devienne maman d'un deuxième bébé si je n'ai pas une super grande fille pour m'aider ?

-	Mouais…

-	Il n'y a pas de « mouais », mon petit cœur. On va former une super équipe, je suis sûre qu'on va y arriver. E tu as raison, c'est une bien jolie surprise que Papa nous fait là !

Je réponds pas et je pars en courant. Je dois réfléchir. Je vais faire un tour dehors. Je vais me balancer, ça va m'aider. Bon, d'accord, peut-être que Maman, elle a un petit peu raison. Mais je sens bien qu'elle n'est pas sûre de ce qu'elle me raconte. On dirait moi quand j'ai peur de tomber du toboggan et que je fais comme si c'était pas vrai. Je crie « Trop fastoche ! » aux copains et je me lance. Je me dis que si Lucie et Thomas, ils voient pas que j'ai la trouille alors peut-être qu'elle partira toute seule. Maman, je crois qu'elle est pareille. Elle dit « fastoche » alors qu'en vrai, elle sait pas du tout si je vais être une super grande sœur.

Moi, je crois qu'au début, elle a pas trouvé ça drôle la surprise de Papa. Même que quand j'ai écouté derrière la porte, j'ai entendu qu'elle en voulait pas. Je savais pas de quoi elle parlait, mais elle avait peur. N'empêche, c'est quand même bizarre cette histoire. J'ai plus de papa et je vais quand même avoir une petite sœur. Ou un petit frère, oui, je sais ! Moi, y'a un autre truc qui me rend triste, même deux. Est-ce que ce bébé, il va prendre ma place dans le cœur de Maman ? Est-ce que c'est à cause de lui que Papa, il est parti ? Parce que le cœur de Maman, il est trop petit pour accueillir tout le monde ? Ça m'énerve ! Maman, elle a encore raison, j'ai toujours *cinquante douze* questions dans ma tête ! Et celles-là, elles sont graves !

<u>**Georges**</u>

Depuis un mois, je respire un peu mieux. J'ai l'impression que Mathilde reprend lentement goût à la vie. Elle a pris sa décision, et comme pour tous les choix qu'elle fait, une fois qu'elle est prise, pas de retour en arrière. Elle assume. Depuis, elle est par monts et par vaux, essayant de tout gérer. Nous nous appelons presque tous les jours. Je me sens soulagé aussi. Rose avait deviné qu'il se tramait quelque chose et cette petite fille n'avait pas besoin d'une angoisse supplémentaire. Maintenant, elle sait, et c'est plus confortable, même si son comportement peut parfois nous désarmer. Ange un jour, elle peut se transformer en petit démon en un claquement de doigts. Mais je vois bien que derrière ses crises se cache quelque chose de plus profond que de simples caprices. Je tente d'en parler avec Mathilde pour qu'elle agisse, mais j'y vais à tâtons. Elle a déjà beaucoup à gérer et, surtout, je ne suis pas certain d'avoir suffisamment gagner en crédibilité pour lui prodiguer des conseils. Lui dire que Rose aurait besoin d'aide lui fournirait une occasion en or de me rappeler que, pour elle aussi, en son temps, cela lui aurait été nécessaire. Il y a longtemps que le sujet n'a pas été évoqué mais tout cela reste assez fragile.

Au décès de Martine, Pierre, mon collègue et ami médecin, m'avait encouragé à consulter pour les enfants. J'avais refusé. J'avais peur de me confronter à un regard professionnel. Puis, durant le lycée, Mathilde avait été sujette à des crises d'angoisse qui l'obligeaient à sortir de classe en plein cours. L'infirmière scolaire m'avait convoqué pour me demander comment ça se passait à la maison, comment je m'en sortais avec les deux. Je lui avais sèchement répondu de s'occuper de ses affaires, qu'elle n'était pas psy et que si ma fille avait besoin de parler, j'étais là ! Elle n'était pas dupe mais, à l'époque, tenir tête à un médecin ne se faisait pas. Elle n'avait pas insisté. J'étais rentré à la maison, furieux, et j'avais passé un savon à Mathilde. Je lui avais demandé d'éviter, à l'avenir, d'étaler ses états d'âme à l'extérieur de la maison. Je me souviens de la scène comme si c'était hier. Elle était alors en train de dîner avec son frère. Elle avait violemment repoussé sa chaise de la table, s'était levée, s'était approchée de moi. Elle m'avait toisé et, sur un ton méprisant, avait lâché « C'est fou comme tu ne comprends jamais rien, t'es vraiment un minable ! ». Elle était sortie de la cuisine en trombe et s'était enfermée dans sa chambre en claquant la porte. J'aurais dû lui courir après, ne pas laisser passer ça. Pourtant, j'étais resté tétanisé, incapable d'esquisser le moindre geste. C'était la voix de Hugo, âgé d'à peine dix ans, qui m'avait sorti de ma sidération. « Je peux prendre une mousse au chocolat en dessert, Papa ? » Mon fils continuait sa vie, comme si de rien n'était, même pas surpris par ce qui venait de se passer. C'est dire combien nos tensions étaient intégrées à notre quotidien. Pour ça aussi, j'étais en dessous de tout… J'aurais dû le rassurer, le prendre dans mes bras, le consoler et lui dire que tout ce n'était pas grave, que ça allait s'arranger. À la place, j'avais choisi de l'ignorer. Je m'étais servi un verre et j'étais retourné dans le salon.

Ah Hugo ! Autre vaste sujet d'inquiétude de ma vie … Mon petit devenu grand mais toujours célibataire… Je ne lui ai jamais connu de petite amie. Je me demande souvent si l'absence de vie sentimentale de Hugo est liée à la perte de sa mère et à ma relation plus que chaotique avec Mathilde. Par deux fois, les femmes de sa vie l'ont abandonné, l'une est morte, l'autre a préféré fuir la maison, bien trop tôt… Quant à moi, je ne fais pas figure de modèle. Ni l'homme, ni le père n'ont été à la hauteur de ce que mon fils pouvait attendre. C'est uniquement grâce à sa gentillesse et son absence totale de rancœur que nous nous parlons encore. Je crains qu'il ne reste seul, car il ne s'autorise pas à aimer. Peut-être a-t-il l'impression qu'il n'est pas digne d'être aimé ? Se sent-il voué à l'abandon ? Je devrais lui poser toutes ces questions plutôt que de les ruminer et espérer que sa situation change. Il fait le pitre à longueur de temps mais je sais que c'est pour mieux cacher son mal-être. Il a beau l'enfouir sous ses kilos, je ne suis pas dupe. Pourtant, il est si gentil ! Il saurait rendre une femme heureuse. Et quel papa il ferait ! Quand je le vois avec Rose ! Elle le mange des yeux et rit avant même qu'il n'ouvre la bouche, tant elle attend ses bêtises. Ce grand gaillard d'un mètre quatre-vingt-dix se transforme en gros nounours en sa présence. Leur complicité déjà naissante n'a fait se renforcer depuis le départ d'Antoine.

Ah celui-là ! Sa mort nous a tous plongés dans un profond chagrin, mais de là-haut, il fait des miracles. Notre famille se ressoude doucement. Une mort l'aura détruite, une autre est en train de la reconstruire. C'est drôle la vie… Je n'aurais jamais pu imaginer cela il y a quelques mois à peine. Retrouver ma fille, l'attendre le week-end, espérer avoir une vraie place dans sa vie. Mais à quel prix… Je prie et remercie Antoine tous les soirs de ce qu'il réalise de là où il est. Je crois que c'est lui qui orchestre tous ces changements, qui exauce mes prières. Ce sont autant de signes. Ma foi n'en est que renforcée. Le sujet m'est interdit avec Mathilde. La vie lui a réservé tant de mauvaises surprises qu'elle ne peut pas croire en l'existence d'un dieu. Si elle entendait mes pensées, elle me fustigerait ! Chacun ses convictions, le tout est de ne pas aborder les sujets qui fâchent. Alors je marche souvent sur des œufs avec ma fille, car il y en a des sujets qui fâchent ! Le dernier en date : son avenir seule avec sa fille à Nantes. J'ai osé soumettre la possibilité qu'elle revienne vivre ici. J'aimerais, que dis-je, je rêverais qu'elle le fasse. Cela lui faciliterait grandement le quotidien... Sa réponse a été directe et comme souvent avec elle, sans appel ! « Je ne quitterai pas notre maison ! Jamais je ne vendrai la maison d'Antoine ! » Je m'y attendais et je ne peux pas la juger, moi qui n'ai pas été capable de bouger après le départ de Martine. Pourtant, la vie serait tellement plus simple avec son frère et moi dans les parages. À l'arrivée du deuxième, elle aura bien besoin de notre aide. Nous pourrions la soulager et nous occuper de Rose quand elle sera trop fatiguée. Élever seule deux enfants, je ne suis pas sûr qu'elle mesure la hauteur de la tâche. Je suis si fier de son choix de garder ce bébé, il est courageux. Mais pour être passé par là moi-même, je sais combien le quotidien est lourd et combien on se sent seul...

En attendant, je me contente de ses visites de plus en plus systématiques quand elle n'est pas de garde. Elle ne cache plus son plaisir à venir ici et ne peut nier que Rose revit dans ma maison. Cette petite arrive souvent le visage triste et fermé, et je la vois s'épanouir au fil des heures, des jeux sur la plage et des balades en forêt. Notre relation devient un peu plus forte à chaque moment passé ensemble. Elle me fait confiance et me confie ses « tracas » comme elle les appelle. Nous partageons de vraies discussions, et je m'étonne chaque fois de son intelligence et de sa maturité. Mais pour l'heure, je dois m'activer, car elles arrivent dans trois jours, et j'ai promis à ma petite-fille que nous allions lui construire une cabane. Je dois faire le tri dans mon atelier pour trouver quelques planches dignes du palace dans lequel elle s'imagine déjà !

<u>**Mathilde**</u>

Je souffle un grand coup pour me donner du courage. J'entre en souriant dans la chambre de Papy Marcel. Je sais ce qui m'attend et, malgré le radoucissement de nos rapports depuis la fameuse scène, j'ai toujours un petit peu d'appréhension. Tiens, bizarre, il fait noir. Il n'a beau être que six heures trente du matin, je le trouve habituellement installé dans son lit en train de griffonner dans un mystérieux carnet noir qu'il a toujours sur lui. Il m'accueille généralement en levant un sourcil et en grommelant « Ce n'est pas trop tôt ». Mais ce matin, règne un silence inquiétant. Je n'aime pas trop ça. Je tire les rideaux en essayant de le faire réagir avec un « Alors, Monsieur Marcel, on fait la grasse mat' aujourd'hui ? ». Malheureusement, l'absence de réponse ne fait qu'augmenter mon inquiétude. Je tarde à me retourner, craignant le pire. Je pivote légèrement en espérant retarder l'instant de vérité. Mais très vite, le carnet tombé au sol et la main pendante m'alertent. Mon regard remonte jusqu'à la tête de lit. Monsieur Marcel a les yeux mi-clos comme s'il somnolait, mais sa bouche ouverte et son teint déjà cireux ne laissent plus de place au doute. Je saute sur l'interrupteur d'appel d'urgence, tout en sachant déjà qu'il est trop tard. Je prends délicatement sa main pour la reposer sur son torse frêle. Je ferme doucement sa bouche et ses yeux. Les miens s'humidifient lentement. Je suis terrassée par un immense chagrin. Je ne comprends pas vraiment ma réaction face à la mort de ce vieux monsieur qui savait pourtant se rendre si détestable. Je crois que je l'aimais bien finalement. Notre relation, basée sur des petits affrontements, cachait un respect mutuel.

L'équipe du matin au complet débarque rapidement dans la chambre. Je me dépêche d'effacer mes larmes, de masquer mon trouble. Le médecin est appelé pour la forme afin d'évaluer l'heure de la mort. Monsieur Marcel avait quatre-vingt-quinze ans, alors l'origine de son décès n'est pas vraiment à rechercher. Pour ma part, je suis troublée, et le reste de la matinée est difficile. Je termine exceptionnellement à dix heures, j'ai hâte… J'ai du mal à supporter les réactions de quelques-unes de mes collègues lorsqu'elles apprennent la nouvelle. Les « On ne le regrettera pas celui-là ! » me heurtent. Je préfère faire celle qui n'entend pas. Les résidents sont assez mitigés, mais au fur et à mesure que la nouvelle se propage, il règne une ambiance de plus en plus morose au sein de l'EHPAD. Perdre un des leurs est toujours un moment difficile. Cela les ramène à une triste vérité, leur vérité, on ne sort jamais d'ici vivant mais « les pieds devant » comme aurait dit Monsieur Marcel.

Je passe rapidement voir Mamie Jacqueline en partant, car je sais combien cette femme au cœur en or doit être peinée de perdre son ami. Elle était bien la seule à pouvoir supporter les sautes d'humeur du vieux soldat. Il n'était pourtant pas toujours tendre avec elle. Mais elle tenait bon et disait à qui voulait l'entendre que ce n'était pas un « mauvais bougre ». Je crois que c'était la seule à avoir perçu la solitude et le chagrin qui habitaient cet homme, et qu'il masquait tant bien que mal derrière sa façade de vieux ronchon.

- Ça va ? dis-je, en glissant timidement la tête dans l'entrebâillement de sa porte.
- Ah Mathilde ! Je suis contente de vous voir. Entrez deux minutes !
- Je n'ai pas trop le temps…

Le sourire qui avait illuminé quelques secondes son visage disparaît aussitôt.

- Je comprends, vous avez sûrement mieux à faire. C'est juste que…

Elle éclate en sanglots.

- Oh, Mamie Jacqueline, dis-je ne me précipitant près d'elle. Je suis désolée, je sais que c'est difficile.
- Il est parti si vite, comme ça, sans me prévenir…

Comment dire à cette vieille femme que quatre-vingt-quinze ans ce n'est pas ce qu'on pourrait appeler « partir vite » ? Elle continue :

- Il a eu une belle mort quand même ! Dans son sommeil, mon rêve ! Mais il va me manquer... Qui va me taquiner maintenant ? Parce que, vous savez Mathilde, se moquer de moi comme il le faisait, c'est montrer de l'intérêt, vous ne croyez pas ?

- Si, Jacqueline, vous avez sûrement raison. Il vous aimait bien…
- Il n'a pas eu une vie facile, vous savez…
- Non, je ne connais rien de son histoire. Monsieur Marcel était un homme pudique, il ne s'étalait pas sur sa vie privée.
- Il n'en parlait à personne. Mais il souffrait cet homme-là… Vous vous ressembliez tous les deux.

Je ne sais pas trop où elle veut en venir, mais surtout, je vois l'heure filer. J'ai un rendez-vous très important en fin de matinée que je ne dois absolument pas rater. Il faut que je l'interrompre si je ne veux pas être en retard.

- J'aimerais bien que vous me la racontiez un jour, cette histoire. Si vous êtes d'accord, bien sûr ! Mais pas aujourd'hui, je n'ai malheureusement pas le temps. J'ai un rendez-vous …
- Pour le bébé ?

Son joli visage fané retrouve alors instantanément sa joie de vivre.

Lorsque j'avais repris le travail après l'annonce de ma grossesse, il n'était pas question de la cacher. Ma blouse ne fermait plus, et je devais de toute façon me ménager. J'en avais d'abord parlé à ma direction, qui n'avait pas su comment réagir. Comme tout mon entourage d'ailleurs. Tout le monde met du temps à comprendre, à assimiler cette grossesse et son stade avancé. Depuis ma discussion avec Rose, j'ai une parade infaillible, qui coupe court à toutes les questions. Ce bébé est la dernière farce qu'Antoine m'a faite en partant. J'étais aussi allée voir Jacqueline pour m'excuser. Elle ne le savait pas, mais j'avais vraiment cru qu'elle débloquait quand elle me parlait de « mon état ». Elle n'avait évidemment pas été surprise, et depuis, elle suivait ma grossesse avec beaucoup d'attention.

- Oui, pour le bébé…

Mon ton traînant lui fait hausser les sourcils.

- Ça ne va pas ?
- Si, si ! Ne vous inquiétez pas, c'est seulement pour l'échographie du deuxième trimestre…

Elle me prend la main.

- Je vois bien qu'il y a quelque chose qui vous tracasse, Mathilde. Vous pouvez m'en parler, vous savez.
- Comment vous faites ?
- Faire quoi ?
- Pour tout deviner comme ça. D'abord que j'étais enceinte, et là, ce matin, savoir que ce n'est pas la grande forme.
- J'ai été maman avant d'être une vieille grand-mère, mon instinct maternel a encore de beaux restes. Vous me rappelez

ma défunte fille, et je vois bien que vous faites semblant d'aller bien. Mais pas avec moi, Mathilde, ça ne marche pas !

Non seulement je ne veux pas encombrer cette brave femme avec mes états d'âme, mais, en plus, je ne peux pas prendre le risque de flancher. La journée a commencé de la plus mauvaise manière qui soit, et son restant promet d'être, lui aussi, chargé en émotions. Alors, comme à chaque fois que je me sens sur le point de craquer, je revêts mon armure. Il faut que je referme, du mieux que me le permet ma gorge maintenant serrée, la parenthèse de douceur que m'offre Mamie Jacqueline. Je soulève sa main qui enserre toujours la mienne, accroche un sourire factice à mes lèvres et, d'un ton un petit peu trop enjoué, je regagne la porte.

- Allez oust, j'y vais ! Vous allez finir par me mettre en retard avec tous ces mots gentils. J'ai hâte d'aller voir comment grandit mon petit intrus. Je viendrai vous raconter ça bientôt.
- Prenez soin de vous, Mathilde, et ne vous inquiétez pas, tout va bien se passer.
- Mais je ne suis pas inquiète, je sais, je sens, qu'il va bien.
- Je ne parlais pas de lui mais de vous...

Une larme perle au coin de mon œil lorsque je referme doucement la porte. Cette journée est décidément trop pleine d'émotions et loin d'être finie !

Quand je me gare devant le cabinet d'échographie, Charlotte m'attend déjà. Ma meilleure amie a accusé le coup à l'annonce de ma grossesse. Je sais que je l'ai blessée en ne lui disant rien jusqu'à ce que je sois sûre de mon choix. C'était la première fois depuis que nous nous connaissions que je prenais une décision me concernant sans la concerter. Elle avait participé, de manière plus ou moins directe, à tous les moments importants de ma vie. Elle avait été la spectatrice privilégiée de ma rencontre avec Antoine. Celle à qui j'avais confié mes doutes et mes peurs devant cet amour dévorant, celle qui m'avait aidée à les balayer. Témoin de notre mariage, puis marraine de notre fille, je ne concevais pas ma vie sans elle à mes côtés. Alors, ne pas partager mon secret avec elle avait été difficile mais nécessaire. Ce n'était pas par manque de confiance, j'avais seulement besoin de décider en étant la moins influencée possible. Elle m'a dit avoir compris, mais nos premiers échanges ont été tendus. Je la sentais sur la réserve, n'osant pas me donner son sentiment profond. Heureusement, une fois ce malaise dissipé, elle a repris pleinement sa place de meilleure amie, ne jugeant ni ma décision, ni mes réactions parfois excessives. Elle m'a assurée de son soutien sans faille et m'a proposé de m'accompagner à tous les rendez-vous importants. Il y a quelques mois encore, j'aurais dit non, refusant toute aide, l'assimilant à de la faiblesse de ma part et de la pitié de la part de mes proches. Mais la mort d'Antoine, puis cette grossesse, m'avaient fait prendre conscience que seule on avançait plus vite mais on allait moins loin.

Aujourd'hui, j'ai particulièrement besoin d'elle. Je n'ai pas refait d'échographie depuis la découverte de mon état. À ce moment-là, je n'avais rien voulu savoir. En me bouchant les oreilles pour ne pas entendre son cœur battre et en refusant de regarder l'écran, j'avais nié l'existence de cet enfant. C'est donc ma première vraie rencontre avec ce petit être qui grandit en moi. Je l'appréhende autant que j'en ai envie. Charlotte comprend cela dès ma sortie de la voiture et m'accueille avec un grand câlin. Elle me serre fort dans ses bras. Nous échangeons un regard profond, soufflons en chœur, et c'est bras dessus, bras dessous que nous franchissons le seuil du cabinet. Que je le veuille ou non, le moment est venu !

<u>**Rose**</u>

Doudou Lapin, je sais pas si j'ai envie de t'embrasser ou de te mordre les oreilles ! Je suis très énervée ! Non, je suis triste et en colère ! Pourtant, tout avait bien commencé. Maman est venue me chercher juste après l'école. Elle a papoté longtemps avec la maman de Thomas et Lucie. Du coup, on a joué au Loup glacé sur le trottoir, et ça, normalement, c'est interdit ! Dans la voiture, elle m'a dit « Ce soir, j'ai une surprise pour toi ! ». Moi, j'adore les surprises ! J'ai voulu savoir tout de suite, mais elle m'a dit d'attendre d'être à la maison. Elle avait préparé de la brioche pour le goûter, et j'ai même eu droit à un verre de jus de pomme. Ça ressemblait à une petite fête. Elle était drôle Maman, elle souriait tout le temps, et on aurait dit qu'elle dansait au lieu de marcher. Ça m'a rappelé quand Papa, il était à la maison. J'ai même pensé qu'il était revenu et que c'était ça, ma surprise. Alors j'ai tout bien fait comme elle voulait. Elle m'a demandé de me laver les mains avant de manger, et quand je suis revenue pour m'assoir à table, il y avait une grosse enveloppe avec un joli ruban, juste à côté de mon assiette.

- Ouvre-la, m'a dit Maman.
- C'est quoi ?
- Ouvre, ma chérie. C'est le seul moyen de savoir ! a-t-elle rigolé.

Je n'arrivais pas à défaire le nœud, alors j'ai commencé à m'énerver.

-   Laisse, je vais t'aider.

-   Non ! C'est ma surprise !

Je sais pas pourquoi je me sentais aussi énervée. Cette surprise ne ressemblait pas à ce que j'avais imaginé et elle ne me plaisait pas. J'ai déchiré l'enveloppe et j'ai sorti une photo. Je la trouvais trop bizarre cette image, pas de couleur, une forme que je ne reconnaissais pas. J'ai regardé Maman, sans comprendre.

-   Attends, tu la tiens à l'envers, ma chérie. Regarde, comme ça.

-   …

-   Tu ne devines pas ? Qu'est-ce que tu vois, là ?

-   Un bébé ? Ma petite sœur !

Ça y est, j'avais compris. C'était la photo de ma petite sœur. Ce matin, Maman m'avait dit qu'elle allait chez un docteur spécial qui regardait si les bébés grandissaient bien dans le ventre de leur maman. Je ne savais plus quoi dire, ça me faisait une drôle de chose dans mon *bidou*. J'étais contente et, en même temps, j'avais peur.

-   Ça va, ma puce ?

-   Ouais…

-   On dit « Oui », ma Rose. Mais j'ai l'impression que tu n'es pas contente ?

J'ai senti mes yeux devenir tout mouillés, mais je ne voulais pas pleurer. C'est super d'avoir une petite sœur pourtant. Vraiment, mon cœur faisait n'importe quoi ! Maman s'est précipitée sur moi, m'a soulevée de ma chaise pour m'installer sur ses genoux.

- Viens-là, mon ange. C'est normal, ne t'inquiète pas. C'est beaucoup d'émotions pour une petite fille. On va regarder la photo ensemble, j'ai encore quelque chose à te montrer et à t'expliquer.

Alors Maman m'a montré tout ce que je n'avais pas vu toute seule. Elle m'a donné plein de détails que je ne comprenais pas, et elle n'a pas arrêté de me dire « Il te ressemble, tu sais », « On dirait toi au même âge », etc. À un moment, elle s'est arrêtée et m'a dit :

- Tu sais ce que c'est, là ?
- Sa jambe ?
- Non, elles sont là. Regarde bien et essaie de deviner.

J'avais beau tourner la photo dans tous les sens, je ne reconnaissais rien.

- Beh moi, je sais pas.
- Je sais que tu voulais une petite sœur, ma puce, mais ce que tu vois là, c'est un petit zizi.
- …

- Tu comprends ce que ça veut dire ?
- Non.
- Tu vas avoir un petit frère.

Alors là, ça devenait plus du tout marrant cette surprise. Non seulement ce n'était pas mon Papa qui revenait, mais c'était pas non plus ma petite sœur. C'était nul de nul !

- Elle est vraiment trop nulle ta surprise ! Tu dis n'importe quoi ! Papa, il aurait jamais fait ça ! Il savait que je voulais une petite sœur, alors jamais il aurait mis une graine de petit frère. T'es une menteuse !
- Écoute, mon ange, ce n'est ni Papa ni moi qui avons décidé. Je comprends que tu sois déçue, mais je n'y peux rien et ton père non plus. Tu vas avoir un petit frère que tu le veuilles ou non.

Le sourire de Maman avait complètement disparu, et je sentais qu'elle ne savait pas trop quoi dire, quoi faire. Mais moi, je m'en foutais, j'étais vraiment très en colère.

- J'en veux pas de ton bébé ! Je l'aimerai pas de tout façon, et toi non plus, si ça continue !

Je suis descendue de ses genoux et je suis partie en courant dans ma chambre. Ça n'allait pas se passer comme ça. Ça non ! Elle allait le ramener chez pas où ce bébé ! Il n'était pas question que *j'ai* un petit frère ! Je me suis cachée sous mon lit et je me suis mise à pleurer. Maman est entrée dans ma chambre et elle a fait semblant de me chercher. Je sais qu'elle savait où j'étais, mais je crois que ça l'arrangeait aussi de ne pas me voir.

- Mon ange, je comprends que tu sois déçue, mais on ne peut rien y changer. Ce bébé, ce petit garçon, va naître que tu le veuilles ou non. Et j'espère que tu apprendras à lui faire une petite place dans ton cœur.
- Jamais !
- Ne dis pas ça. Peut-être que ça prendra un petit peu de temps, mais tu verras, tu y arriveras…
- Non je te dis, j'en veux pas !
- Écoute, Rose, je veux bien être compréhensive mais là, tu abuses. Tu te comportes comme une petite fille capricieuse. Ce n'est pas d'un jouet dont on parle mais de ton petit frère ! On ne peut pas décider de s'en débarrasser comme ça.
- Beh moi, j'irai ailleurs si c'est comme ça.

Maman n'a rien dit pendant un moment, et j'ai commencé à m'inquiéter. J'étais encore très en colère mais je ne voulais pas qu'elle s'en aille. Je l'entendais respirer fort, et, d'une voix toute douce, elle a recommencé à me parler.

- Tu sais, moi aussi, au début, je ne savais pas si je voulais qu'il reste, je voulais aussi qu'il s'en aille, je croyais que je ne réussirais pas à l'aimer…

- Tu dis n'importe quoi !

- Non, c'est vrai, j'étais aussi en colère… contre ton papa. Je trouvais que c'était une bien mauvaise surprise qu'il m'avait faite là. Mais grâce à toi, j'ai compris que non…

- Et tu l'aimes maintenant ?

- Oui, chaque jour un peu plus. Il prend de plus en plus de place dans mon cœur.

- Je m'en doutais !

- De quoi, ma Rose ?

- Je le déteste, je le déteste, je le déteste !

Je me suis mise à crier de plus en plus fort. Maman s'est levée de mon lit et s'est dirigée vers la porte. Je voyais ses pieds s'éloigner.

- Là, tu exagères, ma fille ! Je vais quitter ta chambre et, quand tu seras calmée, alors on en reparlera !

Alors j'avais bien raison d'avoir peur ! Ce bébé allait tout me prendre. S'il continuait à grandir dans le cœur de Maman, bientôt je n'aurais plus de place. Plus de papa, plus de maman ! Je n'avais plus qu'à trouver une autre famille… Décidément, rien n'allait !

<u>**Georges**</u>

Je raccroche lentement le combiné, avec une impression très mitigée. Je ne sais pas si je dois me réjouir ou être inquiet. Certainement les deux à la fois… Il y a eu un peu de tout dans cet échange avec Mathilde. J'ai d'abord été rassuré qu'elle m'appelle. Cela faisait trois jours que j'attendais. En sortant de son échographie, elle m'avait laissé un message en me disant qu'elle me rappellerait le soir même. Je la sentais bien. Elle avait l'air enjoué. Elle avait insisté sur le fait que le bébé allait bien. Devant son silence, le soir même, j'avais tenté un SMS auquel elle avait répondu d'un laconique « C'est compliqué avec Rose, mais ne t'inquiète pas je te rappelle dès que j'ai cinq minutes ». Les cinq minutes s'étaient transformées en trois jours. C'est donc avec beaucoup d'appréhension que je me suis décidé à l'appeler ce soir. Elle m'a répondu tout de suite et a commencé par se confondre en excuses. Moi, je m'en fichais. J'étais juste soulagé de l'entendre. Notre relation reste encore très fragile, et chacun de ses silences est un traumatisme qui me ramène à notre passé et à ces questions maintes fois posées. Qu'avais-je donc pu dire ou faire qui expliquait qu'elle ne veuille plus me parler ? Mais pour l'heure, rien de tout cela. Seulement une jeune veuve, maman d'une petite de bientôt quatre ans, enceinte de son deuxième qui essaie de faire de son mieux. Rien que ça ! On serait débordé à moins. J'en sais quelque chose.

- Ne t'inquiète pas, Mathilde, il n'y a pas de souci, je comprends, ai-je tenté de la rassurer. J'étais juste inquiet pour toi et le bébé. J'avais peur que quelque chose n'aille pas.

- Je te l'aurais dit !

- Je ne sais pas. Tu es parfois si… secrète. Tu n'es pas du genre à appeler à l'aide quand ça ne va pas, et encore moins ton père.

- Les choses ont changé, Papa.

- Notre relation oui, mais toi, tu n'as pas encore rendu les armes.

- Pff…

Je sentais que nous glissions vers un terrain miné et je ne voulais pas de cela.

- Allez, dis-moi tout ! Comment s'est passée cette écho ?

- Tu préfères quelle version ? Le compte rendu médical ou plutôt celui de la maman émerveillée ?

- Les deux ! Mais c'est avant tout un père et un futur grand-père qui t'écoute ce soir.

- Bon, déjà j'ai beau être infirmière, je ne maîtrise pas tout le vocabulaire. Mes patientes ne risquent pas d'attendre un bébé ! Donc, je vais te résumer ce que j'ai compris. Les observations faites confirment que je suis bien dans mon cinquième mois. Il n'y a pas de malformation. Le bébé va très bien, il mesure 24,4 cm pour un poids estimé de 460 grammes. L'échographiste a eu du mal à prendre toutes les mesures tellement il bougeait !

Plus je l'écoutais parler, plus j'entendais son enthousiasme grandir, et cela faisait plaisir. Je la sentais gagnée par la joie de cette grossesse et par l'arrivée de cet enfant. Elle aimait ce bébé, c'était maintenant certain. Son discours quittait la dimension médicale pour devenir celui d'une maman déjà gaga du petit être qu'elle portait.

- Il a le profil d'Antoine, et le même que Rose sur l'écho du deuxième trimestre ! Il serait tellement heureux d'avoir un fils.
- Quoi ?
- Oui, c'est un petit garçon !
- …
- Tu ne dis rien, tu n'es pas content ?

Mathilde semblait ravie de son effet d'annonce et moi, bien incapable de lui répondre. Je ne savais pas quoi en penser, surpris moi-même par l'ambiguïté de mes sentiments. La joie d'être grand-père d'un petit gars était bien évidemment la plus forte (quoique, fille ou garçon, pour moi, cela ne changeait pas grand-chose). Du moins, c'est ce que je pensais jusqu'à ce que je prenne lentement conscience, qu'étant donné la situation de Mathilde, avoir un garçon allait peut-être lui compliquer la vie. Je n'arrivais pas trop à définir pourquoi cette idée me gênait et ce que cela impliquait… Mais pour l'heure, hors de question de laisser paraître mon trouble.

- Bien sûr que oui, je suis content ! Le choix du roi, que demander de plus ! Après, fille ou garçon, ça ne change rien pour moi ! Le principal, c'est vraiment que lui et toi, vous alliez bien !

- Moi, je suis super contente, je suis sûre qu'il va ressembler à Antoine !

Voilà. Cette petite phrase expliquait d'où venait mon trouble. La comparaison, les transferts, il était là le risque pour ce petit bonhomme… Mathilde, son entourage, les parents d'Antoine, chacun chercherait dans ses traits, dans son caractère, les points de ressemblance avec son père. Avec une fille, cela aurait été un peu différent. Il allait falloir faire très attention à ce que ce bébé ne porte pas le poids de la disparition de son père, qu'il ne vienne pas combler le vide que son départ avait causé dans bien des vies. Conscient que Mathilde n'était pas prête pour ce genre de discussion, je décidais d'être vigilant et d'attendre le bon moment pour aborder le sujet avec elle.

- Pour l'instant, ce que j'ai envie de retenir de tout ça, c'est la joie, l'enthousiasme que j'entends dans ta voix ! En tant que père, c'est tout ce qui compte ! Ta santé physique comme morale !
- Ce n'est pas tous les jours aussi rose, tu sais…
- Je me doute. Justement, à propos de Rose, tu lui as dit ? Elle est contente ?
- …
- Mathilde, qu'est-ce qu'il y a ? Pourquoi tu pleures ?

Mes questions ont été accueillies par un lourd silence, rapidement suivi par des reniflements caractéristiques de pleurs contenus.

- Ça ne va pas, ma chérie ? Dis-moi, s'il te plaît ? Je peux faire quelque chose ?

Mon avalanche de questions n'a fait qu'intensifier les larmes de Mathilde. Je m'y prenais tellement mal !

- Elle est si dure… Je n'y arrive pas… J'essaie, tu sais, mais je crois qu'elle me déteste…

Chaque bribe de phrases se noyait dans l'émotion de Mathilde. Je la sentais désespérée, fatiguée, à bout. La joie d'il y a quelques minutes avait totalement disparu au profit d'un profond chagrin.

- Respire, ça va aller. Tu dois la comprendre, ça fait beaucoup pour elle.
- Je ne fais que ça, la comprendre ! Et moi, dans tout ça ? Quelqu'un y pense ? Moi aussi, je suis triste et en colère. Personne n'a l'air de le voir.
- Tu es injuste, Mathilde, et tu le sais. Je mettrais tes accusations sur le compte de ton épuisement. Tu as toutes les raisons d'être triste et en colère. Nous le savons, et crois-moi, nous essayons tous de t'apporter un peu d'aide. Mais tu es une adulte, tu peux mettre des mots sur tes émotions. Pas Rose. Cette petite fille

est dévastée par ce qui lui arrive. Comme toi, elle est triste, en colère et elle a peur. Comment crois-tu qu'on exprime toutes ces émotions quand on n'a pas encore quatre ans ?

J'étais dur dans mes propos mais je voulais la faire réagir. Tout plutôt que de la sentir sombrer.

- Donc, le problème, c'est moi. Je ne sais pas faire ! C'est ça que tu es en train de me dire ?
- Pas du tout.

J'ai radouci mon ton.

- Rose ne sait pas quoi faire de tout ce qu'elle ressent, elle ne comprend pas tout. N'oublie pas son âge. Mais surtout, je crois qu'elle te teste, qu'elle craint que toi aussi tu ne l'abandonnes. Et tu ne m'enlèveras pas de la tête qu'elle s'en veut.
- Mais de quoi ?
- Je ne sais pas... Je crois qu'elle cache quelque chose. Pour toutes ces raisons, elle a, vous avez, besoin d'aide...
- Tu voudrais bien en discuter avec elle ? Elle ne veut pas de petit frère...
- Ce n'est pas qu'elle ne veut pas ! Elle a peur, je te dis. Et tout ce que je pourrais lui dire ne changera rien à ça. Il faut quelqu'un d'extérieur à la famille, un professionnel.
- NON !

- Mais pourquoi te braques-tu comme ça ? Voir un psychologue n'est pas une tare, nom de Dieu !
- Papa ! Ne me parle pas comme ça !
- Non mais enfin, ça suffit, Mathilde ! Ne sois pas aussi têtue ! Qu'espères-tu ? Qu'un matin, elle se réveille et qu'elle soit redevenue la petite fille pétillante et intrépide d'il y a quelques mois ? Elle a subi un véritable traumatisme, elle est fragilisée, et l'arrivée de ce bébé ne fait qu'augmenter son état d'angoisse !
- Mais c'est une bonne nouvelle pourtant, elle nous réclamait depuis des mois une petite sœur !
- Ne sois pas stupide, Mathilde. Rien ne ressemble à ce que cela aurait été si Antoine était encore là …
- Mais il n'est pas là et je n'y suis pour rien. Je ne peux pas lui ramener son papa ! Je suis condamnée à être le parent qui reste, celui qui n'est pas à la hauteur. Elle idéalise son père et passe son temps à me dire que s'il était là, ça ne se passerait pas comme ça !
- Et elle a raison ! Tu veux faire comme si son absence ne changeait rien, mais tout est différent ! Pour elle, pour toi, pour tout le monde !
- Mais je fais quoi, alors ?
- Tu prends rendez-vous chez un psy et tu lui permets de mettre des mots sur ses maux.
- Je ne sais pas…

Son ton était moins vindicatif. J'ai senti qu'elle était sur le point d'abdiquer.

- Je suis là, pour toi, pour elle, pour le futur bébé, mais ce n'est pas suffisant. Tu as besoin d'être aidée et Rose aussi, s'il te plaît, réfléchis-y…
- Et si ça ne fonctionne pas ? Si elle ne parvient plus à m'aimer… ?
- Mais elle t'aime, c'est évident. Elle est juste perdue ta fille. Et puis, qu'est-ce que tu risques ? Vous ne pouvez pas continuer comme ça.
- Ça a été terrible, l'autre soir, quand elle a appris que le bébé était un garçon.

Mathilde a recommencé à pleurer.

- Elle m'a dit qu'elle n'en voulait pas, qu'elle le détestait, et moi aussi…
- Elle n'a que trois ans et demi… Laisse lui le temps. Pour toi aussi, ç'a été difficile. Il n'y a pas longtemps que tu acceptes cette grossesse. Tu as mis du temps à comprendre que c'était un signe, qu'il fallait que la vie continue. Tu peux te projeter *a minima*. Pas Rose. Elle imaginait une sœur, elle va avoir un frère. Elle veut son papa, il est parti. Elle n'a plus que toi, et elle est terrorisée à l'idée que toi aussi…
- Pourquoi tu es capable de comprendre ça maintenant ?

- Comprendre quoi ?

- Je ressentais la même chose il y a quinze ans, et tu ne t'en rendais pas compte.

- Et j'ai aussi refusé que tu vois un psy. On apprend de ses erreurs ma fille, et je ne veux pas te voir reproduire les miennes. On en a que trop souffert tous les deux.

- Merci Papa, je vais réfléchir à tout ça. Maintenant, tu veux bien qu'on raccroche ? Je suis épuisée et je commence tôt demain matin. Il faut que j'aille dormir sinon je n'arriverai pas à me lever à six heures…

- Tu ne vas pas réussir à tenir ce rythme encore longtemps. Le médecin ne t'a pas arrêtée ?

- Non, je n'ai pas voulu. Elle me l'a proposé mais je me sens encore en pleine forme. Je ne pense pas que rester à la maison toute la journée m'aiderait de toute façon. Tout n'est pas encore clair dans ma tête.

- Ok, mais promets-moi de ne pas trop tirer sur la corde. Arrête-toi dès que tu sens que ça ne va plus. Je te réitère ma proposition de venir t'installer à la maison pour la fin de ta grossesse. Il y a de la place pour trois ici, et ça te soulagerait.

- Ne recommence pas Papa, ma place est ici, dans cette maison.

- Je n'insiste pas, mais tu sais que c'est possible. Bonne nuit, ma chérie, repose-toi bien.

- Bonne nuit, Papa, je t'…

- Quoi ?

- Non rien.

Elle n'a pas fini sa phrase, mais j'ai compris ce qu'elle ne s'autorisait pas encore à me dire.

- Moi aussi, je t'aime.

Elle a raccroché. Quel chemin parcouru…

<u>**Mathilde**</u>

Je ne parviens pas à m'endormir. Je tourne et me retourne dans le lit, mais le sommeil ne vient pas. Ce n'est certainement pas le petit trublion qui fait des galipettes dans mon ventre qui va m'aider. Je le couve de mes mains, je l'enveloppe de mon amour grandissant. Je lui susurre combien je l'aime, je l'implore de me laisser dormir, mais rien n'y fait ! On dirait qu'il a besoin de me rappeler qu'il est là, H24. Peut-être m'en veut-il de l'avoir ignoré les quatre premiers mois ? Je lui ai expliqué pourtant. Mon chagrin, mon déni, ma culpabilité et ma peur. Charlotte me rassure en me disant que son « hyperactivité fœtal » est une façon de me dire « Je vais bien, ne t'en fais pas pour moi ». J'aimerais la croire mais tout est si compliqué. C'est d'ailleurs pour ça que mon cerveau ne s'arrête pas, qu'il ne veut pas se mettre sur pause, même la nuit, surtout la nuit ! Je m'épuise… Il sera là dans un peu plus de trois mois maintenant, et rien n'est prêt. Je ne sais pas encore comment je vais jongler avec le travail, les deux enfants, le quotidien de la maison… Chaque fois que j'y pense, j'ai l'impression que la liste des choses à faire avant qu'il n'arrive s'allonge. Quand j'imagine l'après, c'est pire encore ! La proposition de mon père me revient alors en tête : s'installer chez lui jusqu'à l'arrivée du bébé et pourquoi pas après.

Je m'y refuse. Tout quitter me donnerait l'impression d'abandonner Antoine, notre vie d'avant, cette maison, cocon de notre amour. Je ne peux nier que tout serait plus simple. La logistique comme le financier. Entretenir cette maison toute seule va être difficile. Nous étions encore jeunes et, je dois le dire, assez inconscients avec Antoine. Mais surtout, nous nous croyions invincibles. Jamais la perte de l'être aimé n'est abordée sous l'angle de l'argent. Le sujet du deuil reste assez tabou en France. Alors de là à parler de la situation financière du conjoint restant... Nos charges mensuelles étaient lourdes, calculées sur nos deux salaires. Nous avions pris des assurances qui ne nous couvraient pas à 100 %. Je me retrouve avec des mensualités conséquentes. Le procès du chauffard responsable de la mort d'Antoine me permettra sûrement de récupérer des indemnités et de faire face, mais cela va prendre du temps. En attendant, je boucle difficilement les fins de mois. J'ai été horrifiée par le coût des obsèques. Le prix d'un cercueil est exorbitant. Toutes mes économies y sont passées. Je pourrais demander de l'aide à mon père, il me l'a d'ailleurs proposé. Mais ma fierté, mal placée certes, m'en empêche. C'est comme ça, je ne veux pas. Pourtant, je vais devoir prendre des décisions…

Mais ce qui me perturbe ce soir, c'est le rendez-vous de demain. Il n'est pas pour moi mais pour Rose. Je me suis résolue à prendre rendez-vous chez une psychologue. La discussion avec mon père m'a poussée à y réfléchir, et après une énième crise pour un bain trop chaud, puis trop froid, j'ai craqué. Nous ne pouvons plus continuer comme ça. Tous les soirs, Rose me pousse à bout, cherchant le moindre prétexte pour s'opposer à moi. Elle a récemment franchi une limite en me tapant sur le ventre. Volontairement. Elle m'a regardée fixement après que je lui ai interdit de manger un bonbon avant de passer à table. Elle a levé le bras puis l'a abattu violemment sur moi avant que je ne puisse arrêter son geste. « Toi ! De toute façon, je t'aime pas », a-t-elle hurlé. Je ne sais pas si ce message m'était adressé ou s'il visait son frère, mais il avait le mérite d'être clair ! Ma fille allait mal. Très mal… Ce soir-là, je me suis écroulée sur mon lit et j'ai pleuré toutes les larmes de mon corps. J'étais en colère après moi, après Antoine, qui avait tout cassé. Jusqu'à ce qu'une petite main vienne prendre la mienne, qu'une petite bouche toute ronde vienne déposer un bisou au creux de mon cou. « Je t'aime, Maman », ai-je entendu par-dessus mes sanglots. Je n'ai rien pu répondre à ça. J'ai pris Rose dans mes bras et je l'ai serrée très fort.

Le lendemain, j'ai ressorti la carte que la psy du CHU m'avait laissée le soir de l'accident et je l'ai appelée. Nous avons longuement discuté. Je lui ai dit que j'attendais un enfant. Elle m'a beaucoup rassurée sur le comportement « normal » de Rose étant donné les circonstances. Elle m'a confirmé toutefois ce que mon père avait déjà compris et que je refusais d'accepter jusqu'à présent. Je n'y arriverais pas toute seule. J'aurais aimé que ce soit elle qui reçoive Rose. Cette femme savait trouver les mots justes. Mais elle ne pouvait pas. Elle ne pratiquait pas en libéral et, surtout, il fallait qu'elle voie quelqu'un habitué à accompagner les personnes dans notre situation. Elle a pris le soin de m'adresser à des collègues formés au deuil précoce chez l'enfant.

Le rendez-vous est donc demain. J'ai peur. Peur de devoir raconter, de m'écrouler devant Rose, que ma fille ne veuille pas parler… J'ai tenté de lui expliquer où nous allions. Cela semble assez abstrait pour elle, mais elle n'a pas affiché de refus, c'est déjà ça. Je lui ai expliqué qu'elle pourrait tout dire, que je ne saurais rien. Que ça lui ferait du bien de confier ses tracas à quelqu'un. « J'ai déjà Doudou Lapin », m'a-t-elle répondu avec sérieux. Je lui ai dit que ce serait différent, que la dame serait là pour l'aider à trouver des solutions à ses problèmes. Elle s'est frotté la tête et, après seulement quelques secondes, d'un ton insolent, elle m'a demandé « Elle peut faire revenir Papa et disparaître le bébé ? ». Je n'ai rien su répondre. Comment peut-elle être aussi pertinente (et impertinente) dans ses propos, à son âge ? Son cerveau va bien trop vite… J'espère que ce rendez-vous l'apaisera. Elle me ressemble trop. À la mort de ma mère, je suis devenue une guerrière, mais j'avais déjà quinze ans. Être aussi dure à même pas quatre ans, ça me fait peur. Je suis de plus en plus inquiète. J'ai peur de ce qu'elle devient. Son comportement commence à déborder, même à l'école. L'aider devient urgent.

Je tourne et retourne dans mon lit, ce n'est pas ce soir que je vais rattraper mon sommeil.

<u>**Rose**</u>

Je sers Doudou Lapin très fort dans ma main. J'ai un petit peu peur quand même. Je suis assise dans un grand fauteuil et je me sens toute riquiqui. Maman est à côté de moi, mais comme je baisse la tête, mes cheveux me cachent et je ne la vois pas.

- Bonjour Rose, je m'appelle Olivia. C'est la première fois qu'on se rencontre. Est-ce que tu sais pourquoi tu es là aujourd'hui ?
- Comment tu sais comment je m'appelle ?

Aïe... J'avais dit que je parlerais pas mais j'ai pas réussi à me taire. C'est bizarre quand même une dame que je connais pas qui connaît mon nom !

- C'est ta maman qui me l'a dit lorsque nous avons pris le rendez-vous. Alors, dis-moi, tu sais pourquoi on se voit aujourd'hui ?
- ...

Cette fois, je ne vais pas me faire avoir.

- Rose, réponds à la dame, s'il te plaît. Tu sais pourquoi on est là, je te l'ai réexpliqué dans la voiture.

Maman essaie d'être calme mais je sens qu'elle est énervée. Quand je lui ai dit sur le chemin que je voulais plus y aller, elle a eu des larmes dans ses yeux. Elle m'a dit que je devais parler à la dame, que ça me ferait du bien. Mais moi, je sais que je dois rien raconter, sinon Maman, elle sera encore plus fâchée contre moi.

- …

- Ce n'est pas grave, Madame, c'est normal. Rose ne me connaît pas encore, on va lui laisser le temps. Tu sais quoi, Rose ? Je vais demander à ta maman de m'expliquer, et si tu n'es pas d'accord avec ce qu'elle dit ou si elle oublie des choses importantes, tu me le dis, d'accord ?

- …

Ma tête ne peut s'empêcher de dire oui. En fait, j'ai très envie de lui parler à cette dame. C'est un joli prénom, Olivia. Elle a l'air très gentille et j'aime bien son bureau. Il y a plein de jouets ! J'ai vu des crayons aussi, et j'aimerais bien faire un dessin.

- Je vais mettre une feuille blanche devant toi et le pot avec les feutres. Si tu as envie de dessiner pendant qu'on parle avec Maman, tu as le droit de t'en servir.

Elle devine tout cette dame ou quoi ! Je l'aime vraiment bien !

- Je vous écoute, madame Allaire, comment avez-vous expliqué notre rencontre à Rose ?
- Je lui ai dit que je l'emmenais chez une dame dont le métier était d'écouter et d'aider les enfants…
- Mais je t'ai déjà dit qu'elle pouvait pas m'aider !
- Rose !

La main de la dame fait taire Maman. Elle se tourne de nouveau vers moi et, calmement, elle me dit :

- Je ne sais pas si je peux t'aider, tout simplement parce que je ne sais pas quel est ton problème. Si tu laisses Maman me l'expliquer ou si, toi, tu veux bien m'en parler, alors je te dirai si je peux.
- Mon papa, il est parti au ciel et, à la place, je vais avoir un petit frère. Et j'aime pas les petits frères !
- Tu crois que tu vas avoir un petit frère pour remplacer ton papa ?
- Personne ne peut remplacer mon papa !
- Je suis bien d'accord avec toi, Rose, et Maman aussi, je crois. N'est-ce pas ?
- Évidemment, pourquoi tu dis ça, ma puce ? Tu sais très bien que Papa est parti en nous laissant cette jolie surprise.
- Pour vous, c'est une jolie surprise, mais est-ce que vous êtes d'accord avec moi pour dire que, peut-être, Rose ne la trouve pas jolie cette surprise ?

- Ah, tu vois, je te l'avais dit, elle est nulle, cette surprise !

- Je n'ai pas dit ça non plus, Mademoiselle, juste que chacun a le droit de la ressentir différemment. Mais n'allons pas trop vite, nous en reparlerons toutes les deux. Je voudrais être sûre de savoir pourquoi tu viens me voir. Tu as deux problèmes, ton papa est parti et tu vas avoir un petit frère, c'est bien ça ?

- Et ma maman, elle m'aime plus comme avant !

Maman pousse un cri, mais comme je suis là pour tout dire, alors je dis tout, tant pis pour elle. Je préfère pas la regarder parce que s'il y a encore des larmes dans ses yeux, moi aussi, je vais pleurer.

- Ça commence à faire beaucoup ça pour une petite fille de trois ans et demi, je trouve.

- C'est ma maman qui t'a dit aussi quel âge j'ai ?

- Oui.

- Alors tu sais déjà tout.

- Un peu oui.

- Alors pourquoi tu veux que je te raconte, si tu sais déjà tout ?

- Je vois que tu réfléchis vite, toi ! Madame Allaire, vous avez visiblement une petite fille très intelligente…

- Oui… Je suis désolée, ces dernières semaines, j'ai l'impression d'avoir une ado à la maison. Elle me parle sur un ton…

- Et toi, tu me fâches tout le temps…

- Peut-être parce que toutes les deux vous êtes tristes et en colère, et que vos petites et grandes émotions débordent de partout.
- Je comprends rien à ce que tu dis.
- Ça suffit, Rose, maintenant ! Madame…
- Olivia, appelez-moi Olivia, ça sera plus simple pour tout le monde.
- Merci. Olivia est là pour t'aider, elle te parle gentiment, je ne veux pas que tu t'adresses à elle sur ce ton.

Là, ça fait beaucoup pour moi. J'ai beau mordre très fort Doudou Lapin, je sens que je vais pleurer. Je me cache dans mon doudou pour plus qu'elles me voient.

- Tu sais, Rose, ce n'est pas facile ce qui se passe dans ta vie. Tu as le droit d'être triste et en colère…
- Je suis pas triste et en colère !
- Ok, très bien, je te crois. Mais alors, qu'est-ce que tu ressens ?
- …
- Tu veux bien que Maman aille en salle d'attente pour que l'on puisse en discuter toutes les deux ?

Je ne sais pas quoi dire. J'ai un peu envie mais j'ai peur. Maman s'approche de moi et me prend la main.

- Rose, écoute Maman, je vais aller t'attendre là-bas, comme ça tu pourras dire ce que tu veux à Olivia. Mais avant, je voulais te dire que je t'aime très très fort. Pas moins qu'avant. Au contraire, tu es mon petit rayon de soleil. Quand Papa est parti, si tu n'avais pas été là, j'aurais été encore plus triste. Est-ce que j'ai le droit de te faire un câlin avant de sortir ?

- Vous n'avez pas le droit, vous avez l'ordre ! lui dit Olivia en rigolant.

Je suis plus tout à fait sûre de vouloir laisser Maman partir. Quand elle me serre dans ses bras, je lui dis que je l'aime et je m'accroche à son cou. Elle me décroche tout doucement les mains.

- J'y vais, ma chérie. Fais-moi confiance, ça va aller. Profite de ce moment.

Olivia se lève et raccompagne Maman à la porte. Au lieu de se rassoir à son bureau, elle s'installe dans le fauteuil à côté de moi. Elle se penche vers Doudou Lapin.

- Bonjour toi, comment tu t'appelles ?

- …

- J'ai l'impression que tu veilles bien sur Rose. Elle a l'air de te de faire confiance, alors est-ce que tu peux lui dire quelque chose pour moi ?

- Il parle pas.

- Ah bon… Mais si tu lui parles toi, il te comprend ?

- Oui, mais il parle pas aux gens.

- Très bien, je comprends.

- Les adultes, ils disent toujours « Je comprends », mais moi, je crois que c'est pas vrai. Y'a que Doudou Lapin et un peu Papy Zorze.

- C'est qui Papy Georges ?

- Beh, mon papy !

- Oui, évidemment, que je suis bête ! C'est le papa de Maman ou de Papa.

- De Maman ! Tu sais, ma maman, elle a pas de maman, elle.

- Ah bon, mais tout le monde a une maman… Tu sais pourquoi elle n'est plus là ?

- Oui, elle est morte comme mon papa.

- C'est triste ça aussi… Elle te manque aussi cette mamie ?

- Beh non, je ne la connais pas… Maman, elle était petite quand elle est partie.

- Vous avez un peu la même histoire, alors…

- Non, parce que Mamie, elle est pas morte à cause de Maman, elle !

Oh là là, j'aurais jamais dû dire ça ! Elle va tout deviner ! C'est mon secret, et je veux pas que quelqu'un le sache. Plus personne ne va m'aimer après. J'ai trop peur, ça fait comme un gros boom dans mon cœur. Il bat très vite. Je ne peux plus m'empêcher de pleurer…

Olivia ne dit rien, et je n'ose plus la regarder. Je suis sûre qu'elle doit penser plein de choses pas gentilles sur moi.

- Tu peux m'expliquer, Rose ? Est-ce que tu crois que ton papa est mort à cause de toi ?

- …

Je sais pas quoi faire… Maman et Olivia m'ont expliqué qu'ici, c'était une pièce à secrets. Que personne ne saura ce que je dis. Mais j'ai peur, j'ai tellement peur. Je pleure de plus en plus fort. J'ai des larmes partout et le nez qui coule. Ça fait tout salé dans ma bouche….

- Rose, regarde-moi. Je ne crois pas qu'un enfant puisse être responsable de la mort de ses parents. Mais si c'est ce que tu crois, alors, il faut qu'on en parle. C'est un secret bien trop lourd à porter. Et surtout, je crois que tu te trompes.

- Non ! Je me trompe pas ! Papa, il m'avait prévenu qu'à cause de moi, il pourrait mourir.

- Tu veux bien me raconter ce que Papa t'a dit ?

- Non !

- Tu as peur ?

- …

- Je crois que tu as peur, mais tu sais, parfois les peurs, elles nous font croire des choses qui ne sont pas vraies.

- Oui, mais là, c'est vrai !

- Est-ce que les monstres existent Rose ?

- Oui, dans les livres et les dessins animés.

- Je suis d'accord, mais dans ta maison ?

- Beh non !

- Pourtant, parfois le soir, la peur des monstres fait croire à beaucoup d'enfants qu'il y en a un sous le lit ou dans le placard…

- Ah oui, c'est vrai, Thomas, il m'a raconté ça.

- Pourtant, toi, tu sais que ce n'est pas vrai.

Elle a raison Olivia, peut-être que ma peur, elle m'empêche de demander à Maman si c'est à cause de moi que Papa il est mort. À chaque fois que j'y pense, ma peur elle me dit « Surtout, ne dis rien à ta maman, sinon elle va plus t'aimer ». Mais peut-être qu'Olivia, elle a la réponse…

- Tu vas le dire à Maman si je te dis mon secret ?

- Si ça peut t'aider et que tu es d'accord, alors oui. Si tu ne veux pas, non.

- Promis ?

- Promis !

- Le matin où Papa, il est mort, j'ai fait une comédie à la maison. Je voulais regarder les *ssins animés,* mais c'est interdit avant l'école, alors Papa, il a dit non. Je suis montée dans ma chambre et j'ai boudé. Je me suis cachée sous le lit pour pas que Papa, il me trouve. Il était fâché et il m'a dit que si je ne sortais pas tout de suite de ma cachette, j'allais être en retard à l'école et lui, à son travail. J'ai attendu un peu, et puis je suis sortie. Il m'a grondée et il m'a dit qu'à cause de moi, il devrait conduire vite et qu'il n'aimait pas ça. Je lui ai demandé pourquoi il n'aimait pas ça. Il m'a dit que c'était dangereux. J'ai encore demandé pourquoi, et il m'a dit « Parce qu'on peut avoir un accident quand on roule trop vite ». « Et ça fait quoi quand on a un accident, on se fait mal ? » « Oui, et ça peut être encore pire. » « C'est quoi pire ? » « Tu poses trop de questions, ma Rose, on va être en retard. » « On peut être mort ? » Il ne m'a pas répondu, mais je sais que c'est ça. Et maintenant…

Je peux plus parler, je peux pas dire le mot. Je pleure encore plus, et j'ai un drôle de hoquet qui coince ma gorge.

- Et maintenant, tu crois qu'à cause de toi, ton papa était en retard, qu'il a eu son accident et qu'il est mort ? C'est bien ça, Rose ?
- …
- Je sais que c'est difficile, Rose… Est-ce que tu peux juste faire oui ou non avec la tête pour que je sache ?

J'ai mal à mon ventre, j'ai envie de vomir. Je croyais que ça allait me faire du bien, et c'est même pas vrai. Olivia, elle avait pas raison. J'ai vraiment chaud et mal à la tête. Je veux ma maman. Je me mets à l'appeler, de plus en plus fort. Olivia s'approche de moi, mais je la repousse avec mon pied. Je veux plus être là.

- Ecoute, Rose, je crois que tu as besoin de ta maman. Je vais aller la chercher et nous allons lui demander de nous aider.
- Non, je veux pas, elle va plus m'aimer !
- On ne va pas lui dire ton secret, on va lui demander de nous raconter comment et pourquoi Papa est mort. Moi, j'ai besoin de savoir pour t'aider. Tu es d'accord ?
- MAMAN !!

<u>Mathilde</u>

Tout est calme dans la maison. Rose joue tranquillement dans sa chambre. Elle parle à ses poupées. Elle a organisé une classe et apprend une comptine à ses élèves imaginaires. Je m'amuse de l'entendre s'approprier les mêmes expressions que sa maîtresse. Tout à l'heure, le bain s'est passé sans difficulté. Comme tous les soirs, depuis le terrible rendez-vous chez la psychologue. Terrible mais tellement salutaire ! Rose exprime encore de la colère, mais c'est sans commune mesure avec les dernières semaines.

Quand Olivia a déboulé dans la salle d'attente, j'étais extrêmement inquiète. Même si son cabinet est bien insonorisé, je percevais des sons qui ne laissaient aucun doute sur le fait que Rose pleurait, et fort... La tête de la psy ne m'a pas rassurée. Je l'ai même sentie assez démunie. Elle m'a demandé de la suivre, et m'a expliqué, durant le cours trajet jusqu'au son bureau, que Rose avait besoin de moi. J'ai découvert ma fille, écroulée dans le grand fauteuil, le visage couvert de larmes et de morve. Je me suis précipitée pour la prendre dans mes bras. Elle ne cessait de répéter « C'est ma faute, Maman, c'est ma faute ! ». Je ne comprenais rien et regardais la psychologue, à la recherche de réponses. Celle-ci m'a invitée à m'asseoir.

- Asseyez-vous, madame Allaire. Rose, tu as le droit de profiter des genoux de Maman et de ses câlins. Je crois que tu en as besoin.

- Qu'est-ce qui se passe ? Qu'est-ce que vous avez dit à ma fille pour qu'elle soit dans cet état ? Je vous la confie pour qu'elle aille mieux, et regardez-la maintenant ? Même depuis le départ de son père, je l'ai rarement vue aussi bouleversée.

Ma colère supplantait mon angoisse. Il avait dû se passer quelque chose de grave en mon absence pour que Rose réagisse ainsi. Jusqu'à présent, sa colère avait dominé, mais là, tout de suite, je la sentais terrassée par une émotion indéfinissable.

- Madame Allaire, pouvez-vous nous expliquer comment et pourquoi le papa de Rose est mort ?

Sa question m'a surprise et déstabilisée. Je ne comprenais pas où elle voulait en venir. Elle était psychologue. Ce n'était quand même pas à moi de lui expliquer que Rose était trop petite pour tout entendre. Ma fille savait que son père s'était tué à moto, c'était déjà, à mon sens, assez difficile à accepter. Les circonstances exactes ne changeraient pas la situation.

- Pas maintenant… Pas devant Rose.
- Au contraire, je crois que Rose a besoin de comprendre ce qui s'est passé. Elle s'est construit un scénario qui ne me semble pas bon pour elle.
- Excusez-moi, mais je ne vois pas en quoi cela aiderait ma fille.
- Allez-y, s'il vous plaît.

Devant son insistance, j'ai été obligée de me lancer. J'ai alors raconté, devant ma fille, son papa qui quitte le travail, le chauffard qui brûle un stop, le choc inévitable et les conséquences de cette terrible faute. Au fur et à mesure de mon discours, j'ai senti Rose se calmer. Ses larmes ont diminué, sa respiration s'est apaisée et son corps s'est détendu.

- Donc, si je comprends bien, votre mari avait terminé le travail. Il roulait vers la maison quand cet homme est venu le percuter ?

- Oui, les gendarmes ont été clairs. Antoine n'a commis aucune erreur de conduite, il n'était même pas en excès de vitesse.

- Tu entends ça, Rose ? Tu comprends ce que cela veut dire ?

- …

- Ton papa rentrait à la maison, certainement très heureux à l'idée de vous retrouver. Il roulait tranquillement. C'est la faute de l'autre monsieur si cet accident est arrivé.

- Pourquoi lui dites-vous ça ?

- Rose, tu veux expliquer à Maman ?

- …

Un hochement de tête ferme m'a signifié que Rose ne souhaitait pas parler.

- Est-ce que tu m'autorises à le faire pour toi ?

Le oui était sans équivoque.

- Le matin de l'accident, le comportement de Rose n'a pas été… disons, exemplaire. Votre mari était contrarié de partir en retard à l'école et au travail. Il a expliqué à Rose les dangers de rouler vite à moto…
- Et Rose croit que c'est à cause de ça qu'il est mort ? Parce qu'il aurait conduit trop vite ? À cause d'elle ?

Je n'ai pas eu besoin de la confirmation d'Olivia pour rassembler les phrases énigmatiques et les comportements de Rose, ces dernières semaines. Ils s'assemblaient maintenant en un terrible puzzle qui donnait beaucoup de sens aux explosions de ma fille. Moi qui la croyais en colère, contre moi, son père et le monde entier ! En réalité, elle s'en voulait à mort, culpabilisait et se rendait détestable pour se punir. Mon père avait senti quelque chose, il avait raison. J'ai serré fort Rose contre moi, jusqu'à l'étouffer. Comment n'avais-je pas compris cela plus tôt ?

- Aïe ! Tu me fais mal, Maman !
- Ma chérie, je suis désolée, vraiment désolée. Comment as-tu pu croire que Papa était mort par ta faute ?
- Alors c'est vrai ?
- Quoi, ma puce ?
- C'est pas à cause de mon boudin ?

Je n'ai pas pu m'empêcher de sourire. J'ai croisé le regard d'Olivia qui, elle aussi, riait dans sa barbe.

- Non, ma puce, ton boudin n'y est pour rien. C'est la bêtise du monsieur qui a tué Papa.
- T'es sûre ?
- Tu as confiance en ta maman, Rose ? Tu crois qu'elle te mentirait sur quelque chose d'aussi grave ?
- Non, oui, je sais pas…
- Bien sûr que non, mon puceron. Regarde-moi !

Je l'ai forcée à se détacher de mon corps, et j'ai planté mes yeux dans son regard bleu.

- Ton papa t'aimait plus que tout. Ce soir-là, il était sûrement content de rentrer et de passer du temps avec nous, avec toi. Il était très fier de la grande fille que tu devenais. Il était persuadé que tu ferais un super grande sœur.

J'ai continué de rassurer Rose du mieux que je pouvais, en essayant de ne pas être envahie par mes propres émotions. Rose semblait hypnotisée par mon discours. Elle montrait aussi de gros signes de fatigue. À un moment, elle est revenue se caler encore plus profondément dans mes bras, a pris le peu de place que lui laissait mon ventre rond et n'a plus dit un mot. Tandis que je finissais la séance avec Olivia, elle s'est endormie d'épuisement. La psychologue m'a expliqué qu'il y avait encore un long chemin de deuil et d'acceptation à parcourir pour Rose, mais qu'elle avait bon espoir que cette première séance ait déjà un effet sur son comportement. Elle m'a proposé de recevoir Rose tous les quinze jours, afin de l'accompagner aussi sur l'arrivée de son frère.

Cela fait maintenant un mois, et, en deux rendez-vous, j'ai l'impression d'avoir retrouvé ma petite fille. L'arrivée du bébé reste un sujet sensible, bien que je ne sache pas vraiment si la vraie difficulté est que ce soit un garçon ou la peur de me partager… Lorsque j'en parle avec mon père, il ne peut pas trop me rassurer ni comparer avec son expérience. J'avais sept ans lorsque ma mère est tombée enceinte, et je rêvais depuis longtemps d'un frère ou d'une sœur. Je n'avais alors exprimé que de la joie. Surtout, je ne venais pas de subir le traumatisme de la perte d'un parent. Mon amie Charlotte, qui a eu deux enfants rapprochés, me dit que même sans le départ d'Antoine, Rose aurait peur. Un enfant de cet âge-là imagine toujours que le bébé va lui prendre quelque chose qui n'appartient qu'à lui. Seulement, chez Rose, la situation fait que cette peur est certainement décuplée.

- Maman, Maman, Maman !

Ma fille déboule comme une tornade, et au ton utilisé pour m'interpeller, je sens qu'elle a quelque chose de la plus haute importance à m'annoncer.

-   J'ai eu une idée !

Voilà, mon intuition était la bonne. Je ne sais pas ce qu'elle a encore inventé, mais son petit cerveau, plein de ressources, semble inépuisable !

<u>**Georges**</u>

-   Elle a fini son exposé en me disant que ce serait la MEILLEURE solution !

Je ris de l'intelligence de ma petite-fille. Si jeune et déjà capable d'un tel raisonnement, je n'en reviens pas. Et surtout, sans le savoir, elle avait proposé à ma fille, le plus fou de mes rêves. Elle veut venir vivre chez moi avec sa maman pour, je la cite, « *faliciter la* vie de tout le monde ; Papy s'occupera du garçon, et comme ça, nous, on reste entre filles ».

-   Papa, dis-moi, c'est toi qui lui as mis cette idée dans la tête ?
-   Mais non, je t'assure ! Je n'aurais jamais osé.
-   Elle m'a soufflée, tu sais. Elle avait réponse à tout ! Elle trouvait une parade à chacun de mes arguments. Pas toujours sensée bien sûr, n'oublions pas qu'elle n'a pas encore quatre ans, mais elle donnait l'impression d'avoir réfléchi à tout !
-   Comment ça ?
-   Quand je lui ai dit que si elle changeait d'école, elle perdrait ses amis et surtout son amoureux, je pensais la déstabiliser. Elle m'a assuré que non, puisque son amoureux viendrait avec nous. Son papa et sa maman seraient sûrement d'accord puisque Thomas et elle, ont décidé de se marier.
-   Oui effectivement, elle ne doute de rien…

- Quand je lui ai rétorqué qu'on ne quittait pas son papa et sa maman comme ça, tu ne devineras jamais ce qu'elle m'a répondu.
- Non ?
- Que son papa l'avait bien quittée, lui et qu'elle ne voyait pas pourquoi les enfants ne pouvaient pas faire pareil ! Je lui ai fait remarquer que ça ne marchait pas comme ça. Ce à quoi elle m'a opposé qu'on ferait une garde, comme Suzanne.
- Qui est Suzanne ?
- Une petite copine de classe dont les parents se sont séparés cette année. Elle est en garde alternée depuis.

Nous ne pouvons nous empêcher de rire devant tant d'ingéniosité.

- Non, mais Papa, arrête de rire ! Ce n'est franchement pas drôle. Je n'ai pas réussi à la raisonner. J'ai eu beau lui dire que ce n'était pas ce que, moi, je voulais, que j'aimais mon travail ici, que je ne souhaitais pas quitter la maison où nous avions vécu avec son papa… Rien n'y a fait. Elle est repartie butée, en disant que je n'étais pas marrante.
- Peut-être que tes arguments n'étaient pas assez convaincants ?
- Pourquoi tu dis ça ?
- Peut-être que les siens étaient plus pertinents que les tiens et que cette petite fille a un peu raison ?

- On en a déjà parlé, Papa. Je ne veux pas quitter ce qu'Antoine et moi avons construit ici. C'est trop tôt. Rose a besoin de repères et je ne veux pas la déraciner…

- Peut-être que les repères dont elle a besoin ne sont pas ceux que tu crois.

- Je ne comprends pas.

- Ce n'est peut-être pas d'un lieu dont elle a besoin, mais de personnes qui la sécurisent. En venant ici, elle te garde toi, mais elle bénéficie de ma présence et de celle de Hugo. Et tu ne peux pas nier que, quand elle là, elle semble plus sereine. L'air de la mer lui fait du bien, et cela va sans dire qu'elle y a déjà ses repères. On ne parle pas d'un lieu complètement nouveau.

- …

- Demande son avis à sa psy ?

- Mais non, là n'est pas la question. Même si Olivia me disait que ce ne serait pas un problème pour Rose, ça en resterait un pour moi ! Je ne peux pas tout quitter, pas maintenant ! Je vais accoucher d'ici trois mois, je ne peux pas me permettre de perdre mon travail.

- Je pense qu'au contraire, c'est le bon moment. Ton congé maternité tombe juste après les vacances d'été. Si tu le passes ici, tu profiteras d'un vrai lieu de vacances et ça te permettra de voir comment tu t'y sens. Je te dé…

- Stop Papa, je t'arrête tout de suite. Admettons, je dis bien admettons, que j'accepte de passer l'été chez toi.

Premièrement, ça ne veut pas dire que je changerai d'avis. Deuxièmement, dans l'hypothèse où j'envisagerais de venir vivre près de chez toi, ça ne serait pas CHEZ toi !

- Donc, ce n'est plus vraiment un non…

- Ne me fait pas dire ce que je n'ai pas dit ! Venir passer mes vacances chez toi, pourquoi pas ? Je ne te cache pas, qu'en ce moment, je n'ai ni l'énergie ni l'envie de chercher une location pour moi et ma minette. Mais de là à envisager d'y passer tout mon congé mater', je n'en suis pas là. De toute façon, si tout se passe bien, quand je serai en arrêt, Rose reprendra l'école.

- Tu es déjà épuisée, Mathilde, et ton travail est quand même physique. Je pense que tu seras arrêtée avant. Quand démarrent tes vacances d'été, exactement ?

- Les trois premières semaines d'août.

- Je ne crois pas que tu reprendras après.

- Mais pourquoi ?

- Il faut que tu te ménages, Mathilde. Dans des conditions normales, une deuxième grossesse est déjà plus fatigante, mais là…

- Là quoi ?

- Ne fait pas celle qui ne comprend pas… la mort d'Antoine, le déni de grossesse, le comportement de Rose et le fait d'être maintenant seule à t'en occuper. Tu avoueras que l'on fait plus calme en matière de grossesse, non ?

- Oui, mais non ! Je te l'ai déjà dit, je ne veux pas.

- Écoute, ne décide rien pour le moment. Promets-moi juste de ne pas t'entêter et d'étudier sérieusement la proposition de ta fille. Tu sais que je serai là si tu te décides, même au dernier moment. Pour ma part, je prends mes vacances hors saison, donc tu serais tranquille avec Rose pendant mes trois jours de travail.

- Encore une fois, Papa, ce n'est pas le problème. Je sais que tu es là et que tu prendras soin de moi, comme de ma fille. Mais j'ai besoin de me prouver que je suis capable d'y arriver seule…

- Tu n'as rien à prouver à personne, ma chérie. Même si c'est ce que tu fais depuis le départ d'Antoine… Et de ta mère, si je veux vraiment être honnête.

- …

Mathilde ne s'attendait certainement pas à ce que je dise cela, mais il était temps que je fasse mon *mea culpa*. Bien sûr, j'avais eu maintes fois l'occasion de m'excuser de ce que j'avais fait ou, plutôt, pas fait. Je l'avais dit ouvertement, sans plus me cacher, surtout ces derniers mois. J'ajoutais souvent un « Malheureusement, on ne refera pas le passé … », qui imposait le pardon. Mais j'avais plus rarement mis des mots sur les conséquences de mon comportement égoïste de l'époque.

- Tu as dû assumer à ma place ce que j'étais incapable de faire. De nouveau, la vie vient de te mettre au défi. Tu dois assumer seule un et, bientôt, deux enfants. Je suis fier de la manière dont tu gères mais surtout admiratif. Comme j'aurais aimé avoir ta force, il y a quinze ans ! Aujourd'hui, tu n'as pas besoin de porter cette croix, seule. Je comprends ce que tu dis à propos de la maison. J'aurais été incapable de la quitter quand ta mère est morte. La preuve, j'y vis encore. Mais je ne sais pas si j'ai pris la bonne décision. Chaque fois que je rentre à la maison, je reviens dans mon mausolée. Le souvenir de ta mère est partout. Pas besoin de photos pour que la présence d'une personne occupe l'espace. Si aucune femme n'a pu rester, c'est parce qu'aucune n'a pu supporter le fantôme de ta mère...

- Je ne savais pas...
- Je ne t'en ai jamais parlé. Comment aurais-je pu me plaindre alors que je suis l'auteur de tout ce gâchis, de nos incompréhensions, de nos distances.
- Pourquoi tu me dis tout ça maintenant, Papa ?
- Parce que je pense qu'il n'est pas trop tard. Je ne serai jamais un père de substitution pour Rose et pour ce futur petit bonhomme, mais je peux être un super grand-père, et surtout, ma fille, je t'aime...

Ma voix se brise. Je suis emporté par mes émotions, je ne peux plus continuer. Je crois que c'est la première fois depuis longtemps que nos échanges sont aussi intenses, sincères mais aussi apaisés.

- Merci Papa, je ne savais pas que c'était si difficile pour toi. Je m'excuse, moi aussi, de mon comportement. Je ne t'ai pas rendu la vie facile.

- Non, tu n'as pas à t'excuser. Tu me l'as souvent répété, j'étais l'adulte, et toi l'enfant, l'orpheline.

- Maman nous manque à tous, nous l'aimions tous tellement fort. Pas un jour où je ne pense pas à elle. C'était une personne solaire, indispensable à nos vies. Nous avons continué à la faire vivre mais chacun de notre côté. Égoïstement, de peur de l'oublier, pour préserver son souvenir intact au fond de nous. Mais je crois que nous nous sommes trompés. Je le mesure maintenant avec la mort d'Antoine. Je ne veux pas que mon chagrin s'oppose à celui de Rose, qu'il nous sépare. Nous devons le vivre ensemble pour continuer à faire vivre Antoine. Pas comme la personne morte qui nous manque mais comme celui qu'il a été…

- C'est si juste ce que tu dis. Je me demande comment ton frère a vécu tout cela et quel impact cela a sur sa vie, encore aujourd'hui.

- Tu ne lui en parles jamais ?

- Jamais…

- Moi, quand j'essaie, il se ferme. Il me dit qu'elle ne lui manque pas, qu'il ne s'en souvient presque plus, qu'il a appris à faire sans. Je ne sais pas qui il essaie de convaincre. Mais quand je le mets face à ses problèmes de poids, à son désert affectif…

- Tu crois que tout cela est lié ?

- Papa, voyons ! Ne me dis pas que tu ne t'es jamais posé la question.

- Si, évidemment, mais je n'avais certainement pas envie de voir la vérité en face...

- Peut-être que nous devrions lui en parler ensemble ?

- Je ne sais pas s'il apprécierait. Peut-être qu'il aurait l'impression qu'on le juge ? Il pourrait vivre ça comme un tribunal.

- Le but ne serait pas de le juger mais de lui faire prendre conscience qu'il a besoin d'aide, lui aussi. À nous deux, nous pourrions peut-être le convaincre...

« À nous deux » ... Comme j'aime entendre cela dans la bouche de ma fille. Cette complicité nouvelle ou plutôt renaissante. Comploter à deux était notre activité favorite avant le départ de Martine. Ça la rendait folle. « Arrêtez vos messes basses, criait-elle, vous allez me rendre dingue avec vos manigances ! » Nous échangions alors des clins d'œil et elle nous foutait dehors en faisant mine d'être fâchée. Nous quittions la pièce en nous tordant de rire. Décidément, quel chemin parcouru depuis février ! Je commence vraiment à croire que de là-haut, Antoine nous regarde et qu'il est le chef d'orchestre de ces retrouvailles ô combien inespérées pour moi. Je n'ai plus qu'à prier mon cher bon Dieu pour que le vœu de Rose et le mien s'exaucent. Je serais alors le plus comblé des pères et des grands-pères.

<u>**Mathilde**</u>

Dans deux heures, je suis en week-end. Je l'attends avec impatience ! Il me devient de plus en plus difficile d'assurer certains soins, tant mon ventre a pris du volume. Je n'accouche que dans deux mois et demi, pourtant mon poids atteint déjà celui de ma fin de première grossesse. Je me sens épuisée, or mes vacances ne sont que dans un mois. Juillet risque d'être long ! Ma cadre a proposé d'alléger mon emploi du temps, mais j'ai refusé. Toujours ce foutu orgueil mal placé qui m'impose de prouver aux autres ce qu'eux-mêmes n'attendent pas de moi.

Je rentre exténuée du travail, et Rose, elle-même fatiguée par sa fin d'année scolaire, recommence à exploser régulièrement. Notre relation se tend imperceptiblement. Je sens qu'il faut que je trouve le moyen de me reposer pour retrouver un peu de patience et de tolérance à son égard. Mais je n'y arrive pas. Je consacre mon temps libre à ranger la chambre d'amis et à la transformer, petit à petit, pour accueillir le bébé. Je vois bien que cette perspective ne plaît pas à Rose et qu'elle fait tout pour me détourner de la tâche. Elle ne sait plus jouer toute seule, invente tout un tas d'astuces pour s'assurer que je ne puisse pas mener à bien mon projet.

Mon père arrive ce soir pour passer deux jours avec nous. Mission : repeindre la chambre et assister à la petite fête organisée par l'école de Rose pour la fin de l'année scolaire. À défaut de son papa, elle aura son grand-père pour la voir danser. Hugo va même essayer de venir. Je n'aurais jamais dû le dire à Rose, car depuis qu'elle le sait, elle est excitée comme une puce. Il est encore plus difficile pour moi de la calmer. Parfois, je me demande comment je vais y arriver avec les deux. Je vois bien qu'elle me teste encore, qu'elle teste mon amour pour elle. Sa culpabilité vis-à-vis de la mort de son père semble derrière elle, mais le doute revient parfois l'habiter. Je le sais, je le sens à son comportement. Je la vois alors tourner autour de moi, telle une petite guêpe qui vient me piquer pour me faire réagir. Olivia m'a expliqué sa technique : me pousser à bout pour voir si je tiens. Si c'est le cas, alors c'est que je l'aime encore, si je craque, alors là, c'est la catastrophe ! Je viens alimenter son angoisse. Je ne l'aime plus et je vais l'abandonner.

L'autre jour, nous étions confortablement installées dans son lit à lire une histoire. J'adore sentir sa tête se nicher dans mon cou et son corps se relâcher quand le sommeil commence à l'envahir. La soirée avait été particulièrement tendue, et ce moment venait tout racheter. Ce soir-là, point de relâchement, mais une question sortie tout droit de nulle part.

- Dis Maman, si tu aimes plus le bébé que moi, j'irai où ?

Que répondre à ça… ? Comment lui expliquer le fonctionnement d'un cœur de maman ? Moi-même, je ne le sais pas. Moi-même, je me pose la question. Suis-je capable d'aimer deux enfants à la fois ? Concernant Rose, aucun doute ! Elle habite déjà mon cœur tout entier, il déborde d'amour pour elle. Mais ce petit être qui arrive, quelle place pour lui ? Je ne pouvais évidemment pas partager mes interrogations avec ma fille, mais elle attendait une réponse, et mon silence n'a pas dû être rassurant pour elle. J'ai caressé doucement ses cheveux soyeux, mis un maximum d'assurance dans ma voix, et lui ai dit :

- Je ne l'aimerai pas plus, mon ange. Chaque enfant a une place spéciale et bien à lui dans le cœur de sa maman. Tu resteras, tout le monde restera avec moi aussi longtemps qu'il le voudra.
- Mais s'il est pas gentil, s'il fait des bêtises ? On pourra pas le garder quand même !
- Ah bon, tu crois ça ? Quand je me fâche après toi, est-ce que tu penses que je vais t'abandonner ?
- …
- Tu le crois vraiment ?
- Des fois, j'ai peur...

Je n'imaginais pas qu'elle me craignait à ce point-là, et ça m'a fait mal de l'entendre. Je l'ai serrée fort dans mes bras.

- Alors, je vais te le dire une bonne fois pour toutes, ma puce. Je t'aime plus que tout au monde et je t'aimerai toute ma vie. Jamais, je ne t'abandonnerai. Jamais !
- Arrête, Maman, tu me fais mal à me serrer comme ça ! Puis arrête de dire des trucs qui sont même pas vrais. Papa, il disait pareil que toi et il est parti !

Ma tentative pour la rassurer avait échoué... Ce moment supposé calme tournait au vinaigre. Je me sentais une fois de plus désemparée, nulle, incapable de gérer la situation. Rose s'est mise à pleurer en silence. Je voyais de grosses larmes tomber sur les pages de son livre préféré, ça allait être un drame. Le papier se détrempait, et Boucle d'Or nageait maintenant dans une mare.

- Papa n'a jamais voulu partir. Il ne t'a pas abandonnée, mon cœur. Il ne t'aurait jamais fait ça. Il t'aimait lui aussi plus que tout...
- Alors pourquoi il est pas là ?
- Parce qu'il ne peut plus, ma minette. La vie en a décidé autrement.
- La vie, elle décide que des trucs nuls.
- Non, elle peut être chouette aussi la vie. Tu sais, je pensais comme toi quand ma maman est partie. J'étais triste et très en colère moi aussi. Pendant longtemps. Et puis un jour, ton papa a fait comme un arc-en-ciel dans ma vie. Grâce à lui, j'ai compris que tout n'était pas nul, comme tu dis. Après tu es arrivée et le soleil s'est installé pour de bon.
- Oui, mais maintenant tu es encore triste, alors ça sert à rien.
- Tu as raison, je suis de nouveau triste et un peu en colère, mais je sais que c'est comme un orage. Après le soleil revient. Et même si pour le moment, j'ai un peu peur de ce bébé qui arrive, je sais qu'il va être notre petit soleil à toutes les deux.

- Moi, je sais pas. Olivia, elle m'a dit que j'étais pas obligée de l'aimer. Je dois être gentille avec lui parce que lui il n'y est pour rien et parce qu'un bébé s'est fragile, mais c'est tout.
- Ah bon, tu es sûre de ce que tu dis ?
- Oui ! T'auras qu'à lui demander ! J'ai le droit de l'aimer mais je suis pas obligée. Je vais voir et je te dirai après.
- Ok, on fait comme ça. Mais sache que moi, ça me ferait plaisir que tu l'aimes un petit peu ton petit frère.
- Oui beh, c'est pas toi qui décides !

Rose était maintenant suffisamment calmée et *a priori* rassurée, il était temps pour elle de dormir.

- En attendant, je reste ta maman et c'est moi qui décide qu'il est l'heure de fermer tes petits yeux !

Un câlin et quelques minutes plus tard, Rose était plongée dans un profond sommeil.

Depuis cette discussion, nous n'avons pas reparlé de ses doutes sur l'arrivée de son frère. J'espère qu'elle ne fera pas que le tolérer. Si je dois aussi gérer des crises de jalousie, cela promet. En attendant, je me suis laissée submerger par mes pensées, et mon travail n'avance pas. Soixante semainiers à remplir pour la semaine suivante, je n'en ai fait que dix. À raison d'au moins trois médicaments par jour et par résident, c'est un vrai casse-tête ! En plus, il va falloir que je revérifie tout, car mon attention n'a pas été optimale.

Un coup bref tapé à la porte, pourtant ouverte, m'avertit de l'arrivée de quelqu'un. Je n'ai pas besoin de me retourner pour savoir qu'il s'agit de Mamie Jacqueline. Son coup de canne est reconnaissable entre tous ; suffisamment fort pour que je l'entende mais suffisamment discret pour que je puisse faire semblant de l'ignorer, si je voulais rester concentrée sur ma tâche. Un coup de canne à son image, présent mais pas intrusif. Ce n'est pas comme ça que je vais rattraper mon retard. J'aimerais l'ignorer mais cette brave femme est tellement gentille avec moi que je ne me sens pas capable de le faire.

- Entrez, Jacqueline !
- Je ne vous dérange pas ?
- Mais non…
- Vous êtes sûre ? Parce que sinon, je retourne dans ma chambre…
- Dites-moi plutôt ce qui vous amène.
- Rien de grave, c'est ma télé. L'image n'est pas très nette depuis ce matin.
- Vous voulez que j'envoie Quentin ? Notre nouvel homme à tout faire porte bien son nom. Il jettera un petit coup d'œil.
- Ne le dérangez pas pour ça. Ce n'est pas pressé vous savez, je voulais juste le signaler.

Je soupçonne Jacqueline d'avoir cherché un prétexte pour m'aborder. Elle savait qu'à cette heure-là, elle ne trouverait que moi dans le poste de garde. Il est encore tôt, les aides-soignantes sont toutes occupées aux toilettes des résidents.

- Très bien, je lui laisserai une note. Il la verra quand il repassera par ici.
- Merci, Mathilde, vous êtes bien gentille.

Je lui souris, sourire qui veut dire à la fois « De rien » mais aussi « Au revoir et à bientôt ». Je sens pourtant que la conversation n'est pas finie. Son regard pèse sur moi, elle ne bouge pas.

- Est-ce qu'il y a autre chose que je peux faire pour vous, Jacqueline ?
- Non, non... dit-elle, en esquissant un départ timide.
- Vous êtes certaine ?
- C'est juste que… Non, rien. Je vous laisse travailler, je vous ai assez dérangée comme ça.
- Ce n'est pas bien de mentir, vous savez ? Allez, qu'est-ce qui vous tracasse ? Vous pouvez tout me dire.
- Vous.
- Quoi, moi ?
- Je voudrais être sûre que vous alliez bien. Vous avez toujours le sourire, vous êtes si gentille avec tout le monde, et pourtant, je sais que votre vie ne doit pas être facile tous les jours.
- Vous êtes adorable, Jacqueline, mais vous êtes en train d'inverser les rôles. C'est à moi de veiller sur vous et votre

santé. Rassurez-vous, je vais bien. Un peu fatiguée mais c'est normal, non ?

- Oui, mais il faut vous reposer.

- J'essaie, Jacqueline, mais, vous savez, une petite tornade de trois ans et demi, ça ne laisse pas beaucoup de répit.

- Et une vieille dame comme moi qui vient vous déranger, non plus ! Ma pauvre Mathilde, comme je suis triste pour vous. Vous méritez mieux que ça ! Je crois en Dieu, mais franchement, parfois, Celui-ci, je lui mettrais bien un petit coup de canne.

Je rigole en imaginant la scène.

- Je ne vous crois pas, vous ne feriez pas de mal à une mouche ! Et vous, Jacqueline, comment allez-vous ? Vous vous êtes remise du départ de notre vieux colonel ?

- Ah, j'y pense souvent, vous savez ! je l'aimais bien cet homme, et ce n'est pas sa remplaçante qui va m'aider à l'oublier. Je me demande même si elle n'est pas pire que lui, celle-là !

- Mademoiselle Évelyne ? Vous me surprenez, tout le monde la trouve adorable !

- C'est bien là, le problème. Mademoiselle se fait passer pour une petite chose fragile, et tout le monde lui mange dans la main ! Une vraie sainte nitouche !

Jacqueline devient toute rouge, son ton monte dans les aigus et son corps est secoué de spasmes. Je ne l'ai jamais vue comme ça. Je n'ai pas le temps de gérer ses histoires de couloirs, mais elle a piqué ma curiosité.

- Qu'est-ce qui vous arrive ? Je ne vous reconnais pas ! Ce n'est pas votre habitude de critiquer les autres résidents. Racontez-moi ce qui se passe. Ne seriez-vous pas un peu jalouse, par hasard ? Avez-vous peur qu'elle vous vole la vedette ?
- Alors là, Mathilde, vous me vexez. Je croyais que vous me connaissiez mieux que ça. Je vais faire comme si je n'avais rien entendu et je vais rentrer chez moi. Je sais ce que je dis, c'est tout ! Un jour, vous comprendrez !

Je reste pantoise. Jacqueline tourne cul sous pointe et s'en va. Sa canne martèle bruyamment le sol. Si son éducation l'empêche de râler, le claquement du fer sur le carrelage donne un aperçu de ce qu'elle ressent. Je l'ai fâchée et je n'en suis pas très fière. Mais je ne peux m'empêcher de sourire. Toutes ces querelles de petits vieux illuminent mon quotidien. Dire que « Vieillir, c'est retombé en enfance » est une expression qui illustre parfaitement les relations qu'entretiennent mes chers papys et mamies !

Encore quinze minutes de perdues… Il faut que je m'active, sinon je ne finirai jamais à l'heure. En plus, il va falloir que je prenne le temps de passer par la chambre de Mamie Jacqueline pour me faire pardonner. J'ai ma petite idée. Je vais lui proposer de sentir mon petit acrobate faire des *loopings* dans mon ventre. Ça devrait bien vite lui faire oublier ma maladresse.

Je suis trop belle ! Quand Papy va me voir, il va me trouver trop jolie ! Il dort juste à côté, dans ma chambre. Maman, elle voulait lui prêter son lit mais Papy, il a dit qu'avec son gros ventre, elle avait besoin d'un bon matelas. Du coup, moi, j'ai dormi dans le lit de Maman, avec Doudou Lapin. Ce matin, je me suis levée tout doucement pour ne pas les réveiller, et j'ai été m'habiller dans la salle de bains. Aujourd'hui, c'est la kermesse ! Je vais danser avec mon *namoureux*. Dans le *pestacle*, je suis une coccinelle et lui, un papillon. J'ai déjà mis mon déguisement. Ç'a pas été facile, j'ai eu très chaud ! Le collant, il est tout serré, je n'arrivais pas à le mettre. J'ai accroché mes ailes dans mon dos, mais je crois que j'ai pas fait comme il faut. J'espère que je les ai pas cassées. J'ai mis le *jour à lèvres* de Maman pour faire encore plus joli, mais comme il fait noir, j'en ai mis un peu à côté.

Je rentre tout doucement dans la chambre de Papy, enfin la mienne, quoi ! Je fais des petits pas pour pas le réveiller et lui faire une surprise. Il va être content de voir une coccinelle ! Peut-être même, il va pas me reconnaître.

- Papy, Papy ? Tu dors ?
- *ZZZZ…*
- PA-PY !
- *ZZZZ…*

Beh, il m'entend pas ! Peut-être que si j'ouvre les volets, ça va le réveiller ? J'appuie sur le bouton... Zut, il fait encore nuit dehors. Le soleil, il est comme mon papy, il a pas envie de se réveiller.

- Mais, qu'est-ce que tu fais là, ma pu... Une coccinelle ?

Je reconnais pas la voix de Papy. On dirait qu'il y a un ours dans sa gorge. J'ai un peu peur, mais je crois que c'est bien lui. Je vois sa tête en dessous de ma couette « Reine des neiges ». Je vais quand même lui demander.

- C'est bien toi, Papy ?
- Beh, qui veux-tu que ce soit ? Tu ne me reconnais pas ?
- Pas trop...
- Quelle heure est-il ?
- Beh, je sais pas moi... le matin.
- Je crois que je ne suis pas vraiment réveillé alors, car je n'avais jamais vu une coccinelle parler !

Il pense que je suis une coccinelle ! Je dois être trop bien déguisée !

- En revanche, jolie coccinelle, je vais te demander de parler moins fort, car tu vas finir par réveiller ma petite-fille !
- Mais Papy ! C'est moi !

Je saute sur lui mais j'entends un drôle de bruit… un gros crac…
Oh non ! Je crois que mes ailes se sont déchirées… C'est sûr, je vais
me faire gronder ! Maman m'avait dit de ne pas y toucher et de ne
surtout pas essayer de les mettre toute seule… Je vais plus avoir mon
beau costume à la fête. Qu'est-ce que je vais faire maintenant ? J'ai
tout gâché et j'ai très envie de pleurer… Et puis, c'est la faute de mon
petit frère aussi !

- Pourquoi tu dis ça, ma chérie ?

Zut, je croyais que j'avais parlé dans ma tête… C'est interdit de
dire ça, je suis sûre. À chaque fois que j'explique à Maman qu'il
m'arrive plein de trucs pas drôles à cause du bébé, elle dit que
« *J'exabuse* ». Mais moi, je sais ce que je dis ! Si Maman, elle n'avait
pas son gros ventre, Papy ne serait pas venu peindre la chambre. Il
serait venu pour ma fête, rien que pour moi, et il aurait dormi dans la
chambre d'amis !

Papy est bien réveillé, il est assis dans mon lit et essaie de
m'enlever mes ailes pour regarder comment les réparer.

- Explique-moi, ma Rose. Qu'est-ce que ce petit frère, qui, je te
  le rappelle, n'est pas encore là, a bien pu te faire ?
- Rien…
- Je ne suis pas ta maman, tu sais, je peux tout entendre.
- Rien, je te dis !

Il saura rien. Y'a qu'Olivia qui a le droit de savoir.

- Alors, tout va bien. On va essayer de réparer les dégâts pour que tu puisses rester une jolie coccinelle. Va te changer et après, je te prépare ton petit-déjeuner. On va laisser Maman dormir pour qu'elle se repose.
- C'est nul, elle toujours fatiguée…
- Dis donc, Mademoiselle, tu ne serais pas un peu ronchonchon ce matin ?

Je crois qu'il a un peu raison mon papy… Mais j'ai une idée pour aller mieux. Mon papa, il faisait toujours ça quand j'avais pas envie de me lever.

- Tu fais des crêpes, dis Papy ?
- Pourquoi pas, mais à une condition.
- C'est quoi une condition ?
- C'est un contrat entre toi et moi ?
- C'est quoi un contrat ?
- Tu m'embêtes avec toutes tes questions ! Bon, je t'explique. Je te fais des crêpes seulement si tu chasses ta mauvaise humeur et que tu la remplaces par un joli sourire.
- Hum, je vais essayer… Je peux faire un contrat, moi aussi ?
- Ça dépend, qu'est-ce que tu me proposes ?
- Est-ce que tu veux bien remettre tes lunettes et te coiffer ?
- Pourquoi ?

-       Parce que tu me fais peur et que j'aimerais bien retrouver mon vrai papy que j'aime !

Je vous dis pas sa tête quand j'ai dis ça ! Je sens que le petit déj' va être trop drôle !

<u>**Georges**</u>

Mon regard a quitté la scène. J'observe ma fille du coin de l'œil. Son visage, caché derrière son portable, est baigné de larmes. Je ne sais pas ce qu'elle ressent, joie, tristesse… une multitude d'émotions doit l'envahir. La fierté et le bonheur de voir Rose se démener comme un petit diable sur la piste doivent batailler avec le sentiment de solitude de vivre cette première kermesse sans Antoine. Le chagrin de ne pas pouvoir partager ce moment avec lui ne peut être qu'intense.

Je me souviens de la première fête d'école de Mathilde, comme si c'était hier. À l'époque, les enfants défilaient à travers la ville, et nous courrions à côté d'elle pour la prendre en photo. Pas de portable pour immortaliser l'instant mais une pellicule de vingt-quatre pauses, qui laissait peu de place à l'erreur. Nous n'avons loupé aucun de ces moments, symboles d'une fin d'année scolaire et de l'été qui arrive. Nous avions enchaîné avec celle de Hugo quand Mathilde était entrée au collège. Pourtant, ce que j'ai ressenti ce jour-là, comme toutes les premières fois que Mathilde nous a offertes en tant que parents, est resté gravé dans mon cœur, avec une saveur unique. Il en sera certainement de même pour Mathilde, mais son souvenir aura une amertume et une douleur que j'aurais aimé pouvoir lui épargner.

Je m'autorise à passer ma main dans son dos, espérant qu'elle ne rejettera pas ce geste de tendresse. Au contraire, elle se rapproche de moi. Mon bras vient alors envelopper son buste. Sa tête se pose sur mon épaule et elle éclate franchement en sanglots. Je resserre un peu plus mon étreinte. Mes propres yeux s'embuent. Nous restons là, tout le reste de la chanson, à regarder notre petit rayon de soleil finir sa danse.

Que je suis fier de ma petite-fille ! Après un démarrage compliqué ce matin, elle a fini par retrouver sa joie de vivre. Ensemble, nous avons réparé ses ailes, et ma jolie coccinelle s'est remise à virevolter partout dans la maison. Nous avons décidé de faire de cet incident, notre secret. Lorsque Mathilde s'est levée, tout était rentré dans l'ordre, et la pâte à crêpes était délayée. J'ai alors vécu un moment hors du temps. Quelque chose d'inédit que je ne pensais pas encore possible. J'ai ordonné à ma fille de s'assoir et je me suis installé aux fourneaux. Elle s'est exécutée sans broncher, ce qui, venant d'elle, est déjà un exploit. J'ai fait sauter les crêpes aussi haut que possible pour le plus grand bonheur de Rose. Je ne vous cache pas que quelques-unes sont volontairement tombées à côté, afin de prolonger les éclats de rire de ma petite-fille et de sa mère. Que ça faisait du bien de les voir, de les entendre rire ! J'ai cru un moment que la spontanéité de Rose allait tout gâcher quand elle s'est écriée « On rigole comme quand Papa, il était là ! ». Mais Mathilde m'a, une fois de plus, épatée. Elle ne s'est pas fermée. Elle a ri et a provoqué Rose :

- Oui, mais mon papa à moi, il est plus fort que le tien !

J'ai redressé le buste pour entrer dans son jeu et montrer ma fierté, jusqu'à ce qu'elle ajoute malicieusement :

-   Par contre, ton papa n'était pas aussi maladroit que ton papy et ne nous servait pas des crêpes à la poussière !

J'ai cru que Rose n'allait jamais s'en remettre. Elle a tellement ri qu'elle a failli s'étouffer avec son chocolat chaud. Mathilde m'a tiré la langue, ce à quoi j'ai répondu par un clin d'œil complice.

Cette scène, ces échanges entre nous, l'humour caustique de ma fille me ramènent quinze ans en arrière. Je la retrouve. Elle se relève lentement, péniblement de la mort d'Antoine, même si le chemin est encore long. Malgré la fatigue, les difficultés qu'elle devra encore affronter, l'avenir incertain qui s'offre à elle, elle a laissé tomber son armure. La dureté de son regard a disparu, le ton quand elle s'adresse à moi s'est adouci. Je dois, une fois de plus, remercier Antoine d'avoir rendu cela possible. Faire face à sa disparition aurait pu nourrir encore plus la colère que Mathilde portait en elle et contre moi depuis le départ de Martine. Il en est tout autre. Les mois passent, son ventre s'arrondit, elle affronte la tempête sans vaciller. Elle semble plus apaisée ; notre relation, du moins, l'est.

La peinture de la chambre du bébé et la kermesse de Rose ont été un formidable prétexte pour m'inviter à passer le week-end chez elle. Nous ne l'avions jamais fait avant, du temps d'Antoine. Bien sûr, ils m'invitaient mais seulement aux grandes occasions, et je ne restais que la journée. J'avais toujours l'impression de gêner. Alors que là, depuis mon arrivée, Mathilde fait tout pour que je me sente à l'aise. Elle me demande mon avis, me sollicite quand elle a besoin d'aide pour Rose. Elle cherche même mon approbation quant aux décisions qu'elle doit prendre concernant la succession d'Antoine. Je reprends ma place de père. Son attitude, ces dernières semaines, parle en silence. Elle remplace les mots que, peut-être, aucun de nous ne sera jamais en mesure de prononcer. Elle dit le pardon, elle dit le manque, elle dit les regrets. Je fais de mon mieux pour y répondre, de manière malhabile parfois. Mais je ne crains plus ma fille, j'accepte mes imperfections. Je la soigne, elle me soigne. Ensemble, nous essayons de faire en sorte que Rose s'épanouisse du mieux que lui permet l'absence de son père.

Pour l'heure, notre petite fleur est descendue de la scène. Il est temps d'aller la chercher, elle doit nous attendre en bas de l'estrade. Depuis le départ d'Antoine, Mathilde me dit que Rose ne supporte aucun retard. Elle vit dans l'angoisse permanente de voir sa maman l'abandonner. Sa psychologue dit que c'est normal et certainement renforcé par l'arrivée prochaine du bébé. De son côté, Mathilde a déjà remis un sourire sur son visage. Elle se détache de moi et, d'un regard entendu, nous nous dirigeons vers la maîtresse. Mais voilà ma petite-fille qui arrive main dans la main avec Hugo. Mon fils, égal à lui-même, a dû arriver au dernier moment. La surprise a été totale pour Rose, et cela ne fait que renforcer le statut de nouveau héros endossé par son oncle depuis les vacances de Pâques.

- Maman ! T'as vu comme j'ai bien dansé ? Je me suis même pas trompée. Mon *namoureux* lui, il faisait n'importe quoi. Il a fait que de marcher sur mes pieds. Mais je l'aime, alors c'est pas grave… T'as vu ? Y'a Tonton Hugo ! Papy, Papy, on va à la pêche *de* la ligne.

- « À la ligne », ma chérie, on dit « à la ligne » !
- Oui beh, c'est pareil !

Rose est dans un état d'excitation terrible. Elle enchaîne les phrases et les questions, sans jamais s'arrêter. Son visage est rouge comme une tomate. Elle court dans tous le sens et ne sait pas où donner de la tête. Ça fait beaucoup d'émotions pour une petite fille. L'absence de sieste ne doit pas arranger les choses. Celle de son papa n'a pas l'air de lui peser, c'est plutôt rassurant. Je sens que Mathilde va avoir fort à faire ce soir en rentrant. Je vois à ses traits tirés qu'elle est déjà fatiguée. Il lui reste trois mois mais les conditions de cette grossesse sont bien différentes de celles de la précédente. Elle ne se ménage pas, et je ne suis pas sûr qu'elle prenne beaucoup de repos. Peut-être devrais-je lui proposer de rester encore une nuit pour l'épauler ?

<u>**Mathilde**</u>

Je ne sais pas quoi faire. J'ai peur. Assise sur la cuvette des toilettes, je m'accorde un moment de répit pour réfléchir à la situation. Dans la pièce d'à côté, j'entends Hugo faire le pitre auprès d'une Rose qui se bidonne. Je les ai laissés dans une partie endiablée de *Just Dance,* dans laquelle même mon père donne de sa personne. Antoine et moi, nous étions mis d'accord : pas d'écran avant trois ans. C'était non négociable pour moi. Il avait alors rangé sa console au placard et ne la sortait que lorsque notre fille était couchée. Mais dès le cap que nous nous étions fixés, dépassé, il en avait acheté une nouvelle, sans m'avertir. Il me l'avait offerte à l'occasion de mon anniversaire pour que je ne puisse rien dire. Je n'allais pas hurler sur lui devant ma puce, tellement fière de m'offrir mon cadeau. Selon lui, je n'avais plus le temps de pratiquer un sport depuis la naissance de Rose, ça me permettrait d'en faire à la maison. Son argument était de taille, ou alors était-ce la mienne de taille qui l'avait alerté ? Je n'avais pas su comment le prendre. Mais je dois bien admettre que ce jeu nous permettait de passer de très bons moments en famille. Évidemment, jamais je ne l'aurais avoué, et je prenais un air offusqué à chaque fois qu'il essayait de me convaincre. Des moments de franche rigolade en famille… Je croyais tout cela terminé à jamais depuis le mois de février. Pourtant, les rires de Rose qui parviennent à mes oreilles prouvent une fois de plus que la vie continue… sans Antoine.

La journée a été tellement éprouvante. Faire semblant d'être joyeuse pour ne pas gâcher celle de Rose. Voir les familles, ces femmes épanouies au bras de leurs maris. Tous ces petits suspendus au cou de leur papa alors que la fatigue les terrassait un par un. Ne rien laisser paraître, taire sa souffrance et serrer les dents… Seul mon père a compris, il a su trouver les gestes. Quant à Hugo, je ne remercierai jamais assez mon frère d'avoir joué les joyeux drilles pour faire oublier à ma fille l'absence de son père. Mais toutes ces émotions contenues ont eu raison de mon corps.

Depuis que nous sommes rentrés, j'ai des contractions. Elles sont régulières mais surtout douloureuses. Je sais que je devrais en parler à mon père, aller aux urgences, mais je suis morte de trouille. Angoissée à l'idée que ce bébé arrive trop vite, terrifiée à l'idée qu'il puisse lui arriver quelque chose. Je ne le supporterai pas. Après avoir nié son existence, hésité à poursuivre ma grossesse, je n'imagine pas le perdre. Il ne peut pas naître maintenant, il est trop tôt… Je ne connais pas les conséquences de mon déni de grossesse sur sa construction psychologique, mais je culpabilise tellement. J'ai si peur de lui avoir fait du mal, de l'avoir abîmé, de ne pas avoir su l'aimer. Est-ce que c'est parce qu'il ne s'est pas senti désiré qu'il veut sortir maintenant ? Trois coup brefs frappés à la porte me sortent de mes pensées.

-   Mathilde, ça va ?

C'est mon père.

-   Oui, oui, ne t'inquiète pas, j'arrive…

- Ok, on t'attend pour jouer.

Je me rhabille en vitesse et sors des toilettes. Mon père n'est pas dupe. Il m'attend devant la porte, appuyé sur le mur d'en face. Ses bras sont croisés sur son ventre, légèrement arrondi par les années. Il sonde mon regard.

- Qu'est-ce qui ne va pas ?
- Rien, je t'assure…

Mais au moment où je prononce ces mots, une contraction me terrasse. Il se précipite vers moi et me soutient pour m'empêcher de m'écrouler.

- Ça fait combien de temps que ça dure ?
- Depuis qu'on est rentrés…
- Merde, Mathilde, pourquoi tu ne me l'as pas dit avant ! Je voyais bien que ça n'allait pas. J'ai mis ça sur le compte de la journée. Ce n'est pas normal, tu es loin du terme…
- Je SAIS !

Je viens d'hurler sans le vouloir. Pas sous le coup de la douleur mais à l'idée de ce qu'il sous-entend.

- Elles sont régulières ?
- Oui…

- Je t'ausculte ou tu préfères aller à l'hôpital ?

- Non, non, ça va passer…

- C'est l'un ou l'autre, mais ce qui est sûr, c'est qu'on ne va pas attendre plus longtemps. Ce n'est vraiment pas sérieux, Mathilde…

Il a raison, je le sais. Mais il est hors de question que mon père m'examine. Trop intime. Trop de pudeur entre nous. Je ne pense pas que lui-même serait très à l'aise. Mis à part pour les rhumes ou les petits bobos de l'hiver, mon père a cessé d'être mon médecin à l'adolescence. Si à l'époque, je n'avais pas bien saisi pourquoi, maintenant je comprenais. Pour un père, il ne doit pas être évident de voir le corps de son enfant devenir celui d'une femme. Il ne voulait pas me mettre mal à l'aise.

- Qu'est-ce qu'on va dire à Rose ?

- Rien pour le moment. Profitons de la présence de Hugo. Il peut rester avec elle le temps qu'il faudra.

- Mais elle va s'inquiéter ?

- On va lui dire les choses simplement. Je suis sûr que tu vas trouver les mots. Je prends Hugo à part pendant que tu lui expliques. D'accord ?

- D'accord. Papa… J'ai peur …

- Je sais ma fille. Je suis là.

Quand je rentre dans le salon, Rose est écarlate. Ses cheveux sont trempés de sueur et elle chante à tue-tête (et en yaourt) un tube en anglais. Son petit corps se trémousse pendant que mon frère essaie, tant bien que mal, de la suivre. Je vais devoir mettre fin à cette scène, ça me crève le cœur. Ma puce m'aperçoit et elle hurle :

- Je gagne, Maman, je suis la meilleure ! Tonton Hugo, il est nul !
- N'importe quoi ! C'est moi le plus fort.

Mon frère est courageux. Malgré son surpoids et son manque évident de condition physique, il donne le change. Une nouvelle contraction me rappelle pourquoi je suis là.

- Ma puce, j'ai un secret pour toi, tu veux bien venir dans ta chambre que je te le raconte. Je ne veux pas que Tonton Hugo l'entende.

Mon frère capte très vite qu'il se passe quelque chose d'anormal et entre dans mon jeu pour convaincre Rose de me suivre.

- Eh oh, ce n'est pas juste ! Je veux savoir moi aussi !
- Non, Hugo, c'est un secret de filles. Toi, tu restes ici.

Sa lèvre inférieure se met à trembler et Hugo fait semblant de pleurer.

- Dis donc, Tonton Hugo, faut pas pleurer. Je reviens tout de suite.

Ma fille passe devant lui crânement, la tête haute, pas peu fière d'être au centre d'une histoire de filles. Une fois dans la chambre, j'invente un demi-mensonge. Je lui explique que nous allons faire une surprise à Hugo pour le remercier d'être venu. Papy et moi devons d'abord passer chez le docteur pour s'assurer que le bébé va bien, et au retour, nous commanderons des hamburgers pour dîner tous ensemble. Mais tout ne se passe pas exactement comme je le souhaiterais. Si Rose valide le Mac Do, elle ne voit pas le rapport avec le bébé et pourquoi je devrais voir un médecin. Je m'enfonce un peu plus dans mon mensonge.

- Tu sais, il était tellement content d'être à ta fête, tellement fier de voir danser sa grande sœur, qu'il a voulu faire pareil dans mon ventre. Mais j'ai l'impression qu'il n'arrive plus à s'arrêter…
- Ça te fait mal ?
- Un peu, mais ne t'inquiète pas…
- J'en ai déjà marre de lui ! Il est pas gentil ! Moi, je te fais pas mal.
- Ce n'est pas vraiment lui qui me fait mal, ma puce. Je t'expliquerai quand tu seras plus grande. Mais sache que quand tu étais dans mon ventre, c'était la même chose. Je te

promets que tout va bien. On fait le plus vite possible et je te ramène des frites.

Je m'en veux de lui faire une telle promesse. Je ne sais pas du tout si je vais pouvoir la tenir. Je ne la sens pas du tout convaincue, mais l'idée de rester toute seule avec son tonton et de manger des hamburgers semble faire passer la pilule. Je vais chercher mon dossier, et c'est crispée par une nouvelle contraction et l'angoisse, que je monte dans la voiture de mon père. Le trajet se passe en silence. Nous sommes tous les deux conscients que les prochaines heures s'annoncent déterminantes pour moi et le bébé.

À l'arrivée aux urgences, je suis très vite prise en charge. La présence de mon père, médecin, et la violence de mes contractions à trois mois du terme leur font prendre mon cas très au sérieux. On m'installe dans un box individuel, Papa est autorisé à rester avec moi. J'ai droit à une prise de sang et on me met sous monitoring. Depuis maintenant une heure, il enregistre les mouvements de mon utérus. Lorsque la gynécologue de garde et l'échographiste débarquent tous les deux, je n'en mène pas large. Ils me font subir un véritable interrogatoire. Je réponds du mieux que je peux et mon père n'hésite pas à compléter quand cela lui semble utile. Lorsque le sujet du papa est abordé, je vacille, mais j'ai la chance d'être tombée sur deux médecins très empathiques qui me laissent le temps nécessaire pour raconter mon histoire. Puis je leur parle du démarrage compliqué de cette grossesse. Vient ensuite l'examen médical. Mon père sort. Je me sens alors profondément seule. Je ferme les yeux pour essayer de m'évader, mais des larmes coulent malgré moi. La voix de la gynécologue me ramène à la réalité.

- Bon, l'examen est plutôt rassurant. Les contractions sont puissantes, mais je ne note pas de modifications au niveau du col de l'utérus. Il me paraît bien fermé. On va vérifier avec une échographie comment va le bébé.

Je respire déjà un peu mieux. L'énorme poids qui pesait sur ma poitrine s'est allégé. Je ne suis pas totalement rassurée, mais une menace d'accouchement prématuré semble écartée. Je demande :

- Est-ce que mon père pourra revenir pour l'échographie du bébé ?
- Bien sûr, j'irai le chercher.

Le reste de l'examen se passe dans la bonne humeur. Les observations faites par l'échographiste confirment le premier bilan établi par la gynéco.

- Prête pour voir votre bébé ? Je vais chercher le grand-père !

J'acquiesce, mais je suis tout à coup tout émue à l'idée de présenter mon fils à mon père. Une idée me traverse la tête. Il entre sans savoir ce qui l'attend. Il me regarde, regarde l'écran, puis me regarde à nouveau.

-   Papa, je te présente ton petit-fils.

Son émotion rejoint la mienne. Il s'approche de moi et me prend la main. Nous partageons un instant très particulier, et c'est le moment que je choisis pour me lancer. Je me tourne vers l'image de mon fils et je dis :

-   Martin, je te présente ton grand-père.
-   Martin, murmure-t-il.
-   Oui, le masculin de Martine. Je dois bien ça à Maman.

Mon père s'écroule en larmes dans mes bras.

Le port de Jard est animé en ce 14 Juillet. Les touristes et les locaux se sont donné rendez-vous sur le petit remblai. Un orchestre joue des airs de musette. Ça danse par-ci, par-là. L'ambiance est bon enfant. Il fait chaud mais, heureusement, la température n'est pas écrasante. Des odeurs de churros et de gaufres flottent dans l'air et se mélangent à celles de la mer et de l'après-soleil. Je suis assis sur le muret qui borde les pontons, une main posée fermement dans le dos de Rose, qui n'arrête pas de gigoter. Elle est assise entre sa mère et moi et attend impatiemment le feu d'artifice.

Je profite de ce doux moment mais ne laisse pas s'exprimer mon bonheur. Je ne me le permets pas, pas devant ma fille. Par respect pour elle et la douleur que génèrent toutes ces premières fois sans son mari. Je l'observe du coin de l'œil. Régulièrement, son regard se floute, se perd dans les vagues, ses mâchoires se crispent, et une main discrète essuie une larme. Depuis six ans qu'elle partageait la vie d'Antoine, ils avaient leur rituel. À chaque fête nationale, ils venaient à la maison et partaient, main dans la main, rejoindre le port et les rares amis que Mathilde avait conservés ici. Je n'y étais pas convié, et je préférais de toute façon rester chez moi. Martine et moi avions des années durant partagé la même tradition. La vivre sans elle n'avait jamais eu aucun sens depuis son départ.

Mais ce soir, j'étais là, accompagné de ma fille et ma petite-fille. Beaucoup de mes patients me saluaient et s'attardaient sur le tableau que nous offrions. Si j'étais fier de leur présenter ma famille, je savais que beaucoup d'entre eux avaient entendu parler du drame qui nous avait frappés. Dans leur regard, je lisais souvent de la compassion mais parfois de la pitié. Sentiment que Mathilde avait en horreur et dont je voulais la protéger. Je m'arrangeais alors pour abréger la discussion. Assis dos à la foule, nous étions maintenant tranquilles.

Ma fille vit à la maison depuis deux semaines. Ordre de rien faire ! Les médecins ont été catégoriques à l'hôpital. Mathilde doit se reposer si elle veut finir sereinement sa grossesse. Selon eux, si une menace d'accouchement prématuré a été écartée, l'alerte est sérieuse. Pas de doute qu'il s'agisse des conséquences d'un surmenage. Ils lui ont prescrit un arrêt jusqu'à ses vacances, tout en la préparant à l'idée qu'elle ne reprendrait pas le travail avant son congé maternité. La nouvelle a été rude, difficile à avaler pour ma fille, mais elle a dû se rendre à l'évidence. C'était ça ou elle mettait la vie du bébé en danger. Cette phrase a suffi à la faire revenir à la raison. La gynécologue a préconisé qu'elle reste allongée au maximum. Elle n'a donc pas d'autre choix que de se faire aider. Rose a terminé son année scolaire un peu plus tôt. Le temps de s'organiser, deux jours seulement après ce fameux dimanche, elles ont débarqué à la maison.

Ma fille a tenu à faire un petit tour à la maison de retraite avant de partir. Au-delà de toute conscience professionnelle, elle ressentait surtout le besoin de dire au revoir à ses petits pensionnaires. Elle avait l'impression de les abandonner et voulait absolument qu'ils sachent qu'elle pensait à eux et qu'elle reviendrait dès qu'elle le pourrait. Je retrouve bien là ma fille. Cette adolescente si bienveillante que j'avais perdue à l'aube de ses quinze ans. Dès son plus jeune âge, Mathilde avait preuve d'une grande maturité dans son rapport à l'autre. Toujours à l'écoute, ne supportant pas que les gens soient tristes, cherchant à faire le bonheur autour d'elle. Je suis sûr qu'elle n'avait rien perdu de tout cela pendant toutes ces années, mais je ne le voyais plus. Les rapports que nous entretenions étaient bien trop tendus pour que je puisse avoir accès à cette partie de sa vie. Lorsqu'elle me parlait de son travail, et c'était rare, elle s'en tenait à des discussions d'ordre médical. Jamais elle n'abordait la manière dont elle nouait des liens avec les résidents. Tant de choses ont changé en cinq mois… Je n'ai pas seulement retrouvé ma fille. J'ai consolidé les liens avec ma petite-fille, ressoudé ma famille et je vais être grand-père d'un petit Martin.

Quel choc, cette annonce, quand j'y repense ! Non seulement je ne m'attendais pas à ce que Mathilde me fasse l'honneur de rencontrer ce petit bonhomme, mais encore moins qu'elle me mette dans la confidence de son futur prénom. Quant au choix, je crois qu'elle n'aurait pas pu me faire plus plaisir. Elle s'en doutait d'ailleurs et était sûre de son effet. Quand je me suis écroulé en pleurs dans ses bras, elle m'a serré très fort et m'a soufflé « Ça va aller, Papa, c'est fini ! ». Et j'ai compris. J'ai compris, à travers cette petite phrase, que le choix de ce prénom signait son pardon. Les médecins se sont retirés, conscients qu'il se passait quelque chose de fort entre moi et ma fille, et nous avons pleuré, longuement ; de joie que ce petit être aille bien, de bonheur de nous être retrouvés. J'ai bien conscience qu'il reste un peu de distance, mais je sais, je sens, que le temps va faire le reste.

J'aimerais garder Mathilde auprès de moi jusqu'à la naissance du bébé, mais elle dit que c'est impossible. Elle conserve l'espoir de reprendre le travail, et Rose ne peut pas louper la rentrée des classes. Je lui ai suggéré de venir s'installer ici définitivement, mais elle n'est pas prête. Son non n'est plus aussi catégorique qu'avant mais c'est encore trop tôt. Je comprends. Elle ne peut pas prendre la décision de changer de vie moins de six mois après la mort de son mari. Elle me parle de sentiment d'abandon, de trahison. Elle n'a pas tort. Et puis, il reste encore un certain nombre de choses à traiter. Le procès du chauffard arrive bientôt, et elle veut vivre ça chez elle. Elle a besoin que sa fille et elle soient reconnues victimes de ce drame. Elle veut affronter cet homme. Le regarder droit dans les yeux et lui dire tout ce qu'il a détruit. Je ne sais pas si c'est souhaitable.

De mon côté, j'envisage de passer mes trois semaines de vacances chez elle. Cela coïnciderait avec la fin de sa grossesse, ce qui la soulagerait et lui permettrait de ne pas stresser si je suis là pour garder Rose. Elle n'est pas d'accord, m'oppose une fin de non-recevoir. Elle dit que je dois me reposer et que ce ne serait pas de vraies vacances. Moi, je suis prêt à le faire. Pour une fois dans ma vie, depuis très longtemps, je me sens utile pour ma famille, ça vaut bien ce sacrifice !

Les lumières s'éteignent. La foule pousse un cri de joie. La première fusée traverse le ciel et des millions de points roses éclaboussent illuminent la nuit noire. Ma petite-fille se bouche les oreilles. Je sens son petit corps se tendre et venir se blottir contre moi.

Si ce n'est pas le bonheur, ça y ressemble un peu !

Rose

Aujourd'hui, c'est une super journée ! Je vais manger chez Thomas et Lucie ! Ça va être trop bien. Ça fait longtemps que je les ai pas vus ! Je suis bien chez Papy Zorze mais mes copains me manquent. Surtout mon *namoureux* ! J'espère qu'il ne m'a pas oubliée. Je lui ai fait un gros bisou avant de partir de l'école pour lui dire que je l'aime.

Maman, elle a un rendez-vous pour le bébé, alors je vais l'attendre chez eux. J'aurais bien voulu aller avec elle mais elle a dit non. Je suis un peu triste quand même parce qu'elle va chez le docteur qui a la machine pour voir les bébés à travers le ventre. Sa copine Charlotte, elle a le droit, elle. Elle a trop de chance ! Moi, je dois attendre qu'il sorte. Même si je suis pas trop pressée, j'aimerais bien savoir à quoi il ressemble. Et puis, je m'ennuie des fois, alors, même s'il est pas très gentil, je pourrai jouer avec lui. Tiens, je me sens toute fatiguée… Ça fait toujours ça quand je suis en voiture. Je regarde dehors et je sens mes petits yeux qui piquent, j'arrive plus à les ouvrir. J'essaie d'être la plus forte mais c'est toujours eux qui gagnent.

Quand je me réveille, on est presque arrivées à la maison. C'est bizarre parce que c'est pas la route pour aller chez Thomas… Maman parle au téléphone avec Charlotte, elle n'a pas l'air contente. Je l'entends dire qu'elle comprend mais que ça l'ennuie. Elle ne veut pas que je sois là, elle dit à Charlotte. Bon beh, je crois que j'avais raison. Maman, elle va bien se débarrasser de moi. Peut-être que je vais rester chez Thomas et Lucie pour toute la vie ? Moi, j'aime bien leur maman, mais c'est pas la mienne. C'est encore à cause du petit frère ! Maman, elle arrive pas à faire de la place pour deux dans son cœur, si ça se trouve. La petite boule dans ma gorge, elle regrossit d'un coup. Pourtant, grâce à Olivia, elle avait toute diminué. Maman raccroche.

- Tu es réveillée, mon puceron ?

Je vais rien lui dire, autrement Maman, elle va être triste, et moi, j'aime pas ça.

- Oui, j'ai fait un petit dodo pour être en forme quand je serai chez mes copains !
- Ma puce, je suis désolée, mais tu ne verras pas Thomas et Lucie aujourd'hui.

Quoi ? Je suis pas d'accord du tout là ! C'est quoi cette histoire ?

- Si ! C'est toi qui me l'as dit !
- Je sais Rose mais Lucie a attrapé la varicelle. Et toi, tu ne l'as pas eue.
- Mais c'est pas grave. Moi, je veux bien la vari…
- C'est une maladie dangereuse pour les mamans qui attendent un bébé. Je ne veux pas prendre de risques pour ton petit frère.

Encore à cause de lui ! J'en ai vraiment marre de marre, ça commence à suffire !

- Je le déteste ! Je veux aller chez Thomas et Lucie !

- Je comprends, mon ange, mais ce n'est pas possible. Lucie a beaucoup de fièvre, de toute façon. Elle ne pourrait pas jouer avec toi.

- Mais je jouerai avec Thomas !

- Non, Rose ! Je suis désolée mais c'est non. La varicelle est une maladie très contagieuse, ça veut dire qu'elle s'attrape très facilement. Thomas va sûrement l'attraper lui aussi.

- C'est grave ?

- Pour les enfants, non.

- Il va mourir, lui aussi ?

- Mais non ! Rassure-toi. Ils vont avoir des petits boutons qui grattent partout, et après ils seront en pleine forme. Je te promets que, dès qu'ils seront guéris, je proposerai à Jeanne, leur maman, de venir passer une journée à la mer avec nous.

- Je vais rester toute seule, alors ?

- Quand ma puce ?

- Quand tu seras chez le docteur ?

- Bien sûr que non ! J'en ai discuté avec Charlotte. Elle restera en salle d'attente avec toi pendant le rendez-vous, et après on ira chercher Noé et Lisa à la crèche et au centre aéré. On prendra le goûter tous ensemble. Ensuite, on rentrera à la maison toutes les deux. Si tu es sage pendant mon rendez-vous, on passera au Mac Do et on se fera une soirée filles. On repartira chez Papy Georges demain matin.

- Youpi !

Je suis quand même un peu triste de ne pas voir mes copains, mais j'aime bien Noé et Lisa. Ça va être bien de jouer avec eux. Noé, il a le même âge que moi. J'ai vu une photo de Charlotte et Maman quand on était dans leurs *bidous*. Elles avaient toutes les deux un gros ventre.

Je suis assise sur les genoux de Charlotte dans la salle d'attente. Elle me lit une histoire en attendant Maman. Elle raconte bien. Elle fait toutes les petites voix, j'adore ça. Papa aussi, il faisait comme ça. Quand il imitait le loup, j'avais un peu peur de sa grosse voix, mais après il me dévorait toute crue avec ses bisous et je rigolais très fort. Il me manque mon papa…

Tiens, il y a un monsieur qui vient nous voir. Je le trouve un peu bizarre, je crois pas qu'il *est* gentil… Je me cache dans le cou de Charlotte. J'ai pas très envie qu'il me parle.

-   Bonjour, est-ce qu'il y a une petite fille qui s'appelle Rose, ici ?

Comment il connaît mon prénom, lui ? Je m'enfonce encore plus dans les bras de Charlotte.

-   Je crois que oui, répond Charlotte.

Pourquoi elle lui dit ?

-   J'ai un message pour elle. Il y a un petit frère dans la pièce d'à côté qui aimerait lui dire bonjour.

Alors là, j'y crois pas ! Je peux pas m'empêcher de relever la tête et de regarder ce monsieur. Il a pas l'air si méchant, en fait. Il me sourit et a des yeux qui brillent. Papa, il appelait ça, « les *œils* pleins de malice ».

- C'est toi, Rose ?
- …
- Tu veux bien venir avec moi ? Ta maman m'a demandé de venir te chercher. Elle a quelqu'un à te présenter.

Je regarde Charlotte et je ne sais pas quoi faire.

- Tu veux que je vienne avec toi ? Je peux, Docteur ?
- Bien sûr, Madame, j'allais vous le proposer.

Je tiens fort la main de Charlotte mais j'ose pas avancer. Il fait presque noir et moi, j'aime pas le noir. En plus, Doudou Lapin, il est pas venu avec moi pour me donner du courage. Maman est allongée sur un lit tout pas grand. Son gros ventre est à l'air ! Il y a plein de machines autour d'elle et une drôle de télé qui marche pas. J'entends un bruit bizarre. Ça fait des petits « booms », très vite.

- Avance, ma puce, n'aies pas peur. Tout va bien.
- T'es malade ? Tu as mal ?

Maman rigole et me tend la main.

- Non, ma chérie, ça ne fait pas mal du tout. Approche, le docteur va te montrer quelqu'un.

- C'est quoi ce bruit ?

- C'est le cœur de ton petit frère qui bat. Ça fait bizarre, non ?

- …

Le docteur s'est approché de Maman et il a allumé la télé. Il met un produit sur son ventre et il prend un drôle de truc. Beurk, ça glisse sur le ventre. Mais qu'est-ce qui se passe ? Je vois un truc qui bouge sur la télé. Ça gigote dans tous les sens. Je me sens toute drôle d'un coup. C'est comme si j'étais toute seule dans la pièce. J'entends plus rien, je vois plus rien. Juste un drôle de bébé dans la télé. J'arrive plus à regarder rien d'autre.

- Tu le vois, là, ton petit frère ? Tu vois comme il bouge ?

- …

- Ça va, Rose, tu ne dis plus rien ?

- …

- Je crois qu'elle est fascinée votre fille.

- Je crois, oui. Je peux vous assurer que c'est rare de ne pas l'entendre, rigole Maman.

- Rose, tu es contente ou pas ? Tu veux bien me dire ce que tu ressens ?

Je peux pas parler. Ma boule de gorge est là. Mais c'est pas la même. Je regarde mon petit frère et j'ai peur. J'ai peur parce que je crois que je vais l'aimer !

<u>**Mathilde**</u>

J'entame ma troisième et dernière semaine de vacances. Pour la première fois depuis des mois, j'ai vraiment l'impression de réussir à me reposer. Rose est chez ses grands-parents pour quelques jours. J'ai cédé devant l'insistance de ma belle-mère. La séparation a été difficile. Pour Rose comme pour moi. Ma fille adore sa grand-mère mais elle a eu peur de me quitter. Quant à moi, j'avoue que depuis le départ d'Antoine, j'ai beaucoup de mal à me détacher de ma fille. Pourtant, je sais qu'elle est bien là-bas et qu'il est important que les liens avec ses grands-parents paternels soient entretenus. Ils en ont besoin. La perte de leur unique enfant les plonge dans une telle souffrance ! Malheureusement, je sais aussi que la manière dont ils vont lui parler de leur fils sera empreinte de leur chagrin. Et ce n'est pas ce que je veux pour elle. Ici, quand le souvenir d'Antoine s'invite, il est joyeux. Bien sûr, Rose a le droit, et elle le prend, d'exprimer sa tristesse, mais j'essaie au maximum de dissocier le chagrin de la perte du souvenir du papa merveilleux qu'il a été et qu'il restera dans son cœur. Mes beaux-parents n'en sont pas encore là, et je redoute toujours les moments passés avec eux. Je me pose beaucoup de questions sur la suite de nos relations et le fossé qui risque de se creuser s'ils restent enfermés dans leur chagrin. Nos liens n'étaient pas mauvais mais pas assez proches pour que je vois en eux un soutien solide. Je ferai ce qui est nécessaire pour que mes enfants continuent de les voir, mais il faudra que leur attitude change. Ce que je comprends et accepte aujourd'hui ne sera pas tenable sur des années. En attendant, j'ai fait en sorte que Rose puisse y passer un petit moment. Cela me permet de me reposer mais ma fille me manque.

Nous nous appelons tous les soirs. Mamie Lou me dit que sa petite-fille est adorable. Elle dort bien, mange de tout. Bref, tout se passe bien. Ensuite, Rose me raconte sa journée et elle paraît toujours très enjouée par les activités qu'on lui propose. Mon beau-père a l'air un peu ronchon, mais rien de bien nouveau. Je l'ai toujours connu comme ça. Antoine et son père étaient aux antipodes. Le soleil versus la nuit ! Le moment de raccrocher est plus délicat. Rose le fait traîner en longueur et j'ai du mal à l'arrêter. Elle prend le moindre prétexte pour continuer la conversation. Les « Je t'aime, ma maman d'amour » ponctuent chacune de ses phrases. Et puis, chose très nouvelle, Rose me demande des nouvelles de son frère. Elle veut que je lui fasse une caresse de sa part. L'échographie a vraiment tout changé. Je ne voulais pas qu'elle partage ce moment avec moi, car s'il y avait eu le moindre problème pour le bébé, les conséquences auraient été terribles. Mais lorsque le médecin m'a dit que tout était parfait et qu'il m'a proposé de faire entrer ma fille, je me suis dit que ce serait une vraie opportunité pour tester les véritables sentiments de Rose à l'égard de son frère. C'était un peu quitte ou double, un moyen de savoir où elle en était dans l'acceptation de la grossesse. Elle en parlait peu mais ne ratait pas l'occasion de râler sur sa venue et, surtout, sur la place qu'il allait prendre. La rencontre a été magique. Mon moulin à paroles est resté sans voix. Et cela, longtemps après l'examen. Toute la soirée, elle a paru troublée. Je n'arrivais pas vraiment à savoir ce qu'elle ressentait. Au moment du coucher, je l'ai prise dans mes bras et lui ai simplement posé la question :

- Alors, mon ange, comment tu l'as trouvé ton petit frère ?
- Il a une drôle de couleur dans la télé.

J'ai rigolé.

- C'est normal, c'est l'écran qui fait ça. Mais sinon, qu'est-ce que tu en penses ?
- Il bouge beaucoup, je trouve. Et il va faire du bruit dans la maison avec son cœur qui fait « boom » tout le temps.
- Le tien fait pareil ma puce, c'est juste que là, on l'entend dans la machine. Quand il sera sorti du ventre, on ne l'entendra plus.
- …
- Ma question, ma puce, ce n'est pas vraiment comment tu le trouves, mais plutôt comment tu t'es sentie, toi, quand tu l'as vu ?
- Je sais pas…
- Moi, je crois que tu sais. Tu as le droit de me le dire, mon ange, je ne me fâcherai pas. Tu sais, j'ai bien compris ce que tu m'as expliqué l'autre jour. Tu attends qu'il arrive, après tu décideras si tu l'aimes ou pas.

- C'est bien ça le problème !

- Comment ça ?

- J'ai peur maintenant que je l'ai vu.

- Mais tu as peur de quoi ?

- Je crois que je vais l'aimer…

- Et beh alors, c'est super !

- Beh non ! Si je l'aime, je pourrai pas le fâcher s'il prend toute la place dans ton cœur ! S'il fait des bêtises, on pourra pas le redonner !

- Ma puce, je t'ai déjà expliqué tout ça. Il y a de la place pour vous deux dans mon cœur et on ne peut pas abandonner un bébé sous prétexte qu'il fait des bêtises. Ça ne marche pas comme ça. Quoi qu'un enfant fasse, sa maman l'aime. Ce n'est pas lui qu'elle gronde mais son comportement.

- Alors c'est sûr, on va vivre tous les trois ?

- Oui, ma puce, tous les trois, et tout va bien se passer.

- Et si j'y arrive pas, moi ?

- Si tu n'arrives pas à quoi ?

- À être la super grande sœur que Papa, il disait ?

- Fais-lui confiance mon ange, et surtout fais-toi confiance. Tu vas y arriver.

Quand je repense à cette conversation, je m'étonne toujours de sa maturité, de son niveau de réflexion. Rose est mon premier enfant, je ne peux donc pas comparer pourtant ses réflexions me semblent toujours très décalées par rapport aux enfants de son âge que je rencontre. Je sais que la mort de son père l'a fait grandir d'un coup, mais elle a toujours été comme ça. Elle a parlé très tôt et, dès sa naissance, son regard interrogeait le monde. Olivia pense que Rose présente un haut potentiel intellectuel. Sa vivacité d'esprit, son langage très développé et sa grande sensibilité l'amènent régulièrement à émettre cette hypothèse. Elle dit qu'il n'y a pas d'urgence à la tester. Rose a bien d'autres problèmes à régler. Et puis elle ne s'ennuie pas à l'école, a beaucoup d'amis, alors on va la laisser avancer à son rythme. N'empêche, elle m'épate et je suis tellement fière d'être sa maman.

Pour l'heure, je suis censée reprendre dans une semaine, or je sens bien que ça ne va pas le faire. J'ai normalement huit jours à assurer avant mon congé maternité. Je voulais en profiter pour dire au revoir à mes petits anciens. J'ai échangé avec ma cadre à ce sujet. Si le docteur prolonge mon arrêt, ce que je crains, je viendrai prendre le goûter avec eux un après-midi. Ils me manquent. Ils font partie des raisons pour lesquelles je ne veux pas quitter mon poste et venir m'installer ici. Mon père me laisse tranquille avec ça, il a compris et respecte. Finalement, ça me permet de l'envisager plus sereinement, mais pas pour tout de suite. J'ai besoin qu'un certain nombre de dossiers soit réglé. Financièrement, j'attends les premières indemnisations liées à l'accident pour y voir plus clair et prendre des décisions concernant la maison. Je pensais que le procès serait plus rapide. On me parle en réalité de dix-huit mois à deux ans avant que cela ne soit jugé au pénal ! Dans l'immédiat, des sommes forfaitaires vont m'être versées par les assurances. Ça me permettra de voir venir et peut-être d'envisager de quitter Nantes pour venir m'installer ici, près de mon père et de mon frère. Ils sont si présents pour moi.

Je n'aurais jamais cru vivre un été comme celui-ci. Il aura fallu la mort d'Antoine. Si je suis là, c'est quand même à cause d'elle, elle ne m'aura pas apporté que du mauvais. Quel dommage qu'il ne soit plus là pour partager tous ces moments. Les soirées sur la terrasse, au bord de la piscine, les discussions à n'en plus finir quand Rose est couchée. Et les rires... Car oui, même si un sentiment de culpabilité me rattrape parfois, je me surprends à rire de nouveau. Les moments sont brefs et mon chagrin n'est jamais très loin, mais je commence à comprendre ce que la psychologue de Rose lui a expliqué. On peut être profondément triste mais on ne doit pas s'empêcher de ressentir les autres émotions. Elles peuvent cohabiter.

Je pense aussi que mon bébé m'aide. Il m'oblige à revenir dans la vie quand le désespoir m'envahit. Un coup de pied bien placé me ramène à la réalité. Dure, certes, mais pas que... Ce petit être, je l'aime d'amour ! Si le quotidien me fait toujours aussi peur quand je pense à l'après, mes doutes sur les sentiments que je saurais ou non lui porter se sont envolés. Je peux maintenant rassurer Rose avec force et conviction, et cela fait toute la différence.

Lui trouver un prénom a aussi été un moyen de le rendre encore plus réel. J'ai cherché longtemps. La tentation de l'appeler

Antoine avait été forte, mais je savais que cela aurait été pire que tout. Mon père avait su m'alerter sur le fait que cet enfant ne devait pas porter l'héritage de son père comme un fardeau. On n'empêchera pas les gens de chercher les ressemblances, alors un prénom commun, même dérivé, était la plus mauvaise idée qui soit. Un soir où j'étais seule, où je me creusais la tête, où j'oscillais encore entre le bonheur de devenir mère et la peur de ne pas savoir accueillir cet enfant, j'ai levé la tête vers le ciel. De désespoir, j'ai crié « Maman, aide-moi ! Tu ferais quoi, toi, à ma place ? ». Le silence a été assourdissant, il a fait raisonner son absence et la solitude dans laquelle elle m'avait laissée en partant bien trop tôt. Je me suis sentie tellement en colère contre elle ! Pour la première fois, je me suis autorisée à l'exprimer « Putain, merde Martine, t'as déconné ! ». Pourquoi je l'appelais par son prénom ? Pour ne pas abîmer le souvenir de ma maman ? Pour mieux l'engueuler ? Je m'en voulais de l'avoir fait, mais en même temps, je me sentais soulagée. Les propos de la psychologue que j'avais vue dans le passé, son discours sur ma prétendue colère étaient donc vrai. Longtemps dans la soirée, le « putain, Martine » est revenu trotter dans ma tête. Puis le « putain » a disparu, le « Martine » est resté et le « Martin » est apparu. Quel plus bel hommage pouvais-je lui faire que d'appeler son petit-fils comme elle ? J'aimais ce prénom, et le seul petit Martin que je connaissais était adorable. Cela peut paraître débile pourtant c'est important pour moi. Je n'aurais jamais pu appeler mes enfants par le prénom d'une personne que je déteste. Je m'étais laissée quelques jours de réflexion, mais pour moi, Martin était le prénom parfait. Il me tardait de l'annoncer à mon père, car je savais qu'il le recevrait comme un cadeau. Je n'ai pas été déçue.

À ce propos, même si j'ai ordre de ne rien faire, il faut que j'aille préparer le déjeuner. Papa rentre tous les midis du cabinet pour que je ne sois pas seule toute la journée. Il fait beaucoup d'heures, et à son âge, je ne trouve pas ça raisonnable. J'aimerais qu'il prenne plus soin de lui, mais visiblement, sa priorité du moment, c'est plutôt moi et ma fille ! Il veut se racheter, rattraper le temps perdu. Même s'il est conscient que ce n'est pas possible, il essaie. Je lui en ai tellement voulu par le passé de ne pas être là que je ne peux rien dire.

<u>**Georges**</u>

J'erre dans la maison. Elle me semble si vide, si silencieuse. Je m'étais habitué à la présence discrète de Mathilde et aux tourbillons de Rose. Toutes les belles choses ont une fin. Il y a longtemps que je n'avais pas passé un si bel été, en tout cas. Mais depuis deux semaines, elles sont rentrées chez elles, et ma petite-fille a repris le chemin de l'école lundi. Pour ma part, je suis en vacances demain soir. Je dois les passer chez ma fille en espérant que petit Martin pointe le bout de son nez plus tôt pour que je puisse gérer Rose pendant le séjour à la maternité. J'ai dû batailler ferme pour parvenir à mes fins. Ma fille s'opposait à ma venue. Elle voulait que je me repose. Mais je soupçonne que son besoin de prouver au monde entier qu'elle est capable de gérer toute seule fasse toujours de la résistance.

Ce week-end, elle m'a appelé en pleurs. Cela faisait un moment que cela n'était pas arrivé. Sa semaine seule avec Rose avait été catastrophique. La petite a beau avoir beaucoup progressé, l'arrivée imminente de son frère, le retour à la maison après quasiment deux mois ici, et la rentrée prochaine ont eu raison de son comportement. La gestion des émotions n'était déjà pas son fort, mais là, je crois qu'elle a battu des records. Beaucoup de caprices, d'exigences auxquelles Mathilde ne peut pas répondre et qui engendrent de grosses colères. Ce soir-là, ma fille a eu besoin que je rappelle à Rose que le chef de la maison c'était Maman, et que non, on ne mangeait pas ses pâtes en mélangeant du Ketchup et du Nutella. Elle n'était pas très fière d'en arriver à menacer sa propre fille de téléphoner à son grand-père si elle ne se calmait pas. Mais ç'a a été d'une efficacité redoutable. Après une petite discussion avec Rose, où j'ai pu lui dire tout le mal que je pensais de son comportement, la soirée s'est *a priori* mieux terminée. Une fois couchée, Mathilde m'a rappelé pour me dire merci. Elle m'a avoué aussi son épuisement et sa peur d'avoir eu un peu trop confiance en pensant qu'elle s'en sortirait toute seule. Le bébé prend beaucoup de place, elle voit bien qu'elle est de plus en plus limitée dans ses gestes. Elle est essoufflée au moindre mouvement, et Rose en profite en la faisant courir derrière elle.

- Pourquoi je n'y arrive pas, Papa ? Antoine n'avait qu'à lever la voix pour se faire entendre. Il trouvait toujours les mots. Ça avait l'air si facile pour lui ! Moi, je dois crier pour tout. Tout le temps. Répéter chaque consigne, elle m'épuise…
- On en déjà discuté, Mathilde. Ça ne sert à rien de comparer à avant. Quand Rose avait un papa… Quand elle n'avait pas une maman enceinte… Quand elle n'allait pas être grande sœur. Rien n'est pareil dans sa vie, alors pourquoi voudrais-tu qu'elle se comporte comme avant ?
- Je sais tout ça, mais ce n'est pas une raison. Est-ce que je vais y arriver un jour ?
- Un jour, oui, mais pas tout de suite. Je sais que la patience n'est pas ton fort. Pour Rose non plus d'ailleurs. Je te dirais que les chats ne font pas des chiens. Laisse-lui le temps. Il

risque d'y avoir encore un peu de tempête jusqu'à ce que vous trouviez votre rythme, elle, toi et le bébé.

- Mais je ne tiendrai pas…

- Si, tu tiendras, comme tu as toujours tenu. Je serai là. Ton frère sera là. Tu n'es pas seule, Mathilde. Même tes beaux-parents peuvent être un relais pour toi. Ils n'attendent que ça.

- Comment tu le sais ?

- Ils m'ont appelé, l'autre jour. Louise et Clément avaient besoin de savoir comment tu allais vraiment.

- Pourquoi ne me l'ont-ils pas demandé directement ? Pourquoi ne m'en as-tu pas parlé ?

- Parce que tu l'aurais mal pris, parce que je sais que tu détestes que les gens s'inquiètent pour toi. Mais ce n'est pas le débat. L'urgence, Mathilde, c'est que tu déposes les armes. Non pas parce que tu as perdu la bataille, mais parce que tu ne peux pas mener le combat seule. Un soldat a besoin de son armée. Laisse-nous être ta troupe. Nous n'avons pas perdu un mari, mais nous avons perdu un fils, un beau-fils, un beau-frère, un…

- Stop, Papa, arrête, j'ai compris. Que me proposes-tu ?

- De te laisser porter. D'accepter ma proposition. Je m'installe chez toi pour les trois prochaines semaines. Je finis la chambre du bébé, je m'occupe de Rose en dehors de l'école, et toi, tu te reposes. Tu ne peux pas te permettre d'arriver fatiguée à ton accouchement.

- Mais si le bébé n'arrive pas avant la fin de tes congés ?

- On avisera, ne mets pas la charrue avant les bœufs.

- Deux expressions sorties tout droit du passé en quelques phrases ! Tu fais fort !

- Quoi ? Qu'est-ce que tu racontes ?

- Rien, t'inquiète…

- De toute façon, Hugo sera de retour à Nantes mi-septembre. Il reprend la fac à ce moment-là. Il viendra s'installer chez toi s'il le faut, si ça te rassure.

- Je ne peux pas lui demander ça ! Il a vingt-deux ans, il a autre chose à faire !

- Tu t'es posé la question, toi, il y a quinze ans, quand il a fallu remplacer sa mère au pied levé ? Tu étais à peine entrée dans l'adolescence. Tu avais toute la vie devant toi. Au lieu de sortir avec tes copines, tu restais à la maison pour t'occuper de lui, parce que ton père en était incapable.

- Justement, je ne veux pas reproduire l'histoire.

- Mais ce n'est pas la même histoire ! C'est un jeune adulte à qui on demande de venir garder sa petite nièce qu'il adore, le temps que sa sœur, veuve, puisse mettre au monde un enfant, orphelin de père…

- Ah oui, là carrément, on arrive au XIXe avec Victor Hugo ! Mon deuxième prénom, ce n'est pas Cosette, par hasard ?

Nous avons éclaté de rire. J'adore l'humour de ma fille. Qu'elle puisse me chambrer comme ça, alors qu'il y a dix minutes, elle pleurait sur son sort, montre toute sa capacité de résilience. Son fort caractère l'a toujours aidée, et elle venait de m'en donner une nouvelle preuve ce soir. Elle ne se laissait jamais abattre, quelle que soit la difficulté. J'espérais surtout que notre conversation l'avait fait réfléchir et voir la situation sous un autre angle.

-   C'est d'accord, Papa, je veux bien que tu viennes.

Voilà, c'est officiel, j'ai repris ma place ! Mon enfant me demande de l'aide. J'espère être à la hauteur… Les conseils que je donne à ma fille, je vais commencer par me les appliquer à moi-même. Je vais me laisser porter, faire de mon mieux. Être là, tout simplement. Plus qu'une journée de travail, et je pars les rejoindre. Rose m'attend avec impatience. Elle a soi-disant plein de choses à me raconter. Sa nouvelle maîtresse, ses retrouvailles avec Thomas et la moyenne section, qui est trop « *fastouche* ». Elle prévoit de jouer au papa et à la maman. Je sens que je ne vais pas m'ennuyer et que mes vacances ne vont pas être de tout repos. Ma fille m'avait prévenu !

Rose

Alors là, j'ai plein de choses à vous dire. Déjà, je trouve ça trop bizarre. Ma maman, elle va pas au travail. Mon Papy Zorze, il est en vacances dans ma maison, mais moi, je dois quand même aller chez Tatate Nicole après l'école. J'ai demandé pourquoi, Maman m'a répondu « Parce que ! ». Moi, quand je dis ça, on me dit « C'est pas une réponse » ! Je comprends rien aux adultes. J'espère que jamais je deviendrai une adulte, moi. Un jour, ils disent que je suis très sage ; un jour, je suis pas gentille ! Faudrait savoir !

En tout cas, c'est rigolo d'avoir Papy à la maison. Maman elle peut se reposer en attendant que le bébé, il arrive. Son ventre, il arrête pas de gonfler, et des fois, il bouge tout seul ! Si, c'est vrai ! Même qu'il paraît que c'est mon petit frère qui fait le bazar dans son ventre. Moi, si je fais le bazar dans ma chambre, je me fais gronder, mais quand c'est lui, ça la fait rigoler ! Je suis pas sûre qu'on va être copains tous les deux. Mais ça me fait rire quand même. Maman, elle s'allonge sur son lit, elle remonte son tee-shirt, et je mets ma main sur son ventre. On attend mais, des fois, il se passe rien. Alors je colle ma bouche et je lui parle à travers le *bidou*. Maman dit qu'il me reconnaît. Quand je chante « Alouette, gentille alouette », il y a toujours un moment où mon petit frère, il me donne un coup. Maman dit qu'il est content, mais Papy dit que c'est parce que je chante comme une casserole ! Il dit « Je crois que tu lui casses les oreilles ! ». Après, lui et Maman, ils rigolent, mais pas moi. Je boude ! Quand je fais ça, Maman elle dit « C'est nouveau, on dirait une ado ! ». Je sais pas ce que c'est une ado, moi, mais j'ose pas demander, parce que ç'a pas l'air de lui faire plaisir.

J'ai le droit de bouder maintenant, j'ai quatre ans ! On a fêté mon anniversaire avec Papy Zorze, Hugo et Maman. Même Mamie Lou et Papy Clément sont venus. Ils m'ont offert plein de cadeaux et on a mangé un gros gâteau au chocolat ! C'était la première fois que Papa, il était pas à mon anniversaire. Ça m'a rendue triste. Quand ç'a été le moment de souffler les bougies, Maman, elle a demandé à Hugo de prendre une photo. Il a dit « Ouistiti ! » et je me suis mise à pleurer. Tout le monde s'est affolé. Personne ne comprenait. J'arrivais pas à expliquer. Et puis Maman, elle s'est souvenue. Mon papa, il m'appelait souvent « son ouistiti ». C'est la première fois que j'entendais ce mot depuis qu'il est parti. Ça a fait comme un boom dans mon cœur quand il l'a dit. Après, il a pas arrêté de s'excuser, mais je lui en veux pas moi, à Tonton Hugo.

N'empêche, c'est pas drôle que mon papa, il *était* pas là pour mon anniversaire. Quand j'en ai parlé aux copains, le lendemain à l'école, je crois qu'ils ont pas trop compris. Robin, il a dit « Moi aussi, mon papa, il était parti en voyage le jour de mes quatre ans ! ». J'ai rien répondu… Moi, mon papa, il est parti pour un voyage de toute ma vie. Jamais plus il sera là à mon anniversaire. Et j'ai peur d'oublier quand il était là. Maman, elle m'a fait un album avec toutes les photos de moi et Papa. Mais il y a déjà des choses que j'ai oubliées. Maman me dit que c'est normal, que je suis trop petite pour m'en souvenir. Ça me rend très triste. Alors elle me raconte. Comment je suis sortie de son ventre, comment mon papa, il était trop fier d'avoir une petite fille, comment il s'occupait de moi... Plein de petites choses qui me font du bien et du chagrin à la fois. Mais j'y pense ! C'est horrible ! Mon petit frère, lui, il aura pas de photos avec son papa, il aura pas des gâteaux d'anniversaire avec des bougies que son papa a allumées... J'avais jamais pensé à ça ! Faut que j'en parle avec Maman, ou plutôt avec Papy. C'est lui qui m'a expliqué comment retrouver mon papa dans mon cœur quand j'avais envie. Il va falloir qu'il trouve une solution pour le bébé. C'est sûr que je vais pas arriver à dormir avec cette idée dans ma tête. Il faut que j'aille demander à Papy.

- Papy !
- Dors, ma puce, il est tard maintenant !
- Mais j'ai une question !
- On verra ça demain. Il faut dormir maintenant. Il y a école dem...
- Oui, mais là, c'est urgent.
- Alors tu gardes tout dans un coin de ta tête, et tu me poseras ta question demain. Puis arrête de crier, tu vas finir par réveiller ta mère. Je ne veux plus t'entendre.

Voilà, je vous l'avais dit, ils sont pas marrants les adultes ! Il croit que c'est facile, Papy, de s'endormir avec des questions dans la tête ? Surtout que celle-là, elle est grave !

<u>Mathilde</u>

Mon père est là depuis bientôt trois semaines, et j'avoue que sa présence m'est précieuse. J'arrive bientôt à terme. Je me sens aussi agile et séduisante qu'une baleine échouée ! Vous me direz, je n'ai personne à séduire. Mais il me suffit de fermer les yeux pour entendre les remarques d'Antoine. Il ne m'aurait pas loupée, c'est certain ! Il trouvait toujours la petite phrase, celle qui vous piquait, mais qui était suffisamment drôle pour vous faire rire et vous empêcher de le détester pour ce qu'il venait de dire. Il me manque. Il me manque tellement. Vivre cette grossesse sans lui est un supplice, vivre tout court est une souffrance quotidienne. J'essaie de la tenir à distance, pour Rose, pour le bébé, pour ne pas m'écrouler. Mais plus l'accouchement approche, plus le vide de son absence se fait sentir. Mes doutes reviennent, tout comme ma colère… Je n'ai toujours pas pris de rendez-vous chez le psy. Je dois bien admettre que les fins de séances de Rose chez Olivia dérivent régulièrement sur moi. Je n'exprime pas clairement mes émotions devant ma fille. Mais la psychologue est fine. Elle comprend mes soupirs, voit où je veux en venir et me répond de manière détournée.

Depuis mon retour de Jard, j'ai aussi fait la connaissance d'Anita, ma sage-femme. Elle est vraiment top. Elle a bien compris la situation et m'accompagne parfaitement. On travaille peu la dimension corporelle de l'accouchement – je suis infirmière et j'ai déjà eu un enfant – mais plutôt la sphère émotionnelle. Martin porte déjà une histoire lourde avant même d'être arrivé sur terre, il faut pouvoir lui expliquer un certain nombre de choses. Anita pratique l'haptonomie. Cette discipline permet de mieux communiquer avec son bébé et de bien associer le papa à la préparation. Dans mon cas, elle me donne des techniques que j'apprends à Rose. Ma fille est maintenant très impliquée et ne manque pas une occasion de raconter sa journée à son frère. Elle s'installe à côté de moi, colle sa tête sur mon ventre et oublie complètement que je suis là. Je ne dois pas bouger, limite ne pas écouter, car « Ça ne te regarde pas Maman ! ». Elle parle, parle, parle sans discontinuer. Je crois qu'elle va le saouler avant d'arriver ! Je crains qu'il ne prenne peur et qu'il ne veuille plus sortir ! JE N'EN PEUX PLUS !

Dès qu'elle le peut, Charlotte m'accompagne chez ma sage-femme. Elle sera là le jour J et, elle aussi, prend son rôle très à cœur. J'ai de la chance de l'avoir. Son écoute attentive et bienveillante, sa présence de tous les instants me rassurent. Elle est prête à tout quitter sur le champ, mari et enfants, si je l'appelle au secours. C'est précieux des amies comme elle, on n'a pas tous la chance d'avoir une Charlotte dans sa vie !

J'aimerais tellement que le bébé arrive cette semaine, ce serait le *timing* parfait. Deux semaines avant terme, il ne risque plus rien, et au niveau logistique, ce serait le top ! Je n'aurais aucun mal à laisser Papa gérer. Je sais qu'il assure avec Rose. Ils s'entendent comme larrons en foire ces deux-là ! Même si je pense que l'énergie débordante de Rose l'épuise. Elle ne lui laisse pas beaucoup de répit. De son retour de chez la nounou jusqu'au coucher, c'est un vrai moulin à paroles. Elle lui en pose des questions ! Parfois, je suis bien contente qu'il soit là pour ne pas avoir à répondre à toutes les idées farfelues qui passent dans la tête de ma fille ! J'ai aussi la chance d'échapper aux questions les plus difficiles. L'autre jour, au saut du lit, son lait à peine versé dans le bol, elle a attaqué :

-    Dis Papy, comment mon petit frère, il va faire pour mettre son papa dans son cœur ?

Mon père a essayé de gagner du temps en faisant semblant de ne pas comprendre la question. Il m'a lancé un regard, j'ai levé les sourcils, l'air de dire « Bon courage », et d'un geste pas du tout *corporate*, j'ai replongé le nez dans mon mug de café. Pas courageuse pour deux sous, la Mathilde. Voilà que j'utilise de vieilles expressions comme lui maintenant…

-    Je ne comprends pas ta question, ma chérie.
-    Beh si, tu sais bien ! Quand je suis triste et que je pense à mon papa, tu m'as dit que je devais regarder dans mon cœur. Pas celui qui fait du bruit quand on l'écoute avec ton truc, mais celui où on range les moments qu'on a aimés.
-    Ah oui, je vois…
-    Alors comment il va faire mon petit frère ?

Mon père s'est ressaisi, a pris une profonde inspiration, et s'est lancé.

- Ton petit frère, ma chérie, vois-tu, il a de la chance !

- Beh, pas trop quand même…

- Si, il a même beaucoup de chance ! Car lui, il a une grande sœur. Une grande sœur qui pourra lui raconter comment était son papa. Une grande sœur qui, je le sais, saura partager ses souvenirs !

- Et c'est de la chance, ça ?

- Mais oui, imagine. Ton papa, il plante sa petite graine avant de partir, et toi, tu n'es pas là. Qui lui racontera qui était ton papa ?

- Beh, toi, Maman, Hugo…

- Non, je ne suis pas d'accord. Maman pourra lui décrire l'homme dont elle est tombée amoureuse. Papy Clément et Mamie Lou lui raconteront le fils qu'ils ont élevé… Mais il n'y a que toi qui peux lui raconter quel papa il était.

J'étais si fière de mon père ! Je n'aurais jamais été capable de répondre de manière aussi juste à cette question. Il m'étonne tous les jours. Je ne le savais pas capable d'être un père aussi parfait. Il s'était révélé dans cette épreuve. Enfin, si je suis tout à fait honnête, je l'avais perdu ou oublié, je ne sais pas, pendant de trop longues années. Le père qui partage ma vie et me soutient depuis quelques mois maintenant est finalement le même que celui de mon enfance. Je l'ai simplement retrouvé. Notre complicité est définitivement revenue. Les cicatrices du passé sont en train de se refermer. Quant à Rose, les mots ont lentement atteint son cerveau. À la seconde où elle a compris ce que lui avait expliqué mon père, un sourire de fierté s'est affiché sur son visage pour ne plus en partir.

- Oh beh, t'as drôlement raison, Papy ! Il a trop de chance de m'avoir mon petit frère ! T'es pas d'accord, Maman ?
- Si, ma chérie.

Ce matin-là, ma petite fille est partie heureuse à l'école, et je ne doute pas que sa maîtresse et tous ses camarades auront eu vent de notre discussion.

Perdue dans mes pensées, je m'aperçois que j'ai oublié de mettre un body de plus dans la valise du bébé. J'ai attendu le dernier moment, mais tout est prêt maintenant : ma valise, son trousseau et bien sûr, la chambre. J'ai peint les murs de couleurs vives. Je veux que cet enfant se sente accueilli dans la joie, et non dans le deuil. Son père était un soleil, mon soleil, il faut que son fils continue à en ressentir les rayons.

Georges

Le chiffre 1 a toujours été mon numéro porte-bonheur. Ce n'est pas aujourd'hui que je vais changer d'avis ! Martin est né le 01/10, à 00 h 10, et c'est mon premier petit-fils. Quelle série de 1 ! J'espère que ce sera un signe de chance pour lui aussi. Le pauvre commence sa vie avec déjà de belles casseroles…

Je ne l'ai pas encore vu mais j'ai tellement hâte ! Les mois qui viennent de s'écouler me donnent l'impression de le connaître déjà. J'essaie pour le moment de me reposer un peu avant que Rose ne se réveille. Je n'ai pas dormi de la nuit ! Impossible de relâcher la pression emmagasinée ces dernières heures, voire semaines. Jusqu'au bout, j'ai eu peur pour lui. Mes sentiments vis-à-vis de cet enfant sont très particuliers, presque indéfinissables. Je ne suis « que » le grand-père, et pourtant je me retrouve dans le même état émotionnel que pour mes propres enfants. Je n'ai pas ressenti cela pour Rose. La situation de l'époque était bien différente, il faut dire. Mathilde ne m'avait pas impliqué dans sa grossesse. Elle me l'avait annoncé tard, une fois le fameux premier trimestre passé, et sans mettre les formes. Le « Tu vas être grand-père », au début d'un repas dominical, aurait très bien pu être un « Tiens, j'ai acheté des fraises au marché, ce matin ». Un non-événement. Certainement une manière de me dire qu'elle ne souhaitait pas partager son bonheur avec moi. Pourtant, je savais cette grossesse très attendue. Antoine m'avait fait part de leur projet quelques mois auparavant. Mathilde en avait envie depuis très longtemps. Et puis Rose avait un papa, et en plus, un super papa !

L'arrivée de Martin n'a rien de comparable, à l'image de ma relation avec Mathilde qui, elle non plus, n'a rien de comparable. Quand elle a débarqué hier après-midi après sa sieste, le regard affolé, en me disant « Papa, je crois que j'ai perdu les eaux ! », je l'ai sentie paniquée, incapable de savoir quoi faire. Elle avait besoin de moi, elle attendait mon aide. Une fraction de seconde, j'ai revu Martine, presque trente ans auparavant, lors de la grossesse de Mathilde. Mon corps s'est mis à trembler, mais ce n'était pas le moment de flancher. J'ai secoué la tête comme pour chasser cette image, et d'un ton quasi professionnel pour contenir ma propre émotion, j'ai dit :

- Eh bien, ma fille, ça veut dire que le moment est venu !
- Mais je ne suis pas sûre, c'est peut-être une fausse alerte ?
- Ma chérie, tu connais ton corps, tu sais comment ça fonctionnc. Tu n'cs pas sûre ou tu n'es pas prête ?
- Pas prête …
- Ça va aller, ne t'inquiète pas.
- Je veux qu'Antoine soit là.

Ma fille s'est écroulée en larmes dans mes bras. J'avais le cœur si serré. Quoi de plus compliqué pour un père que de ne pas pouvoir offrir à son enfant ce dont il a le plus besoin. Quel sentiment d'impuissance ! Je l'avais déjà éprouvé tellement de fois. De nouveau, le passé resurgissait. La voix de Hugo criant le soir avant de s'endormir « Je veux ma maman ! ». C'était le seul moment où il laissait exploser son chagrin. Je laissais Mathilde gérer. Je savais qu'elle resterait avec lui jusqu'à ce qu'il s'endorme d'épuisement. La nuit aurait tout effacé et il redeviendrait, dès le lendemain, le petit garçon enjoué dont personne ne pouvait soupçonner qu'il était orphelin de mère. Pratique pour moi, mais tellement culpabilisant. Cette fois, j'étais là, et il n'était pas question que je me défile.

- La vie n'est pas juste, Mathilde, et je comprends parfaitement ce que tu ressens, mais tu vas le faire. Tu vas le mettre au monde, cet enfant. En souvenir de tout cet amour que vous avez partagé et qui brille encore dans ton cœur. Antoine était généreux, et en te laissant ce merveilleux cadeau, il te l'a prouvé. Il t'a laissé un bout de lui. Rose et Martin vont être les deux morceaux d'un tout. Votre famille…

Je caressais lentement les cheveux de ma fille et je la sentais s'apaiser. La tenir ainsi blottie dans mes bras était étrange. Notre complicité était maintenant redevenue évidente, mais partager l'intimité d'un câlin ne nous était pas arrivé depuis la mort de Martine. Soudain, j'ai senti son corps se crisper.

- Papa, je crois qu'il faut qu'on y aille.
- Les contractions commencent ?
- Oui, et elles sont déjà fortes.

Ma guerrière avait repris le dessus. Sa voix était redevenue ferme et directive.

- Je prends mon sac, j'appelle Charlotte, et je lui dis de nous retrouver à la maternité.
- Tu crois qu'elle est disponible, parce que sinon je …
- Non, Papa, c'est gentil, tu fais déjà beaucoup. J'ai besoin de toi en tant que père et grand-père, et je veux que tu restes à cette place…
- Je comprends, je comprends. Ne perdons pas de temps !

Le trajet jusqu'à la maternité a été ponctué de contractions de plus en plus violentes, de plus en plus rapprochées. Nouveau sentiment d'impuissance même si je savais que personne n'aurait pu faire mieux que moi. Les femmes sont beaucoup plus courageuses que les hommes. Elles endurent tellement de souffrances dans leur vie. Je pense que c'est pour ça que Dieu leur a confié la maternité. Un homme est beaucoup trop chochotte pour supporter de telles douleurs. Charlotte avait été plus réactive que nous et attendait devant la maison de la naissance. Mathilde m'a transmis ses dernières consignes concernant Rose. Elle jouait l'assurance, la maîtrise, mais son regard la trahissait. J'y lisais de la peur et du chagrin. Je l'ai serrée une dernière fois dans mes bras, puis je l'ai vue franchir le sas d'entrée, soutenue par son amie. Je suis resté de longues minutes sans pouvoir bouger. Ma fille allait devenir maman pour la deuxième fois dans des conditions que je ne souhaite à aucune femme. Quel courage !

Mais il fallait que je me ressaisisse, la fin d'après-midi arrivait, je devrais bientôt aller chercher Rose chez sa nounou. Une femme en or, cette nourrice ! Elle avait accepté, sans prendre un temps de réflexion, de garder Martin quand Mathilde reprendrait le travail. Cela l'avait tellement soulagée de ne pas avoir à chercher une nouvelle assistante maternelle. Je suis passé vite fait au supermarché pour prendre de quoi préparer un dîner de fête. Je ne savais pas comment Rose allait réagir à l'annonce du départ de sa maman pour la maternité. Mathilde pense qu'elle a bien compris comment cela allait se dérouler, mais on ne sait jamais.

Quand je suis arrivé, Rose était en train de faire de la pâte à modeler. Elle a à peine relevé la tête pour signifier que je devais attendre qu'elle termine son œuvre. Nicole l'avait pourtant prévenue qu'il allait être l'heure, mais notre tête de mule avait préféré l'ignorer. J'ai compris alors qu'il valait mieux patienter pour lui annoncer la nouvelle, sinon je prenais le risque de déclencher une explosion. Elles étaient rares, mais les crises de Rose étaient parfois si violentes qu'elles laissaient n'importe quel adulte démuni. Durant mon séjour, j'en avais été témoin, et je comprenais mieux les appels désespérés de Mathilde, certains soirs. J'ai soufflé à la nounou « C'est pour ce soir ». Elle a immédiatement compris.

Une fois Rose installée dans son siège auto, le traditionnel « Qu'est-ce qu'on mange ce soir, Papy ? » a ouvert la discussion.

- Qu'est-ce que tu aimerais manger, toi ?
- Des pâtes avec du *kechup*.
- Ce n'est pas un repas de fête ça, ma chérie !
- C'est la fête à qui ?

-     C'est la fête de personne et de tout le monde à la fois !

-     Je comprends rien à ce que tu dis !

-     On fait la fête, parce que ce soir ou cette nuit, tu vas devenir grande sœur, moi, grand-père pour la deuxième fois, et Maman va avoir le bébé !

-     …

-     Tu n'as pas l'air contente.

-     …

-     Rose, je ne t'entends plus ?

-     …

-     Parle, ma puce, qu'est-ce qu'il y a ?

-     …

-     Tu as peur ?

-     …

Dans le rétroviseur, j'ai vu son visage se fermer et ses traits se crisper pour ne plus se détendre. Je n'ai rien obtenu de plus de tout le trajet. Rose a opposé un silence retentissant à toutes mes tentatives de dialogue. La porte de la maison à peine franchie, elle s'est précipitée dans la chambre de sa mère puis du bébé pour voir si les valises étaient bien là, puis elle a claqué la porte de sa chambre. J'étais complément démuni. Je m'attendais à une réaction bruyante de sa part, non à ce mutisme complet qui m'effrayait encore plus. J'aurais préféré qu'elle me crie dessus. Elle avait l'air en colère. J'espérais que mon repas de crêpes allait fonctionner. J'ai décidé de ne pas aller la voir. Elle savait où j'étais si elle avait envie de me parler. Cette solution a été la bonne.

Quand quelques heures plus tard, Rose a senti la bonne odeur des crêpes, je l'ai vu débouler dans la cuisine en criant « Tu vas les faire sauter jusqu'au plafond ? ». Rose a fait comme si de rien n'était, n'a pas évoqué l'absence de sa mère. Ce n'est qu'au moment du câlin du soir qu'elle a réussi à exprimer ses peurs.

- Elle est où Maman, là ?
- À la maternité, elle attend que le bébé veuille bien sortir.
- Mais elle va *reviendir* ?
- Bien sûr, ma puce. Dès que le bébé sera sorti et qu'elle sera reposée, ils rentreront.
- Elle a mal ?
- Sûrement un peu, mais ne t'inquiète pas, ça va aller.
- Je pourrai aller la voir ?
- Oui, peut-être demain, après l'école, si les docteurs sont d'accord. Tu pourras faire la connaissance de ton petit frère.
- C'est Maman que je veux voir.
- Oui, mais elle te l'a expliqué. Le bébé va être avec elle. Il aura besoin d'elle, beaucoup…
- Mais moi aussi, j'en ai besoin de ma maman.
- Rose… ta maman sera toujours là pour toi.
- Mon papa, il disait ça aussi.

J'ai pris ma petite-fille dans mes bras. Il n'y avait aucune bonne réponse à ça.

Sa nuit a été paisible et j'attends maintenant son réveil pour lui annoncer ce que j'espère être une bonne nouvelle. Mathilde m'a autorisé à lui révéler le prénom du bébé. Nous avons gardé le secret tous les deux, jusqu'à la naissance. Plusieurs fois, nous avons failli gaffer. Il était parfois difficile de ne pas rire face aux propositions farfelues de Rose. Cette petite fille a un imaginaire débordant, et lui expliquer que Petit Ours brun, Franklin ou tous les autres surnoms de ses héros de Pat' patrouille ne seraient pas des plus adaptés, nous a demandé beaucoup de patience. J'entends sa porte de chambre qui s'ouvre, le moment est venu !

<u>**Mathilde**</u>

J'ouvre un œil et mon regard se pose sur mon fils. Il dort paisiblement dans son berceau, installé à mes côtés. Il a l'air parfaitement détendu. L'accouchement a été long mais il ne semble pas en avoir souffert. Pour ma part, je suis épuisée et dans un état émotionnel très particulier. Je dois faire cohabiter un sentiment de plénitude, de bonheur, face à ce petit être merveilleux que je viens d'accueillir, et le profond chagrin que j'éprouve face à l'absence d'Antoine et au fait que cet enfant n'ait pas de père. J'alterne entre la certitude que Martin est une des plus belles choses qui me soit arrivée et la culpabilité de l'avoir mis au monde dans ces conditions. Un jour où j'évoquais cette ambivalence avec Anita, ma sage-femme, elle m'a fait très justement remarquer que si ce bébé avait su se faire oublier pendant quatre mois, c'était peut-être parce qu'il voulait qu'on lui laisse la chance de vivre. Sur le moment, cet argument ne m'avait pas convaincu. Il me sert pourtant aujourd'hui à apaiser mes doutes. Ces derniers sont tenaces et je ne sais pas si j'arriverai à m'en débarrasser un jour. Même en plein travail, alors qu'une contraction me terrassait malgré la péridurale, ils se sont invités.

Je me suis mise à crier « Non, je ne veux pas ! Je ne peux pas ! Pas sans lui ! ». Charlotte, ma super Chacha, a compris à quoi je pensais ou plutôt à qui. Malgré la douleur qu'elle devait ressentir, vu la force avec laquelle je lui broyais la main, elle a réussi à me parler calmement : « Antoine est partout Mathilde. Il est là », a-t-elle dit en mettant son autre main sur mon cœur. « Il est là-haut », a-t-elle répété en regardant le ciel, « Mais surtout, il vit là », a-t-elle ajouté en me caressant le ventre. Elle avait mille fois raison, mais moi, je le voulais là, à mes côtés. Je voulais le sentir, je voulais qu'il me tienne la main, qu'il me fasse rigoler. Qu'il m'énerve en se foutant de moi. Je voulais revoir sa tête lors de l'accouchement de Rose, quand il faisait semblant d'aller bien mais qu'il n'en menait pas large de me voir souffrir. Je voulais revoir ses yeux briller quand elle était sortie de mon ventre et que la sage-femme l'avait posée sur moi. Je voulais sentir ses larmes rouler dans mon cou quand il avait enfoui sa tête et m'avait dit « Merci, ma chérie, pour ce magnifique cadeau ». Je voulais tout cela, et bien plus encore. Chaque contraction était l'occasion de crier mon chagrin, ma colère et ce puissant sentiment d'injustice que je ressentais depuis huit mois. J'exprimais ma rage contenue pendant tout ce temps. Tous ces cris, que je ne m'étais pas autorisée à pousser, sortaient.

Quand la sage-femme a annoncé qu'elle voyait la tête et que ce serait certainement la dernière poussée, j'ai paniqué. Je ne pouvais plus reculer. J'ai essayé de le retenir, et Anita m'a gentiment disputée. Le bébé commençait à souffrir, il fallait qu'il sorte. Soudain, j'ai eu peur pour lui, et j'ai fait ce qu'elle m'a demandé. Dans un dernier rugissement, j'ai littéralement expulsé mon bébé. Martin n'a pas crié, je me suis demandé ce qui se passait. Rapidement, elle l'a posé sur mon ventre. Mon fils avait les yeux grands ouverts, il me scrutait et semblait me dire « Bonjour ». Une bouffée d'amour m'a envahie, et j'ai su, dans l'instant, que plus jamais je ne regretterais de l'avoir mis au monde. Charlotte pleurait pudiquement. Elle venait de vivre une sacrée aventure, elle aussi. J'ai cherché sa main pour l'attirer vers moi, et nous nous sommes embrassées. « Merci de m'avoir fait partager ce moment, c'était magique », m'a-t-elle murmuré. C'était pourtant à moi de la remercier. Elle avait assuré grave. Je saurais lui dire en temps voulu, mais là, mon fils me réclamait. Lors de la préparation, comme je ne savais toujours pas si je voulais allaiter, Anita m'avait proposé la tétée de bienvenue. L'allaitement de Rose n'avait pas été facile, et je me disais que seule, avec les deux, cela risquait d'être encore plus compliqué. Elle m'avait expliqué que cette tétée de bienvenue me permettrait, peut-être, d'y voir plus clair, mais que, quelle que soit ma décision, elle ne serait ni bonne, ni mauvaise. Chaque maternité est différente, chaque bébé est différent, rien n'est obligé. Mon fils a pris goulûment mon sein pendant que les infirmières finissaient mes soins. J'ai alors vécu un moment à part.

Charlotte est ensuite repartie. La nuit était déjà bien entamée, et elle travaillait le lendemain. Les puéricultrices avaient lavé Martin. Je voulais qu'elles attendent et qu'elles lui laissent quelques heures pour bénéficier des bienfaits de son *vernix*. Malheureusement, l'accouchement avait été long et bébé était *a priori* bien trop sale. Face à ma déception, elles m'ont promis de me le ramener bien vite pour une nouvelle séance de peau à peau. Nous en avons encore profité une petite heure, puis devant mon épuisement, elles ont décidé qu'il était temps de remonter dans ma chambre. J'ai envoyé quelques SMS pour prévenir mes proches, et je me suis endormie.

Le réveil est un peu dur, car la magie de la salle d'accouchement a disparu. Je me retrouve dans la réalité, ma réalité, et de nouveau, j'ai peur. Rose va bientôt se lever, et mon père va lui annoncer la naissance de son petit frère. Comment va-t-elle réagir ? J'ai cent fois imaginé la rencontre entre elle et Martin, mais je n'arrive pas à anticiper ses réactions. Même si elle semble prête maintenant à lui faire une place dans sa vie, elle reste encore fragile. Papa vient de me raconter son silence de la veille, leur discussion, cela ne me rassure qu'à moitié. *Wait and see !* aurait dit Antoine...

<u>**Rose**</u>

Ce matin, Papy m'a expliqué que mon petit frère est arrivé dans la nuit. Il s'appelle Martin, comme l'âne Martin de mon livre. Je sais pas pourquoi Maman, elle a choisi ce prénom. Ruben, comme dans *Pat'patrouille,* c'était plus joli quand même ! Mais j'aime bien un tout petit peu, pas beaucoup, mais un peu. Papy, il dit que Maman, elle a pensé à sa maman, et que c'est pour ça qu'elle a choisi Martin. Il a dit ça avec un grand sourire, ça a l'air de lui faire plaisir ! Moi, je la connaissais pas, Mamie Martine, alors je m'en fiche !

Je sais pas si je suis contente, on verra tout à l'heure. S'il est moche, je crois pas que je vais l'aimer. Toute la journée, les maîtresses de l'école sont venues me voir pour me dire « Félicitations, tu deviens grande sœur ! ». Ça m'a ÉNERVÉE ! Je deviens grande sœur si je veux, d'abord ! Je l'ai dit aux copains, parce que je suis un petit peu fière quand même. Thomas et Lucie, ils ont crié « Trop bien ! ». Mais Robin et Mia, ils ont déjà des petites sœurs, et eux, ils ont dit « Tu vas voir, ta maman, elle va plus s'occuper de toi ! ». Maman m'a dit plein de fois que c'était pas vrai, mais si Mia et Robin le disent, c'est peut-être un peu vrai quand même…

Papy est venu me chercher directement à l'école. Le docteur, il veut bien que j'aille voir ma maman. Et ma maman, elle a dit à Papy qu'elle avait hâte de me voir, que je lui manquais déjà. Je crois que ça veut dire qu'elle m'aime encore un peu, et que mon petit frère, il a pas pris toute la place dans son cœur. Avant, on est passés dans un magasin pour acheter un doudou. J'avais le droit de choisir, car c'est mon cadeau, mais on s'est un peu fâchés, avec Papy. Moi, je voulais un grand Winnie l'Ourson, trop beau, et lui, il a pas voulu ! Il a dit qu'il était plus grand que le bébé, que c'était trop dangereux. Il est minus, mon frère, ou quoi ? Il m'a montré un lapin tout doux, mais là, c'était moi, qui étais pas d'accord. Il ressemblait trop à mon Doudou Lapin, et je veux pas que mon frère, il *a* le même que moi. J'ai boudé un petit peu. Papy, il était pas content. Il a fait semblant de partir, mais moi, je sais bien qu'il allait pas le faire. Les adultes, ils adorent jouer à faire croire qu'ils vont nous laisser tout seuls. J'ai essayé une fois avec mon papa. Il est sorti du magasin, mais comme je bougeais pas, il est revenu aussitôt en courant. J'ai beaucoup ri, pas lui… Avec Papy, on a acheté un petit ourson tout doux, tout rose. Je le trouve trop beau ! Papy, il pense que c'est pas une couleur de garçon, tant pis c'est moi qui choisit !

Papy se gare. On y est. J'ai peur ! Je sais pas si je vais arriver à être une grande sœur. Je suis jamais rentrée dans un hôpital en plus. Et puis, je trouve ça très bizarre d'aller dans un hôpital pour voir Maman, alors qu'elle est même pas malade. Il y a des grands couloirs et plein de dames avec des blouses roses, qui disent « Bonjour » quand on les croise. Ça sent un peu pas bon quand même ici.

Papy s'arrête devant une porte. Il me montre une étiquette. Il lit tout haut « Martin ». Va falloir que *j'apprends* toutes les lettres ! Il frappe, et j'entends la voix de Maman qui dit « Entrez ! ». Oh là là, je me sens pas très bien. Mes jambes, elles sont toutes bizarres. J'ai l'impression qu'elles veulent plus me porter. Je crois que je vais tomber ! Papy pousse la porte et me donne un petit coup dans le dos pour que j'entre la première. J'aperçois Maman dans son lit, je suis trop contente de la voir. Je cours vers elle pour lui sauter dans les bras. « Maman ! » Mais elle veut pas ! Elle fait de drôles de yeux, dit non avec la tête, et met un doigt sur sa bouche pour me demander de me taire. Quoi ? Mais qu'est-ce que… ? Je m'arrête net. Elle me fait signe d'approcher tout doucement en me montrant quelque chose qu'elle tient tout serré dans ses bras. J'y crois pas ! C'est mon petit frère, et il a déjà pris ma place ! S'il croit que ça va se passer comme ça ! Je jette le doudou rose sur Maman.

- Rose, ça ne va pas, non ! crie papy. Tu ne peux pas faire ça ! Tu aurais pu lui faire mal !

Maman se met à pleurer, et moi aussi. Il me prend la main et la tient fort. J'ai mal mais je dis rien.

- Tu sais ce qu'on va faire, Rose ? On va ressortir de cette chambre, et on va re-rentrer tranquillement. J'espère que tu vas mieux te comporter.

Je n'ai jamais entendu mon papy parler sur ce ton. Il est triste, en colère et déçu de moi, je crois… On sort et il s'accroupit. Il me regarde dans les yeux et il me dit :

- Je sais que ce n'est pas facile, ma Rose, mais tu ne peux pas te comporter de cette manière. Ta maman est fatiguée par l'arrivée du bébé. Elle était pressée de te voir et de te présenter ton petit frère, et toi, tu as tout gâché.

- Mais il a pris ma place !
- Il n'a rien pris du tout, Rose, sa place, ta place, ça ne marche pas comme ça. Il a besoin de sa maman, comme toi tu as besoin d'elle. Alors on va revenir dans la chambre et tu vas dire bonjour à Maman calmement, et si tu as envie, seulement si tu as envie, tu pourras faire un bisou à Martin.

Je dis rien et je rentre en baissant la tête. J'ai peur que Maman, elle se fâche aussi et qu'elle veuille plus me voir.

- Approche, mon ange, viens me faire un câlin, tu m'as trop manqué !
- Maman !

Je fais tout comme Papy, il a dit. Je m'approche tout doucement. Il m'aide à grimper sur le lit, et je fais un gros bisou à Maman. Je fais bien attention à ne pas toucher mon petit frère. Maman écarte ses bras pour que je m'approche et elle me montre le bébé.

- Je te présente Martin, ma puce. C'est ton petit frère. Il est beau, non ?

Je dis oui, mais moi, je le trouve pas du tout beau. Il est tout rouge et son nez, il est tout plat ! Maman me demande si je veux lui faire un bisou. Je dis non, parce que j'ai pas trop envie. Je prends le doudou rose et je le mets tout devant ses yeux pour qu'il le voit. Je veux lui donner mais il ne bouge pas ses bras. Maman et Papy rigolent. Ils m'expliquent qu'il est trop petit pour le prendre, et surtout, qu'il ne voit pas encore très bien. Mais qu'est-ce que c'est que ce petit frère ? Je sens qu'on va pas rigoler avec lui !

<u>**Georges**</u>

Je raccroche, rassuré par la discussion que je viens d'avoir avec Mathilde. Je craignais qu'après la scène de la maternité, elle soit complètement déboussolée. De nouveau en proie à des doutes sur sa capacité à gérer les deux. Nous en avons longuement reparlé et nous sommes d'accord. C'est plutôt nous, les adultes, qui n'avons pas assuré. Moi surtout. J'aurais dû prévenir Mathilde que nous étions sur le parking. Agacé par la scène que Rose m'avait faite dans le magasin de jouets, j'en avais oublié notre plan. Nous devions nous coordonner et faire en sorte, qu'à l'arrivée de Rose, Mathilde soit disponible, prête à l'accueillir. D'abord retrouver sa maman, et lui présenter son petit frère, dans un deuxième temps. Nous avions pourtant essayé d'anticiper le choc que ça allait être pour Rose de voir les bras de sa maman déjà occupés. Nous avions agi comme des idiots alors que nous savions que cette première rencontre allait être une source de stress pour elle. Nous nous en voulions tous les deux, mais nous ne pouvions pas revenir en arrière. Reprendre la scène depuis le début avait permis d'effacer ce mauvais démarrage, même si Rose était restée sur la retenue pendant toute la visite. Elle n'en avait d'ailleurs pas reparlé après. Toute la soirée, elle avait paru joyeuse, m'avait raconté sa journée, sans jamais évoquer son petit frère. Elle l'avait vu, et ça semblait lui suffire. Au moment du coucher, elle avait exprimé le fait que sa maman lui manquait. Je lui avais dit que c'était tout à fait normal mais que d'ici deux jours, si tout allait bien, Martin et elle allaient rentrer. « J'ai hâte de retrouver Maman », avait-t-elle simplement répondu.

Mathilde m'a une nouvelle fois surpris. Elle ne laisse rien transparaître de son état psychologique, nécessairement fragile. Elle est physiquement fatiguée mais ne se plaint pas. Elle a décidé de ne pas allaiter Martin, ce qui me semble une sage décision étant donné le contexte. Donner le sein à la demande l'aurait épuisée, et elle n'aurait eu personne à qui passer le relais. Elle ne veut pas être accompagnée à son retour à la maison, elle tient à prendre ses marques toute seule. Rose sera à l'école dans la journée, elle pense que ça lui suffira pour se reposer. Je n'en suis pas aussi certain, mais elle sait que ma maison lui est ouverte si elle veut venir souffler, au moins le week-end.

Quant à moi, je peux pleinement laisser éclater ma joie d'être grand-père. Je me suis senti vraiment ému devant ce petit bonhomme. Je ne me souvenais pas qu'un nouveau-né était si petit. Quand Mathilde m'a proposé de le prendre dans mes bras, je me sentais aussi à l'aise qu'un éléphant dans un magasin de porcelaine. Pourtant au cabinet, même si les occasions sont rares, il m'arrive de recevoir des bébés. Je pense que le fait que ce soit mon petit-fils change ma perception. Je l'ai pris délicatement en plaçant ma main derrière sa nuque et je l'ai fait remonter jusqu'à mon visage. Sa tête dodelinait, j'ai eu peur de mal m'y prendre. Ma fille m'a rassuré en me disant que je me débrouillais très bien. J'ai croisé son regard, il était aussi embué que le mien. Nous partagions la même émotion, celle d'une première rencontre. Bien plus encore, nous mesurions le chemin parcouru depuis le terrible drame. Cet enfant portait à la fois la vie de son papa, mais resterait marqué par son absence.

Martin avait à peine vingt-quatre heures, pourtant il ouvrait déjà les yeux. Il donnait l'impression de vous fixer et d'avoir quelque chose à vous dire. Je me suis présenté à lui :

- Bonjour, Martin, moi, c'est Papy Georges.
- C'est mon papy, ai-je entendu une petite voix derrière moi.
- Je suis le papa de ta maman et le grand-père de ta super grande sœur. Je serai là pour toi, à chaque fois que tu en auras besoin…

La fin de ma phrase s'est perdue dans mon émotion. J'étais incapable de continuer le discours que j'avais préparé dans ma tête. Martin a choisi ce moment-là pour pousser un petit cri que je j'ai reçu comme une réponse.

- Il a l'air d'accord, s'est esclaffée Mathilde. Assieds-toi, Papa. Tu vas te fatiguer à rester debout.

Je suis resté un long moment, bien calé dans le fauteuil de la maternité, mon petit-fils lové dans mes bras, à profiter de lui. J'y ai pris beaucoup de plaisir, un plaisir inédit mais surtout indescriptible, que je souhaite à tous les grands-pères du monde. Mathilde a pu profiter d'un moment avec Rose. Elles se sont installées sous les draps et se sont chuchoté plein de secrets. Le tableau de leur complicité a continué de parfaire la magie du moment. Ces quelques heures ont réussi à faire de nous une famille. Une famille qu'autre chose que le malheur avait réuni. L'arrivée de Martin allait clairement marquer une étape dans le processus de deuil entamé à la mort d'Antoine. Elle nous obligeait, nous les adultes, à avancer pour que cet enfant ne perçoive pas le drame qui entourait sa naissance. Mathilde craint que ses beaux-parents n'en soient pas capables. Non seulement je crois qu'elle les sous-estime mais qu'elle sous-estime aussi le pouvoir de ce petit garçon. S'il a autant de caractère que sa sœur, il saura se faire entendre et prendre sa place.

Avoir ce genre de discussion avec ma fille me laisse toujours aussi perplexe. Pourquoi nous en être privés aussi longtemps ? Pourquoi n'ai-je pas réagi plus tôt ? Je mesure le temps perdu et culpabilise beaucoup. Personne ne m'avait alerté à l'époque, ou alors peut-être que je n'ai pas voulu entendre. J'avais fait le vide autour de moi à la mort de Martine. J'avais l'impression que personne ne pouvait comprendre ma souffrance. Partager des soirées avec d'autres couples rendait l'absence de ma femme encore plus douloureuse. J'avais coupé les ponts avec de nombreux amis. Certains étaient restés, et encore maintenant, je savais que je pouvais compter sur eux. Aucun ne s'était permis de me juger. Aujourd'hui, ils sont heureux pour moi, heureux du retour de Mathilde dans ma vie. Ils ont suivi toutes les phases de ces retrouvailles, des débuts balbutiants à la force du lien renoué. Ils sont les premiers que j'ai appelés ce matin pour leur annoncer la bonne nouvelle. Et c'est avec eux que je compte fêter, dès mon retour, la naissance de mon premier petit gars !

<u>**Mathilde**</u>

Je suis en train de préparer les valises. J'ai tenu deux semaines. Quinze petits jours seulement… Mais là, je n'en peux plus. Rose est en vacances ce soir, et nous partons direct à Jard. En attendant, il faut que je prévoie tout le nécessaire pour un bébé naissant. La tâche me paraît colossale ! Dans l'idéal, j'aimerais passer à la maison de retraite avant d'aller à l'école récupérer Rose, mais je ne suis pas certaine de pouvoir tout caler. Et encore, j'ai la chance d'avoir un bébé sur mesure. Mis à part quand il a faim, je ne l'entends jamais. Il fait même pratiquement ses nuits. Je le trouve presque trop calme.

J'en ai parlé à la PMI, qui, en voulant me rassurer, a immédiatement fait naître en moi un sentiment de culpabilité dont je n'arrive plus à me départir depuis trois jours. Des études montreraient que les bébés issus d'un déni de grossesse seraient plus calmes que les autres et qu'ils dormiraient plus. Une des explications avancées par certains psychologues serait que le bébé chercherait à « se faire oublier », comme pendant les premiers mois de sa vie *in utero*. Les puéricultrices ont semblé contentes d'avoir pu répondre à mon questionnement, sans se soucier des conséquences de leur discours sur moi.

Papa a une vision beaucoup plus optimiste. Martin n'a qu'une vingtaine de jours. Il faut parfois attendre la date du terme pour voir le bébé s'éveiller. Sans compter que l'accouchement a été un peu long, et que cet enfant a le droit d'être fatigué. Il termine souvent en me disant qu'avec Rose dans les parages, de toute façon, il n'a pas vraiment d'autre choix que de se taire. Il rit de sa blague, et je ne peux que lui donner raison. Si la scène de la maternité a été terrible, si elle a fait vriller mon cœur de maman, j'avoue que, depuis, Rose continue sa vie comme si son frère en avait toujours fait partie. Parfois, elle l'ignore complètement ; parfois, elle l'étouffe. D'autres fois encore, elle le couvre de bisous pour mieux le pourrir dans l'heure d'après, parce qu'il l'empêche de regarder *L'Âne Trotro*. Elle me fait beaucoup rire, s'adressant à lui comme une adulte :

- Écoute, Martin, ce n'est possible. Tu ne peux pas pleurer comme ça ! Ce n'est pas l'heure de ton biberon. Je suis ta grande sœur, tu dois me laisser regarder mon *ssin animé*.

Souvent, comme par magie, il s'arrête de pleurer. Vous n'imaginez même pas sa fierté. Elle croit que c'est parce qu'il a compris. Je ne la détrompe pas, surtout que je pense qu'il y a un peu de vrai. Grâce à l'haptonomie, je suis persuadée qu'il reconnaît sa voix. Bien sûr, il y a des soirs plus difficiles. J'ai droit à quelques régressions, mais pas plus, je pense, que si son papa était là.

Alors que depuis le suivi avec Olivia, elle avait retrouvé le chemin de son lit, elle est revenue plusieurs nuits. J'ai eu du mal à la renvoyer dans sa chambre alors même que Martin dormait avec moi. Je ne voulais pas qu'elle se sente mise à l'écart. Je lui ai expliqué que dormir dans la même pièce que son frère serait très épuisant. Un bébé fait beaucoup de petits bruits qui pourraient l'empêcher de dormir. Je ne pouvais pas, en tant que maman, me permettre de l'envoyer à l'école, fatiguée. Je lui ai donc mis un marché en main. Si tous les soirs où il y avait école le lendemain, elle dormait dans son lit, alors tous les samedis soir, elle pourrait rester avec moi. Elle a tenté de négocier le vendredi mais j'ai tenu bon. Malgré tout, je suis éreintée. Je cours à droite et à gauche, sans jamais vraiment me poser, et je sens que ne récupère pas de l'accouchement. J'ai surestimé mes forces. Heureusement, j'ai changé. Je sais maintenant l'admettre. Charlotte et Papa m'ont, tous les deux, lancé des alertes que j'ai su écouter. Les vacances de la Toussaint auront donc lieu à Jard. En CDD, comme dit mon père, « congés à durée déterminée », renouvelables à l'infini. Il est très fier de sa blague !

J'entends Martin qui se réveille. C'est l'heure de son biberon. Encore une bonne décision que j'ai prise là. Je n'imagine même pas dans quel état je serais si, en plus, j'avais opté pour l'allaitement à la demande. C'est plutôt un bébé gourmand et goulu, je crois que j'y aurais laissé ma peau. Il prend bien et a depuis longtemps rattrapé son poids de naissance. Trois kilos huit cents grammes pour cinquante-deux centimètres, un beau bébé. J'ai hâte de le présenter à Mamie Jacqueline. Je suis sûre qu'elle va le trouver le plus beau du monde ! À moins que ce soit moi qui manque d'objectivité… Vous verriez, il a les traits tellement fins !

À sa naissance, j'ai tout de suite recherché ceux de son père. J'ai d'abord été déçue de ne pas les y retrouver, mais très vite, j'ai réalisé que c'était une bénédiction pour lui. Il ne ressemble pas à Antoine, et c'est mieux comme ça. Ma belle-mère a eu le même réflexe que moi. Elle n'a rien dit, mais j'ai vu. L'émotion a été grande lors de cette rencontre. J'appréhendais ce moment où, inévitablement, viendrait la comparaison. Elle a juste dit « Il te ressemble, je trouve... ». Mon beau-père, fidèle à lui-même, a regardé Martin, sans rien exprimer. Je sais qu'il est content d'avoir un petit-fils, un garçon pour assurer la transmission de son nom, mais donner son sentiment est au-dessus de ses capacités. Tant pis pour lui, il rate quelque chose, mais je n'y peux rien.

Mon père n'a, de son côté, aucun mal. Le père taiseux des dernières années a définitivement dit au revoir au passé. Il m'appelle tous les jours, veut tout savoir, tout connaître de l'évolution de son petit-fils. Lui, trouve clairement qu'il me ressemble, et j'avoue que les quelques clichés de ma naissance, qu'il m'a envoyés par SMS, lui donnent raison.

Je m'installe dans le canapé, mon bébé dans les bras, prête à lui donner le biberon. Mon regard se porte sur une photo d'Antoine. Instantanément, je reçois un coup de poignard en plein cœur. Il me manque tellement. On m'avait dit que le temps adoucirait mon chagrin, atténuerait la sensation de manque, mais je n'y crois pas. Pas encore. Malgré l'arrivée de Martin et la joie qu'elle me procure, son absence reste une douleur profonde. Il serait tellement fier de son fils. Je tisse le dialogue entre les deux, vantant à mon mari les exploits de Martin, racontant à mon bébé, quel papa merveilleux était Antoine. J'espère arriver à nouer entre eux un lien fort, à faire suffisamment vivre son souvenir, pour que Martin souffre le moins possible de devoir grandir sans père. Je considère que ma vie de femme est terminée. Je vais consacrer le reste à mes enfants. Antoine était l'homme de ma vie, il n'y en aura pas d'autres. Charlotte essaie de me convaincre du contraire. Elle me dit que c'est évidemment trop tôt, mais qu'un jour, je verrai les choses différemment. Je ne pense pas. Mon fils me rappelle à l'ordre. Ma priorité, maintenant, c'est lui.

Rose

Demain, je retourne à l'école. J'ai pas très envie. Je suis bien à la maison de la mer, moi. Mes copains ne me manquent pas, et je peux aller jouer dans le sable avec Papy. On y va à pied et on passe devant la maison d'une dame très gentille. Elle me donne toujours des bonbons. Elle s'appelle Mamie Marie, et mon Papy, il la connaît bien. C'est lui qui la soigne quand elle est malade. Après on s'arrête chez un autre monsieur, mais lui, je l'aime pas trop. Il veut toujours me faire un bisou, mais il a une barbe qui pique…

Des fois, Maman vient avec nous, et on emmène mon petit frère dans son cosy. Mais c'est moins drôle. Moi, je croyais que ce serait marrant d'avoir un petit frère, que je pourrais jouer avec lui, mais il sait rien faire. Ma maman, elle doit tout faire à sa place. Même que, des fois, elle me demande de l'aider, mais j'ai pas toujours envie. Moi, si je range pas mes jouets, je me fais gronder. Beh lui, il range rien ! Quand on se promène avec lui, les gens, ils m'énervent. Ils le regardent, et après ils me disent « Oh, qu'il est mignon ! Tu dois être contente d'avoir un petit frère ? ». Même pas vrai ! Enfin, si un petit peu, des fois, mais pas toujours… Je l'aime gros comme une petite fourmi. Quand j'ai dit ça à Maman, l'autre jour, ça l'a fait rire. Elle me pose toujours la question aussi, alors ça m'énerve ! Je lui ai dit que je réfléchissais encore. Elle voulait savoir ! Elle a demandé « Tu l'aimes grand comment ton petit frère ? ». C'est pour ça que j'ai choisi la fourmi, c'est *microscule* une fourmi, et Martin, je l'aime en tout petit riquiqui.

Des fois, il me fait rire quand même. Il fait des drôles de grimaces et il rigole tout seul ! Maman dit qu'il rit aux anges, mais je les vois pas, moi, les anges. Quand je vous dis qu'il est bizarre ! Papy, il pense que j'ai un super pouvoir de grande sœur ! Quand Martin pleure, si je lui parle, il s'arrête ! Et l'autre jour, quand j'ai chanté « Alouette, gentille alouette », il s'est même endormi. Maman m'a dit merci, et j'étais très fière de moi !

Bon d'accord, j'avoue, c'est chouette d'être grande sœur des fois. Maman, elle est très occupée, mais je vois bien qu'elle fait attention à moi quand même. Je crois qu'elle a peur que je *crois* qu'elle va plus m'aimer. Je suis un peu rassurée maintenant. Martin, il a un mois, et elle a toujours pas arrêté de m'aimer. En plus, depuis qu'on est en vacances chez Papy, j'ai trop de chance. Les jours où il travaille pas, il s'occupe de moi ou de Martin. Comme ça, je peux jouer avec lui ou avec Maman. En plus, y'a un truc génial que je vous ai pas dit ! Vous me croirez jamais ! Hugo, il est venu toute la semaine à la maison de la mer ! Il a fait que me faire rigoler. Maman le rouspétait quand il faisait des bêtises.

- J'ai déjà deux enfants, je n'ai pas besoin d'un troisième ! Grandis un peu !

Lui, il lui tirait la langue.

- Enfin, Papa, dis quelque chose ! Il est en train d'énerver Rose. Je n'arrive plus à la gérer après !

Mon papy, il rigolait encore plus fort. Il essayait de gronder Hugo, mais il n'y arrivait pas. Souvent, à la fin, Maman, elle éclatait de rire, elle aussi. Je crois que mon papy, il est très heureux qu'on soit tous ensemble, dans la même maison. Moi aussi. J'ai demandé à Maman si on pouvait rester ici pour toute la vie. Mais elle a encore dit non. Elle m'a encore expliqué son travail, l'école, mes copains… Je suis pas très d'accord… Mais quand elle dit « De toute façon, ce ne sont pas les enfants qui décident ! », je peux plus rien dire. C'est long d'être un enfant.

Quand je suis ici, Papa, il me manque moins. À la maison, je me rappelle tout le temps *qu'est-ce qu'on faisait* tous les deux. Je vois ses affaires partout, et ça me rend triste. Je n'osais pas le dire à Maman, mais l'autre jour, j'ai réussi. Je crois que ça lui a fait de la peine. Elle ne le savait pas. Peut-être que ça va la faire changer d'avis pour venir habiter ici. Je continue à me cacher pour écouter les grands, et j'ai entendu qu'elle le racontait à Papy. Il lui a dit « Tu vois ! ». Après, Maman lui a expliqué un truc avec des mots que j'ai pas compris. Elle a fini par dire quelque chose comme « Je me laisse le temps ». Je sais pas trop ce que ça veut dire, mais je pense que c'est comme un « non » qui peut devenir un « oui », parce que Papy, il avait l'air content !

Je sais pas s'il y a une école ici. J'ai jamais vu des enfants avec un cartable. J'ai demandé à Papy. Il m'a dit « Évidemment qu'il y en a une ! ». C'est peut-être une école sans cartables ? Parce que moi, j'aime bien l'école quand même, alors si y'en a pas ici, ça va être compliqué de savoir où je veux habiter. En plus, Maman elle croit que Thomas, il voudra pas venir habiter avec moi. Il faudra que je trouve un nouveau *namoureux*. Je suis un peu triste quand même. Je sais pas si c'est facile à trouver un *namoureux*. L'autre jour, j'ai écouté Maman qui parlait à Charlotte au téléphone. Elle s'énervait et elle disait qu'elle ne voulait plus jamais un *namoureux*. Moi, je suis d'accord, parce que si Maman, elle a un nouveau *namoureux*, il voudra être mon nouveau papa. Et moi, je veux pas de nouveau papa ! Je garde mon papa à moi, pour toute ma vie, dans mon cœur. Et je veux pas que Martin, il *a* un autre papa non plus. S'il a un autre papa, il aura plus besoin de moi pour lui raconter le mien, et si ça se trouve, il voudra plus de grande sœur ! Et moi, je suis contente d'être sa grande sœur !

Tiens, je crois que je l'aime gros comme un papillon, maintenant !

<u>**Georges**</u>

Je regarde la voiture s'éloigner au bout de l'allée jusqu'à ne plus distinguer que le point rouge des phares. Je souris en imaginant la petite main de Rose qui continue à s'agiter pour me dire au revoir. Mathilde rentrent chez elle avec sa petite famille, comme elle le fait dorénavant après chaque période de vacances. Celles-ci ont été particulières. Pas faciles émotionnellement. Le premier Noël de Martin et la joie de le passer en famille, pour la première fois depuis longtemps, ont été contrebalancés par l'absence d'Antoine et la fin imminente du congé maternité de Mathilde. Mardi, elle reprend son poste. Elle va devoir jongler entre ses horaires d'infirmière et les enfants. Elle a mis un véritable arsenal en place pour pallier toutes les défaillances. Nounou, la semaine, Hugo, pendant ses rares gardes de nuit, et ses beaux-parents pour les week-ends où elle travaille. Ils ont été heureux qu'elle les sollicite et les implique dans la vie de leurs petits-enfants. Elle sait qu'elle peut aussi compter sur moi les jours où je ne suis pas au cabinet. Mais nous avons tous les deux conscience que des imprévus, par définition, ça ne s'anticipe pas, qu'il y aura nécessairement des loupés.

Entre la Toussaint et Noël, Mathilde est parvenue, bon an mal an, à trouver son rythme. Mais elle revenait ici quasiment tous les week-ends pour souffler et me passer un peu le relais. J'ai souvent dit mon admiration pour ma fille, mais en toute objectivité, elle force mon respect. Le concept de résilience semble avoir été inventé pour elle. Je la surveille de près, très attentif au moindre signe qui pourrait me faire penser qu'elle est plus mal que ce qu'elle n'affiche. Contrairement aux semaines qui ont suivi la mort d'Antoine, elle garde son calme en toute circonstance, se montre toujours de bonne humeur et ne s'énerve jamais contre sa fille qui, pourtant, la pousse régulièrement à bout. Non seulement elle ne me lance plus de flèches assassines, le passé est derrière nous, mais nous avons repris les échanges où notre humour fait des étincelles. J'adorais la complicité qui me liait à elle quand elle était enfant, je l'apprécie encore plus avec la femme qu'elle est devenue. Elle sait aussi me demander conseil quand elle doute, et je crois qu'elle doute de plus en plus. Pas de sa capacité à élever seule ses deux enfants, mais à vouloir vivre loin d'ici.

Elle m'a avoué que Jard lui avait terriblement manqué pendant toutes ses années, et qu'elle s'en était privée du fait de notre relation. Le décès d'Antoine lui a permis de comprendre qu'elle s'était bêtement punie. Elle veut redevenir la Mathilde pétillante d'avant sa mort, mais en mieux. Elle veut se délester de tout ce qu'elle ne s'est pas autorisée à être quand nous étions en froid. Le remplacer par la joie de vivre qu'incarnait Antoine. Elle veut vivre pour deux. Son discours m'alarme parfois. Je ne voudrais pas, à vouloir compenser le départ de son mari et du père de ses enfants, qu'elle se perde. Qu'elle s'enferme dans une obligation de bonheur à tout prix. Le soir de Noël, pour emmener sa fille dans la magie du moment et tenter de lui faire oublier l'absence de son papa, je l'ai vu feindre une joie démesurée. Tout était prétexte à rire, à jouer. Cela à fonctionner cela dit, Rose a passé une excellente soirée. Pas une seule fois, elle n'a évoqué son père. Aucune crise. Mais j'ai surpris plusieurs fois Mathilde dans la cuisine en train de « s'essuyer une poussière dans l'œil ». Ces maudites poussières reviennent très souvent…

Je sais que le chemin sera encore long. Ça ne fait même pas un an qu'Antoine nous a quittés. Mais j'aimerais tellement accélérer le processus et voir de nouveau ma fille sourire sans qu'un voile terne ne viennent brouiller régulièrement son regard. Je sais qu'elle sera à nouveau heureuse un jour. Du moins, j'espère qu'elle s'autorisera à l'être. Pas comme moi. L'épreuve que Mathilde traverse m'oblige à réfléchir à mon propre parcours. Il n'est jamais trop tard, et je ne peux pas encourager ma fille à continuer sa vie si, moi-même, je reste coincé dans la mienne. Je dois m'extraire de ma bulle. Alors je sors un peu plus, je réponds plus spontanément aux sollicitations de mes amis. Je repense à leurs tentatives, toutes vaines, pour me faire rencontrer une autre femme, et je reconsidère la question. Je me surprends à imaginer l'impensable pour moi, il y a encore quelques mois. J'erre de temps en temps sur des sites de rencontre. Je ne me suis pas encore inscrit mais j'y songe. Il n'y que Hugo qui le sait, car il fallait bien que quelqu'un m'initie au fonctionnement. Je suis « né au siècle dernier », comme il aime à me le rappeler. Lui-même les utilise. À mon grand désarroi, d'ailleurs ! Je ne comprends pas comment à vingt-deux ans, alors que tout est possible, il peut avoir besoin de passer par du virtuel ? « C'est générationnel », me dit-il. Tous ses amis fonctionnent comme ça. Pourtant, il sort, a une vie sociale bien fournie… Non vraiment, cela me dépasse.

Cette discussion m'a donné l'occasion, bien maladroitement, je l'avoue, d'aborder le sujet de sa vie sentimentale. Il s'est refermé comme une huître. Mathilde a certainement raison, mon fils a des choses à régler. Mais je ne pense pas être la bonne personne ni savoir comment m'y prendre pour l'aider. Sa sœur sera plus à même de l'accompagner. S'il la laisse faire... Ces deux-là ont trouvé un nouveau mode de fonctionnement. Plus équilibré. Mathilde reste la grande sœur, mais leur relation a évolué. Hugo prend sa place et a énormément mûri. Mathilde a une épaule de plus sur laquelle se reposer. Et ça ne sera pas de trop.

Antoine a accompli un vrai miracle de là-haut. Il peut en être fier. Il aurait adoré les moments simples, mais heureux, que nous passons désormais tous ensemble. Il aurait été le premier à profiter de cette nouvelle union. Il en avait tellement rêvé. Mathilde ne savait rien de ce qu'il me confiait et de son grand projet. Il souhaitait plus que tout que Mathilde rende les armes, et que notre famille retrouve l'harmonie du passé. Celle qu'il n'avait pas eu la chance de connaître, mais dont sa femme lui parlait avec nostalgie. Il était persuadé que la mort d'un être cher aurait dû souder notre famille et non l'exploser. Il ne croyait pas si bien dire. J'ai parfois l'impression qu'il s'est sacrifié pour rendre son rêve possible. À nous, à moi, de ne pas le décevoir et d'entretenir la douce flamme de bonheur qu'il a allumée dans nos cœurs.

Épilogue

<u>Mathilde, juillet de l'année d'après</u>

J'erre dans la maison, le visage inondé de larmes. Je traverse chaque pièce, la tête emplie d'images et de sons de notre bonheur passé. La cuisine où tant de repas ont été préparés à quatre mains. Le salon où, une fois Rose endormie, nous nous retrouvions pour une soirée en amoureux. La chambre qui a abrité notre amour et où nos enfants ont été conçus. Celle de Martin, où malheureusement les souvenirs ne portent pas l'empreinte d'Antoine. La porte de Rose derrière laquelle je me cachais pour les écouter. Antoine emmenait sa fille dans son imaginaire, et je les entendais rire aux éclats. Aujourd'hui, seul le silence y fait écho. Toutes ces pièces sont vides désormais. La maison est vendue, nous déménageons... Je ne sais pas si j'ai pris la bonne décision. Je doute mais je ne pouvais pas continuer comme ça. J'ai mis du temps à m'en rendre compte et, tout autant, à me décider. Je me sentais prise dans un conflit de loyauté, tiraillée entre le besoin de rejoindre mes racines et la peur de trahir Antoine. Pourtant, il m'était de plus en plus difficile de quitter Jard après le week-end ou les vacances. Au-delà du confort certain que m'apporte la présence de mon père, je m'y sens complètement chez moi. Je ne parle pas de la maison, cette maison est bien la mienne, mais de l'environnement. Le calme de la forêt, le bruissement des vagues au loin, la simplicité des échanges avec les gens que tu croises. Ce naturel que je ne retrouve pas en ville. Tout ce qui m'apaise et qui fait de moi quelqu'un de plus calme. Mais repartir à zéro, loin de ce qu'Antoine et moi avions construit, me paraissaient impossible. Deux événements m'ont forcée à avancer.

L'anniversaire de la mort d'Antoine a été une journée particulièrement difficile. Je m'en doutais. J'avais d'ailleurs fait le choix de travailler ce jour-là, espérant qu'avoir la tête occupée me permettrait de moins y penser. Ç'a été une des plus mauvaises idées que je n'ai jamais eues. Dès le réveil, une douleur sourde habitait mon estomac. La nuit avait été courte. Martin faisait ses premières dents, il avait pleuré plusieurs fois dans la nuit, cherchant sa tétine et ne la trouvant pas. Je ne m'étais pas résolue à l'installer dans sa chambre. Il occupait toujours le berceau voisin de mon lit. À cinq mois et demi, il était temps qu'il ait son propre espace, mais sa présence était devenue essentielle à mon sommeil.

Quand le réveil a sonné, j'ai enfoui ma tête dans mon oreiller, bien décidée à ne pas l'entendre, à ne pas commencer cette journée. C'était sans compter sur mon deuxième réveil, bien plus au point que le premier. Rose a débarqué dans ma chambre en criant :

- C'est l'heure, Maman ! Il faut se lever ! Y'a école aujourd'hui !

Ma fille a interdiction de me rejoindre dans le lit et doit rester dans sa chambre jusqu'à ce qu'elle m'entende me lever. Il ne se passe généralement pas plus de quelques secondes entre la sonnerie du réveil et le moment où je la vois débarquer en courant, les cheveux tout ébouriffés, prête à sauter dans mon lit. Une fois sur deux, elle réveille son frère. Cela m'énerve au plus haut point, mais j'essaie de rester calme pour bien démarrer la journée. Il faut dire aussi que rien ne me comble plus que d'avoir mes deux amours quelques minutes avec moi dans le lit. Nous nous blottissons tous les trois, les uns contre les autres, et cela me remplit pour la journée, me donne l'énergie qui parfois me manque. Ce matin-là, Rose n'a pas fait exception à la règle. Sauf que je n'étais pas d'humeur. J'ai explosé. Elle n'a pas compris ma réaction. Bien sûr, Martin s'est réveillé en sursaut, et, au lieu du doux moment habituel, ma chambre s'est emplie de hurlements en tout genre. Ceux de ma colère, ceux de l'incompréhension de Rose, et ceux de la peur de Martin, surpris dans son sommeil. J'étais profondément injuste envers Rose, mais je ne parvenais pas à m'arrêter. Je lui hurlais dessus. Mon comportement me ramenait un an en arrière, et j'avais l'impression de ne pas avoir avancer depuis ce fameux 20 février, lorsqu'un tsunami avait ravagé ma vie. Il fallait que je réagisse, et vite. Je n'en ai pas eu le temps, car Rose est repartie en courant dans sa chambre. J'ai pris Martin dans mes bras pour le calmer.

Mon petit bonhomme était toujours aussi paisible, s'adaptant à toutes les situations, même à sa tornade de sœur. Jamais malade, mangeant et dormant bien, c'était le bébé facile par excellence. Toujours souriant et de bonne humeur, babillant de plus en plus, il attirait l'attention de tout le monde. Au grand désespoir de Rose qui se faisait voler la vedette, elle qui avait toujours été au centre de toutes les attentions. S'il ne ressemble pas physiquement à Antoine, il a hérité de son caractère. J'ai tellement de chance ! Nous avons développé une relation encore plus fusionnelle que celle que j'entretiens avec Rose, puisque Martin n'a pas d'autre référent que moi. Il y a bien mon père, mais il ne remplace pas Antoine, même si leur complicité est déjà évidente. En attendant, mon bébé était toujours inconsolable, secoué de gros sanglots. Je ne voyais plus qu'une solution, mon arme magique, le chant de Rose. Je suis entrée timidement dans la chambre de ma fille. Elle s'était recouchée. Le visage tourné contre le mur, elle tétait son pouce, en serrant très fort Doudou Lapin contre elle. Elle pleurait en silence :

- Je m'excuse, ma chérie, je n'aurais pas dû m'énerver comme ça. Tu n'y es pour rien.
- …
- S'il te plaît… J'ai besoin de toi.
- …
- Tu peux chanter « Alouette, gentille alouette » pour ton frère ?
- Pourquoi tu me cries dessus ?

Ma fille n'avait que quatre ans mais elle avait suffisamment d'intelligence et de maturité pour que je ne lui mente pas. Je lui ai alors confié ma tristesse et ma difficulté à me lever en ce jour si particulier. Ma petite hypersensible m'a répondu de la manière la plus pertinente qui soit :

- Oui, mais ça, c'est du chagrin, pas de la colère. Moi aussi, je suis triste, et je te crie pas dessus. Quand on a du chagrin, on pleure mais on gronde pas. Olivia m'a appris avec les émojis des émotions, tu veux que je te les montre ?
- Non, ma chérie, ce n'est pas la peine, je me suis trompée, tu as raison. Tu veux bien me pardonner ?

Le gros bisou qu'elle m'a claqué sur la joue a été la meilleure réponse qu'elle avait trouvée. Elle a pris aussitôt une grande inspiration et s'est lancée dans un « Alouette, gentille alouette » qui a dû réveiller tout le quartier, mais qui a eu le mérite de calmer son frère. Bien sûr, nous sommes arrivées en retard à l'école. La maîtresse a été suffisamment compatissante pour ne pas en rajouter une couche. J'ai ensuite tenu trois heures au travail avant que ma chef ne me demande de rentrer chez moi. Ma tête était ailleurs, et j'enchaînais les erreurs.

J'ai pris ma voiture et j'ai roulé au hasard, jusqu'à me retrouver sur la plage de La Bernerie-en-Retz. Cette petite station balnéaire, proche de Nantes, nous permettait de nous évader, Antoine et moi. Nous venions régulièrement y chercher une respiration quand le quotidien nous happait trop. Mais c'est surtout là, qu'un soir, après une cour acharnée, j'avais fini par accepter qu'Antoine m'embrasse, pour la première fois. Depuis, chaque grande annonce, chaque grande décision nous ramenait à cet endroit.

En ce funèbre jour de février, il faisait un froid glacial. J'ai marché le long de l'eau, face au vent, hurlant ma souffrance. J'étais seule, personne ne pouvait m'entendre. Je m'adressais à Antoine, lui exprimant mon désarroi et le vide qu'il avait laissé en partant. Je suis tombée, déséquilibrée par une vague, aveuglée par mes larmes. Je ne me suis pas fait mal, mais telle une enfant vexée par sa chute, j'ai crié une douleur qui n'était pas physique.

Quand j'ai regagné ma voiture, j'étais complètement trempée et frigorifiée. Le trajet du retour a été difficile. Mon corps tout entier tremblait. Je me suis fait peur, peinant à tenir le volant. Arrivée à la maison, épuisée, je me suis changée, puis couchée. La sonnerie du téléphone m'a tirée d'un profond sommeil, peuplé d'images d'Antoine. L'école m'appelait. J'étais censée venir chercher Rose à la sortie de l'école, elle m'attendait, paniquée. Je n'étais pas en mesure de me lever et incapable de m'occuper de mes enfants pour le moment. J'ai appelé Charlotte à la rescousse. Une fois de plus, elle a assuré. Elle m'a proposé de prendre les enfants chez elle quelques heures, et de me les ramener pour le coucher. J'avais trois heures devant moi pour me ressaisir.

Je me suis fait couler un bain très chaud, et j'ai appelé mon père. Notre discussion m'a remise debout. Loin de me juger, mon père m'a fait remarquer que cette journée marquait la fin d'une année durant laquelle j'avais vu ma vie changer du tout au tout, dans la douleur, puis la surprise et la joie de l'arrivée de Martin. Mais aussi dans l'absence et le manque. Si ma réaction était aussi forte, c'était peut-être parce que je ne prenais pas assez le temps de me poser, d'explorer mes propres sentiments. Qu'à vouloir alléger la souffrance de mes enfants, j'en oubliais la mienne. Il voyait dans mon attitude, une forme de déni protecteur. Aujourd'hui, j'avais accepté d'ouvrir un peu cette armure, et ma peine en avait profité pour s'échapper. Il fallait que je l'affronte, et pour cela, peut-être changer des choses dans ma vie. Cette dernière remarque a trotté longtemps dans ma tête et marqué le début d'une vraie réflexion sur mon avenir à Nantes.

Quelques semaines plus tard, un autre événement a précipité ma décision. Une des raisons qui me retenaient à Nantes avait trait à mon travail. Je n'avais pas peur de me retrouver sans emploi si je quittais le mien. Mon métier peut s'exercer partout et souffre d'une telle pénurie de personnel que je peux retrouver un poste dans l'instant. Non, il s'agissait plutôt de mon lieu de travail. De mes collègues un peu, mais de mes chers résidents surtout. J'avais l'impression de les abandonner, eux aussi, si je partais. Leur bienveillance, toute l'attention qu'ils me portaient, m'aidait à tenir au quotidien. Je craignais de ne pas retrouver un environnement aussi rassurant.

Un lundi matin, après avoir passé un week-end à me ressourcer à Jard, je suis arrivée d'excellente humeur au travail. Je retrouvais petit à petit mon humour et ce qui faisait que mes petits patients m'adoraient. Quand j'ai franchi la porte des vestiaires, ma collègue m'attendait. Son visage était fermé, je sentais qu'elle avait quelque chose de pas réjouissant à m'annoncer. J'étais loin d'imaginer ce qu'elle s'apprêtait à me dire. J'ai dû m'asseoir lorsqu'elle m'apprit que madame Lerat, ma Mamie Jacqueline, nous avait quittés pendant le week-end. Je l'avais pourtant laissée en pleine forme le vendredi, blaguant sur sa coquetterie. Nous nous étions quittées, faussement fâchées après que je l'ai forcée à avouer que sa nouvelle coiffure n'avait pas d'autre but que de séduire Monsieur Paul, un nouvel arrivant. Je ne voulais pas croire que mon amour de petite mamie m'avait, elle aussi, abandonnée. Je ressentais un immense chagrin, mais surtout une grande culpabilité. Je ne l'avais pas serrée une dernière fois dans mes bras, je n'avais pas pu lui dire combien elle comptait pour moi. Je n'avais jamais pris le temps de lui présenter Martin. Elle ne l'avait aperçu qu'en photo. Une question me taraudait : si j'avais été de garde, est-ce que j'aurais pu la sauver ? Ma collègue m'a dit qu'elle était partie paisiblement, dans son sommeil. Elle l'avait retrouvée samedi matin, le visage détendu et les yeux à jamais fermés.

Le chagrin m'a assommée pendant plusieurs jours. Cette femme, d'une grande bonté, ne s'était jamais plainte de rien. Pourtant, elle devait se savoir fatiguée et proche de la mort, car nous avons retrouvé quelques courriers à l'attention de ses rares proches, lorsque nous avons vidé sa chambre. Une lettre m'était destinée. Elle était courte mais m'a fait beaucoup réfléchir. Elle disait :

Ma petite Mathilde,

Un jour ou l'autre, je vais partir, mais avant, je voulais que vous sachiez combien vous êtes importante pour moi. Il ne me reste plus longtemps à vivre, mais grâce à vous, cette dernière tranche de vie est plus douce. Votre présence éclaire mes journées. Vous êtes la petite-fille que je n'ai pas et que toute grand-mère rêverait d'avoir. La vie vous a tracé un bien tragique destin, mais je sens en vous la force de le déjouer. Ne passez pas à côté de votre vie, suivez vos instincts. Où que je serai, je veillerai sur vous. Je vous embrasse.

J'ai retourné la carte sur laquelle elle m'avait écrit ce très joli message et j'ai découvert un paysage de mer. Cela aurait pu être n'importe où, mais le symbole était là. J'y ai vu une invitation à me rapprocher de ce qui faisait mon moi profond. Ses mots résonnaient en moi et ont fini de me décider.

Comme à mon habitude, un fois la décision prise, j'ai eu besoin que tout aille vite. J'ai fait estimer la maison. Non seulement elle avait pris beaucoup de valeur, ce qui me permettait de voir venir, mais le marché tendu de l'immobilier sur la région nantaise en faisait un bien très prisé. Elle s'est vendue en quelques jours. Je n'ai pas eu le temps de réfléchir, et peut-être que–c'était mieux ainsi. La vider a été un crève-cœur. Mes amis et ma famille sont venus m'aider, mais je ne leur ai pas laissé le soin de toucher aux objets appartenant à Antoine. J'ai préparé moi-même des petits colis pour que nos proches puissent garder un souvenir de lui. Son meilleur ami et collègue est venu récupérer ses outils, et ç'a été un moment très fort. Pour mes enfants, j'ai confectionné une boîte où chacun pourra retrouver un morceau de son père et de leur histoire commune. Les photos ont été difficiles à trier. Cela m'a occupée plusieurs soirées. Non pas quelles fussent nombreuses, mais elles racontaient toutes un bout de notre vie. Je me suis arrêtée sur chacune, dressant le constat d'une vie heureuse, simple et sans accroc. Je mesurais ma chance d'avoir rencontré Antoine, d'en avoir fait mon mari et le père de mes enfants. Personne ne viendrait le remplacer, j'en étais intimement persuadée. Pour ma part, j'ai décidé de ne garder que nos alliances, symboles de la puissance de notre amour. Mes souvenirs, précieux, me suffiront pour retrouver sa présence.

Parallèlement, j'ai pris contact avec la petite école de Jard. Avec seulement trois classes multi-niveaux et des effectifs réduits, j'y vois pour Rose un formidable moyen de se faire des copines rapidement. Je ne sais pas encore où nous habiterons exactement, mais je souhaite être près de chez mon père. Jard me semble, pour le moment, la meilleure option. Pour le travail, la multitude d'annonces me laisse le choix, me permettant d'aborder sereinement l'avenir. Je veux prendre l'été pour me poser et réfléchir au mieux à la façon dont je veux poursuivre ma carrière. Le libéral me tente, mais je ne sais pas si cela sera compatible avec ma vie de maman solo.

J'ai donné ma démission de l'EHPAD fin mai, et j'ai terminé hier soir. Personne n'a été surpris de ma décision, et chacun y est allé de ses encouragements. Mon équipe et mes résidents m'ont organisé un super pot de départ. C'est dans une joie feinte que j'ai pu dire au revoir à tout le monde. Chacun a exprimé à sa manière le fait que j'allais leur manquer. Les sourires forcés de certains m'ont énormément touchée, et beaucoup de larmes ont été essuyées en cachette. Indéniablement, une page s'est tournée dans ma vie.

Une fois que j'ai eu l'impression de détenir un maximum de réponses pour faire face à la curiosité de ma fille, mais aussi pour la sécuriser, j'ai annoncé la nouvelle à Rose. Hors de question que je commence à chercher une maison sans qu'elle ne participe. Même si je ne veux pas me précipiter dans un achat avant de savoir comment notre nouvelle vie va s'organiser, il était important que je l'associe à ma recherche de location. C'est un nouveau départ et il faut qu'elle se sente bien dans notre nouveau chez nous. Ma fille a explosé de joie et oublié toute considération pour son Thomas. Dès le lendemain, elle lui a annoncé qu'elle partait dans une autre école et qu'il devrait trouver une autre *namoureuse*. Sa notion du temps étant ce qu'elle est à quatre ans, tous les jours, elle me demandait quand est-ce qu'on partait. Les deux derniers mois ont été longs pour moi comme pour elle ! Sa seule déception a été d'apprendre que nous ne vivrions pas chez son grand-père. Mais la dure réalité du marché immobilier pourrait bien lui donner raison, car pour le moment, je n'ai trouvé aucune maison à louer dans la commune et ses alentours. Nous allons donc cohabiter avec mon père jusqu'à ce qu'une opportunité se présente. Ce n'était pas mon souhait, mais je me dis que ce n'est peut-être pas plus mal. Le quotidien avec lui est facile et nous ne nous marchons pas dessus. La maison est suffisamment grande pour que nous respecions le besoin de chacun d'avoir des moments de solitude. Je ne sais pas de quoi mon avenir sera fait, mais ce dont je suis sûre, c'est que notre relation est la chose qui m'apporte le plus au quotidien, et je ne veux plus m'en priver. Non seulement il a repris sa place de père, mais je redécouvre un papa formidable qui sait trouver les mots justes pour m'aider à avancer. Il endosse son rôle de grand-père à merveille. Mes enfants ont une chance inouïe de l'avoir dans leur vie.

Mon tour est fini. Je ferme la maison à clef. Mon cœur est lourd. Je fixe le sol et serre fort les poings en essayant de ne pas craquer. Un papillon virevolte autour de moi, je le chasse d'un revers de main, mais il ne veut pas me lâcher. Agacée, je relève la tête et je le suis du regard. Il n'est plus qu'un point à l'horizon quand, soudain, tout me paraît évident ! Alors, lentement, un sourire se dessine sur mon visage. Au loin, un arc-en-ciel se détache, majestueux. Il n'y a pourtant ni pluie ni nuage. Le message ne peut être plus clair. Mon homme est là et m'invite à entrer dans ma nouvelle vie. Il a construit un pont pour me rappeler que l'orage est maintenant passé et qu'il veut me voir profiter du soleil.

Je cours jusqu'à ma voiture sans me retourner. À l'instar de ce papillon, tout le poids des derniers mois semble s'être soudainement envolé. Ce que j'interprète comme une injonction au bonheur est le signe qui me manquait pour avancer. Je reprends la route, pressée de retrouver les miens. Apaisée, sereine, je suis chargée d'une nouvelle énergie qui, j'en suis certaine, éclairera mon avenir.

FIN

Merci aux 17 000 lecteurs de « Rien n'empêche le Printemps ». En accueillant avec beaucoup de bienveillance mon premier roman, vous m'avez insufflé un petit peu de confiance en moi et l'envie de reproduire l'exploit.

Merci à mes deux fidèles bêta-lectrices, Sandrine et Nolwenn. Vous avez de nouveau répondu présent et réitéré avec succès votre délicate mission.

Merci à Véro qui a rejoint la team bêta-lectrice. Tu as su prendre ta tâche très au sérieux.

Merci à Christèle, pour ton travail de relecture. Tes remarques, toutes pertinentes, m'ont permis de magnifier mon texte.

Merci à ma famille et particulièrement à mes parents pour leur enthousiasme à la sortie de mon premier roman.

Merci aux deux piliers de ma vie. Capucine, mon chéri, merci pour votre soutien sans faille et votre patience quand mes personnages prennent tellement de place dans ma tête que votre quotidien peut en être perturbé.

Continuez à me suivre sur Instagram :
melanie_mary_auteure